Wie ich einmal eine

Meerjungfrau

vor dem Ertrinken
rettete

JOSEPHINE CAMERON

Wie ich einmal eine Meerjungfrau vor dem Ertrinken rettete

Aus dem Englischen von
Hanna Christine Fliedner und
Jennifer Thomas

CARLSEN

Originalverlag: Farrar Straus Giroux Books for Young Readers,
an imprint of Macmillan Publishing Group, New York
Published by Arrangement with Josephine Cameron Enterprises, Inc.
Dieses Werk wurde vermittelt durch die Literarische Agentur Thomas Schlück GmbH
30827 Garbsen.
Originaltitel: Maybe a Mermaid
Umschlagillustration: Betina Gotzen-Beek
Umschlaggestaltung und -typografie: formlabor
Aus dem Englischen von Hanna Christine Fliedner und Jennifer Thomas
Die Übersetzung wurde gefördert vom Ministerium für Kultur und Wissenschaft
des Landes NRW und vom Europäischen Übersetzer-Kollegium Straelen.
Lektorat: Wiebke Andersen-Oberschäfer
Satz: Dörlemann Satz, Lemförde
Druck und Bindung: GGP Media GmbH, Pößneck
ISBN: 978-3-551-55195-5
Printed in Germany

Für Kevin,
der mich zum Lachen bringt,
bis mir der Bauch wehtut,
und immer zur Stelle ist,
wenn ich ihn brauche.

Prolog

Das Bienenmobil

An meine erste Fahrt im Bienenmobil erinnere ich mich gut. Ich war sieben und das Bienenmobil das schönste Auto, das ich je gesehen hatte: ein knallgelbes Hybridfahrzeug mit schmalen schwarzen Streifen an der Seite und flauschigen Wackelantennen. Am Rückspiegel hing ein Lufterfrischer in Form eines Honigtopfes, und mit dem ersten Hauch des süßlichen Dufts wurde mir klar, dass alles, was meine Mutter mir je erzählt hatte, der Wahrheit entsprach. Wenn man sich ein Ziel setzt, hart arbeitet und sich an den Plan hält, dann kann man ein Auto gewinnen, das aussieht wie eine Biene.

In dem Sommer, als Mom und ich das Bienenmobil gewannen, durften wir mit dem Flugzeug von Chicago bis nach St. Louis zur Mitarbeiterversammlung von »BienenBeauty«« fliegen. Die Preisverleihung fand in einem Hotelsaal statt, an dessen Decke sich goldene Blumen rankten. Mom und ich trugen die gleichen gelben Kleider und warteten hinter der Bühne, während die Firmenchefin eine Lobrede auf Moms Durchhaltevermögen hielt, das ihr geholfen habe, mehr honigbasierte Kosmetikprodukte zu verkaufen als irgendwer sonst im Mittleren Westen. Im Zuschauerraum erspähte ich fünfhundert Menschen, die sich Luft zufächelten, und bekam ganz weiche Knie. »Entscheidend ist nicht, ob du dich mutig fühlst«, flüsterte Mom, »entscheidend ist, dass du mutig handelst.«

Sie nahm mich an die Hand und gemeinsam gingen wir auf die Bühne, langsam, einen Fuß vor den anderen. Dabei winkten wir ins Publikum, so, wie wir es geübt hatten. Moms Hand war feucht und zitterte, aber ihr Haar glänzte im Scheinwerferlicht wie das eines Superstars.

Als wir das Rednerpult erreichten, hielt die Firmenchefin einen klimpernden Schlüsselbund in die Höhe.

»Junge Dame«, wandte sie sich an mich, »deine Mutter wurde zur Oberflugbiene befördert. Weißt du, was das bedeutet?«

Ich brachte keinen Ton heraus, aber das machte nichts, denn schon riefen alle fünfhundert Zuschauer wie aus einem Mund: »EIN ... NEUES ... AUTO!«

Da gab es für Mom und mich kein Halten mehr. Wir fingen an zu jubeln und hüpften vor Freude auf und ab. Der Tag war einfach perfekt.

Nach der Beförderung saßen Mom und ich aber nicht etwa herum und sonnten uns in unserem Ruhm. Wir machten uns direkt an einen neuen Fünfjahresplan und füllten Moms Whiteboard mit Verkaufszielen, Strategien und Terminen. Wir erstellten eine Liste mit den nächsten Stationen, zu denen wir ausschwärmen wollten, und ich markierte sie mit Reißzwecken auf der Landkarte: Indianapolis, Cleveland, Grand Rapids, Milwaukee. Die Orte klangen fremdartig und aufregend und versprachen lauter neue Freunde und Abenteuer.

Als der Plan stand, durfte ich auf einen Stuhl steigen und das Wort »Oberflugbiene« wegwischen. Ganz langsam diktierte Mom mir unser neues Ziel, Buchstabe für Buchstabe, sodass ich es in meiner Krakelschrift aufschreiben konnte: »BIENENKÖNIGIN.« Das Wort knisterte förmlich vor Verheißung.

Mom und ich wussten, dass man ein Ziel am besten erreicht, wenn einen etwas besonders anspornt. Eine Belohnung, die man so sehr haben möchte, dass man sich dafür richtig ins Zeug legt. Die Firma BienenBeauty belohnte ihre allerfleißigsten Mitarbeiterinnen mit einer diamantbesetzten Honigbiene mit goldenen Flügeln. Sie strahlte und funkelte so sehr, dass auf der Mitarbeiterversammlung in St. Louis eine Dame im roten Hosenanzug in Tränen ausgebrochen war, als man sie ihr ans Revers gesteckt hatte.

Doch Mom klebte kein Bild von der Diamantbiene neben ihren Fünfjahresplan, sondern eine leicht vergilbte Postkarte. Darauf war inmitten einer Wiese voller Gänseblümchen ein weißes Gebäude in Form eines Ausflugsdampfers abgebildet. Es hatte einen schwarzen Schiffsschornstein und Bullaugenfenster, und im Hintergrund glitzerte ein blauer See.

Auf dem Deck stand ein kleines Mädchen mit Zöpfen. Sie hatte sich auf die Zehenspitzen gestellt und winkte lächelnd in die Kamera. Über ihrem Kopf verkündeten bunte Buchstaben:

Das spektakuläre Showschiff-Resort: Wo wahre Freunde sich begegnen.

Das gefiel mir. Der Slogan klang altmodisch, aber magisch. Ein bisschen wie aus einem Märchen. Ich bekam eine Gänsehaut.

»Was ist das?«, fragte ich.

»Das soll uns dieses Mal anspornen«, antwortete Mom. »Ich habe die Hälfte angezahlt. Damit wir unser Ziel nicht aus den Augen verlieren.«

Ich nickte. *Eine Investition in Motivation ist eine Investition in Erfolg.*

»Werden wir dort wohnen?« Das klang nach der besten Idee aller Zeiten, doch Mom schüttelte den Kopf.

»Nein«, sagte sie. »Aber in fünf Jahren, sobald ich zur Bienenkönigin befördert werde, verbringen wir dort die Sommerferien. Genau wie früher, als ich klein war.«

»Auf dem Schiff?«

»Auf dem *Show*schiff.«

Damals gab es eine Menge Dinge, die ich nicht wusste.

Ich wusste nicht, dass die Bienenantennen mit der Zeit ihre Flauschigkeit verlieren, oder dass der Duft des Orangen-Honig-Lufterfrischers verfliegen würde. Ich wusste nicht, dass man auch mit Autos und Fünfjahresplänen manchmal vom Weg abkommen konnte. Oder dass es irgendwann kein aufregendes Abenteuer mehr wäre, alle paar Monate in eine andere Stadt zu ziehen und die Neue an der Schule zu sein.

Aber mit meinen sieben Jahren war ich mir sicher, dass ich in diesem magischen Hotel-Schiff von der Postkarte wahre Freundschaft finden würde. Und mir wäre im Traum nicht eingefallen, dass das Umherfahren mit dem Bienenmobil je seinen Reiz verlieren könnte.

1

Auf zu neuen Abenteuern

Mom schlug mit den Händen aufs Lenkrad. »Marshmallow-Sandwiches!«, rief sie. »Ich kann nicht glauben, dass ich die vor zwanzig Jahren zum letzten Mal gegessen habe!«

Wir waren seit dreieinhalb Stunden unterwegs und Mom plauderte nonstop über das »Showschiff«, das Ferien-Resort für Familien in Eagle Waters. Dort hatte sie »den Sommer ihres Lebens« verbracht – sechs Jahre in Folge. Sie berichtete, wie ihre Wasserski-Truppe einmal einer Neuen einen Streich gespielt und ihren Badeanzug in die Gefriertruhe gesteckt hatte. Und wie ihre allerbeste Freundin Mary Pepper sich bei einer Geschichte am Lagerfeuer mal vor Angst in die Hose gemacht hatte.

»Habe ich dir erzählt, dass wir mal ein Stinktier in der Badewanne gefunden haben?«, fragte sie mich. »Ein waschechtes Stinktier! Ich habe so laut geschrien, dass irgendwer sogar die Feuerwehr gerufen hat.«

»Marshmallow-Sandwiches habe ich noch nie probiert«, sagte ich und blätterte in meinem *Wolverine und die X-Men*-Comic eine Seite weiter. Ich konnte nicht aufhören zu grinsen, seit meine Mom auf dem Parkplatz der Milwaukee-West-Schule aufgetaucht war, ihren Kopf zum Fenster herausgestreckt und aus vollem Hals gerufen hatte: »Auf zu neuen Abenteuern!« Die halbe Schule musste es gehört haben.

Ich war so glücklich gewesen, die fünfte Klasse endlich hinter mich gebracht zu haben, dass ich beim Einsteigen kaum Notiz von der Countrymusik nahm, die aus dem Autoradio schallte. Was mir aber auffiel, war die Rückbank des Bienenmobils, die bis zur Decke mit unseren Habseligkeiten vollgestopft war. Ich schlang die Arme um den Rucksack auf meinem Schoß und starrte Mom an. »Ziehen wir um?«, fragte ich. »Heute? Jetzt?«

Mom stupste mich vergnügt an, gab Gas und steuerte den Wagen vom Parkplatz. »Überraschung!«

Ich zuckte mit den Achseln. Wo auch immer wir hinfuhren – einsamer als in Milwaukee konnte es nicht werden. Ich war schon seit März hier, und trotzdem wusste kaum jemand, wer ich war. Sogar Mr Smith hatte den Blick bei der Anwesenheitskontrolle immer noch suchend über die Jungs schweifen lassen, wenn er »Anthoni Floss« aufgerufen hatte.

Ich versuchte, mich an die nächste Station auf unserer Liste zu erinnern. »Fahren wir nach Minneapolis?«, fragte ich. Ich hoffte, wir würden endlich in eine Wohnung mit einer Dusche ziehen, die nicht leckte. Und einen Vermieter haben, der nicht alle paar Tage vorbeikam, um mit meiner Mom über die Miete oder den Strom zu diskutieren.

»Nein.«

»Duluth?«

Mom versuchte, ein Pokerface aufzusetzen, aber ihre Mundwinkel zuckten. »Ich dachte eher an das Showschiff-Resort«, sagte sie so beiläufig, als handelte es sich dabei um eine stinknormale Stadt wie Akron in Ohio oder Grand Rapids in Michigan. »In etwa vier Stunden sollten wir da sein.«

Mir klappte der Unterkiefer herunter und Mom prustete los, als hätte es sie vorher schier umgebracht, sich so lange zusammenzureißen.

»Du hast es also geschafft?«, fragte ich. »Du wurdest zur Bienenkönigin befördert? Wie denn das?«

Ich war zwar nicht besonders pessimistisch, aber soweit ich wusste, waren wir dem Ziel »Bienenkönigin« in letzter Zeit kein Stückchen nähergekommen. Wir hatten wenig verkauft und monatelang keine neue Arbeitsbiene mehr unter Vertrag genommen. Mom war so verzweifelt gewesen, dass sie sich auf irgendwelche Konferenzen geschmuggelt und in den Pausen versucht hatte, neue Mitarbeiterinnen anzuheuern.

Ich musste grinsen. »Hat das was mit dieser Klimaanlagen-Konferenz zu tun?«

Mom atmete tief ein und lächelte. Ihre Augen sahen müde und geschwollen aus, obwohl sie letzten Monat zwei Töpfe der Bienen-Beauty-Augencreme (mit Gelée royale! – »für königliches Strahlen«) aufgebraucht hatte.

»Ich habe doch gesagt, das war eine gute Idee«, sagte sie. »In der Klimaanlagenbranche legt man genauso viel Wert auf sein Äußeres wie überall sonst auch.«

Mir lagen tausend Fragen auf der Zunge. Wie viele Arbeitsbienen hatte sie angeworben? Fünfzig? Uns hatten noch fünfundvierzig gefehlt, um den Status der Bienenkönigin zu erreichen. Was hatte die Chefin von BienenBeauty dazu gesagt? Würden sie uns wieder nach St. Louis einfliegen lassen, um Mom die Diamantbiene zu verleihen?

Bevor ich allerdings irgendeine Frage stellen konnte, spürte ich auf einmal eine Riesenerleichterung in mir und lachte einfach drauflos. Es war wie im Comic. Monatelang hatten wir in der Klemme gesessen – genau wie Wolverine, als er von einem Kerl, dem seine Metallklauen nichts anhaben konnten, in die Ecke gedrängt worden war und dem Tod geweiht schien. An dieser

Stelle fragt man sich dann, ob das nun wirklich das Ende ist. Aber ich hätte es besser wissen müssen! Harte Arbeit zahlt sich eben immer aus. Und im aussichtslosesten Moment taucht Storm auf und schickt einen Tornado, um ihren Freund zu retten und den Feind über den Seitenrand zu pusten.

Die Klimaanlagen-Konferenz war unser Tornado.

»Wir können endlich wieder Pizza bestellen«, rief ich und lachte noch ein bisschen mehr, weil mir überhaupt nicht bewusst gewesen war, dass mir das gefehlt hatte. »Ich kann die Salami schon schmecken!«

Mom spielte an ihrem Ohrring herum und ein seltsamer Ausdruck trat in ihre Augen.

»Alles in Ordnung?«, fragte ich.

»Ja, klar! Es ist nur ... ich bin einfach überwältigt.«

»Das versteh ich«, sagte ich. »Du hast ja auch hart dafür gearbeitet.«

Mom drückte mein Knie. »WIR haben hart dafür gearbeitet.«

»Auch wieder wahr.« Ich vollführte einen Robotertanz auf meinem Sitz, um sie zum Lachen zu bringen. »Ich bin eben die beste Produktpröbchenpaketpackerin der Welt.«

»Yeah!« Mom drehte das Radio zu ohrenbetäubender Lautstärke auf. So wie wir es mochten.

Aus voller Kehle sang sie mit: »When the going gets tough, the tough get going!« Der Song passte zu uns: Wenn es hart auf hart kommt, legen wir erst richtig los. »Und jetzt fahren wir zum Showschiff«, rief Mom, »und verbringen dort den Sommer unseres Lebens!«

2

Nächste Schwarmstation: Eagle Waters

Die Internetseite des Showschiff-Resorts hatte sich, seit ich sie mit sieben zum ersten Mal angeschaut hatte, kein bisschen verändert. Viel gab es darauf nicht zu sehen – nur das Postkartenmotiv und vier Zeilen Text, die Mom und ich in- und auswendig kannten. Sobald wir an dem Schild *Willkommen in Eagle Waters* vorbeigefahren waren, setzten wir unsere besten Frühstücksradio-Stimmen auf und riefen abwechselnd:

»Das SPEKTAKULÄRE Showschiff-Resort: *Wo wahre Freunde sich begegnen!*«

»Genießen Sie die reine Kiefernluft – eine WOHLTAT für Ihre Lunge.«

»Das Resort Ihrer TRÄUME – FERNAB des neumodischen Schnickschnacks.«

Da blitzte zwischen den Bäumen ein Streifen blauen Wassers hindurch.

»Das ist der Thunder Lake!«, rief Mom, und ihre Augen strahlten, als wäre schon Weihnachten.

Wir fuhren an einer gelben Kirche vorbei, dann an einer Tankstelle und an einem kleinen blauen Haus, das ein Schild als *Annas Lädchen* auswies. Voller Inbrunst gaben wir im Chor den letzten Satz von der Internetseite zum Besten: »Wählen Sie 5554433 – und schon sind Sie auf dem Showschiff dabei!«

Mom deutete auf die gegenüberliegende Straßenseite. »Das ist der öffentliche Badestrand. Wenn es hier immer noch kostenlosen Schwimmunterricht gibt, melde ich dich direkt dafür an.«

»Das soll ein Strand sein?« Ein kahler Sandstreifen, etwa von der Länge eines Schulbusses, zog vorbei, dann kamen wieder Bäume. Immer dichter und dichter standen sie, sodass vom Thunder Lake bald nichts mehr zu sehen war.

»Wo ist der Rest der Stadt?«

»Das wars schon. Ist es nicht idyllisch?«

Mich überkam ein Anflug von Enttäuschung, aber ich schüttelte ihn schnell wieder ab. Im Resort würde es so viel zu unternehmen geben – wer brauchte da eine Stadt?

Nach anderthalb Kilometern meldete sich das Navi. Am linken Straßenrand verkündete ein Holzpfeil mit schwarzen, handgemalten Buchstaben: ZUM SHOWSCHIFF-RESORT.

Mom setzte den Blinker und zwinkerte mir zu.

»Ach, da fällt mir ein ... Erinnerst du dich noch an Maddy Quinn? Mary Peppers Tochter aus Chicago? Ihr zwei wart mal ...«

Sie lenkte das Bienenmobil auf einen Schotterweg und das Knirschen der Steinchen unter den Reifen übertönte ihre Stimme. Doch ich wusste eh ganz genau, von wem sie redete. An vieles aus der Zeit in Chicago konnte ich mich nicht mehr erinnern, aber Maddy Quinn hatte ich nicht vergessen. Zusammen hatten wir Kissenburgen gebaut und uns vor Opa versteckt, wenn er so tat, als wäre er ein Feuer speiender Drache.

Ein weiteres Schild führte uns nun auf einen Lehmpfad, der so schmal war, dass Kiefernzweige gegen das Auto schlugen. Mom brüllte gegen das Getöse an, als wäre es das Normalste von der Welt, mitten ins finstere Herz dieses Waldes zu fahren. »Ich hab gehört, die Quinns verbringen ihren Sommerurlaub immer noch in Eagle Waters. Meinst du, Maddy weiß noch, wer du bist?«

»Vielleicht.« Ich zögerte. »Ist ganz schön lange her.«

Es *war* lange her, und doch machte sich ein verheißungsvolles Kribbeln in mir breit. Nach Chicago waren Mom und ich neunmal umgezogen. Ich hatte stapelweise Briefe an Mädchen verschickt, die ich kennengelernt hatte, und nicht eine hatte zurückgeschrieben. Noch nie war ich neu an einen Ort gekommen, wo ich schon jemanden kannte.

Nach der nächsten Biegung musste Mom im Schneckentempo weiterfahren, um nicht mit dem Wagen aufzusetzen.

»Floss-Mädels kennen kein Vielleicht. Wenn *sie* sich nicht an dich erinnert, musst *du* sie erinnern.«

Da war was dran. Schnell griff ich in meinen Rucksack, zog mein Notizbuch heraus und blätterte zu einer mit Eselsohr markierten Seite in der Mitte:

Kriterien für wahre Freundschaft:

Wahre Freunde ...
... vertrauen dir ihre Geheimnisse an.
... halten ihre Versprechen.
... haben die gleichen Interessen wie du.
... verbringen ihre Zeit am liebsten mit dir.
... bringen dich zum Lachen, bis dir der Bauch wehtut.
... sind immer zur Stelle, wenn du sie brauchst.
... halten dir die Treue bis zum bitteren Ende.

Ich fügte der Liste einen weiteren Punkt hinzu. Durch den holprigen Untergrund verwackelten die Buchstaben:

Plötzlich hielt Mom an. Mir rutschte der Stift ab und zog das *t* geradewegs über den Seitenrand. Ich sah auf. Schon wieder eine Weggabelung, doch diesmal gab es kein Schild, das uns die Richtung wies. Und weit und breit kein See. »Route wird neu berechnet ...«, sagte die Stimme aus dem Navi, und auf Moms Handy erschien eine Nachricht: *Mobilfunknetz ist nicht verfügbar.*

Mom lachte. »Fernab des neumodischen Schnickschnacks – wie versprochen.«

Wir stiegen aus. Mom lief weite Kreise und hielt ihr Telefon auf der Suche nach Empfang mal hierhin, mal dorthin. Die Internetseite hatte nicht gelogen – selbst die Luft roch genau wie die Nadelwald-Duftmischung, die Mom in jedes neue Badezimmer stellte.

Gerade fuchtelte sie wild mit den Händen. »Das mit den Mücken hatte ich wohl verdrängt.«

Obwohl es erst vier Uhr nachmittags war, herrschte im Wald Dämmerlicht. Das dichte Geäst ließ nur so viel Sonne hindurch, dass es gerade mal für ein paar hellere Flecken auf dem Boden reichte. Wann immer ich mir die Zeit im Showschiff ausgemalt hatte – einen düsteren Wald hatte ich dabei nie vor Augen gehabt. Mom hatte immer bloß von Wasserski und Sonnenbaden erzählt. Nicht von Überlebenstraining in der Wildnis. Beunruhigt blickte ich mich um – womöglich lauerten im Dickicht wilde Tiere.

Da raschelte es. Ich zuckte zusammen und griff nach Moms Hand. Im Schutz dreier struppiger junger Kiefern kauerte eine Gestalt. Im Zeitlupentempo zog sie sich zurück.

»Hallo?«, rief Mom.

Die Gestalt erstarrte, einen Fuß in der Luft. Ein Junge! Allerdings schienen ihm Zweige aus Ärmeln und Hosenbeinen zu wachsen.

»Wir wollen zum Showschiff-Resort«, erklärte Mom.

»Übrigens können wir dich sehen«, fügte ich hinzu und schlug nach einem Moskito, der soeben durch mein Sweatshirt gestochen hatte.

Der Junge ließ das Bein sinken, ordnete die Äste neu an und kauerte sich noch weiter zusammen. »Und jetzt?«, fragte er. »Könnt ihr mich immer noch sehen?«

Die Mücken mussten Wind von Moms Honigglanz-Shampoo bekommen haben, denn ein ganzer Schwarm umkreiste ihren Kopf.

»Wir würden wirklich gern wissen, wie wir zum Showschiff kommen«, sagte sie und hüpfte mit den Armen wedelnd von einem Bein aufs andere.

Der seltsame Junge erhob sich und trottete zu uns herüber, während er die Zweige unter seinem T-Shirt hervorzog. Als er näher kam, sah ich, dass er sich die Haare, das Gesicht und den rechten Arm mit Schlamm beschmiert hatte. Um den linken trug er einen Gipsverband.

»Menno, nie klappt das mit der Tarnung«, murmelte er frustriert.

Ich starrte ihn an. Entweder musste man sich im Wald vor irgendetwas Furchterregendem verstecken, oder Tarnübungen galten in Eagle Waters als beliebte Freizeitbeschäftigung.

Mom hatte sich mittlerweile vor den Moskitos auf den Fahrersitz geflüchtet und alle Fenster fest verschlossen. Langsam schlich der Junge einmal um das Bienenmobil herum.

»Cooles Auto!«

»Wir werden hier bei lebendigem Leib gefressen«, rief Mom durch die Scheibe.

Der Junge fischte einen letzten Kiefernzweig aus dem Hosenbund und zeigte in die Richtung, aus der wir gekommen waren. »An der Gabelung da vorne müsst ihr rechts. Aber ...« Er zog die schlammverkrustete Nase kraus. »Was in aller Welt wollt ihr denn im Showschiff?«

»Na, übernachten.«

»Wie, so richtig, um Urlaub zu machen?«

»Ja, klar.« Komischer Vogel. Wozu sollten wir sonst in ein Resort fahren?

Ich stieg zu Mom ins Auto und wir fuhren los. Den ganzen Weg bis zur Abzweigung sah uns der seltsame Junge nach – matschverschmiert, mit Blättern und Zweigen in den Haaren – und winkte uns mit einem Ast. Dabei lag ein Ausdruck auf seinem Gesicht, als wären *wir* hier die Freaks.

3

Das spektakuläre Showschiff-Resort

In gewisser Hinsicht war das Showschiff genau wie auf der Postkarte: Das Gebäude hatte die Form eines Ausflugsdampfers. Es hatte Bullaugenfenster, einen schwarzen Schiffsschornstein, und im Hintergrund glitzerte ein blauer See.

Auf der Wiese davor wuchsen allerdings keine Gänseblümchen, sondern Löwenzahn und Unkraut.

Die Fassade war vielleicht einmal weiß gewesen, jetzt aber war sie schmutzig grau und die Farbe blätterte ab, und zwei der runden, schmierigen Fensterscheiben waren gesprungen.

Auch stand auf dem Deck kein lächelndes, winkendes Mädchen mit Zöpfen. Stattdessen hing ein Schild von der ramponierten Reling:

BETRETEN VERBOTEN –
Oberdeck wegen Renovierungsarbeiten
vorübergehend geschlossen

Zog man jedoch in Betracht, wie verwittert und verblichen das Schild war, schien »vorübergehend« ein dehnbarer Begriff zu sein.

Über dem Haupteingang blinkte eine rote Lampe mit der Aufschrift *Zimmer frei*. Darauf wären wir auch so gekommen. Bis auf einen rostigen, netzlosen Basketballkorb und das Bienenmobil war der Parkplatz nämlich komplett leer.

Mit einem Mal verpuffte die ganze kribbelige Vorfreude, die mich auf der Fahrt hierher erfüllt hatte, als wäre in mir ein Luftballon geplatzt. Mom hielt den Blick stur auf das Hotel gerichtet, und beinahe hörte ich die Rädchen in ihrem Kopf rattern. Ich kannte sie gut genug, um zu wissen, dass sie gerade alle Möglichkeiten durchging. Die schlechten wurden verworfen, die vielversprechenden sortiert und auf etwaige Schwachstellen überprüft. Wir würden so lange hier im Bienenmobil ausharren, bis sie einen neuen Plan ausgetüftelt hatte, einen, der genauso gut war wie der alte, wenn nicht sogar besser.

Doch je länger wir dort saßen, desto greifbarer wurde die Stille. Mom hatte noch keine einzige Alternative in den Raum geworfen.

»Können wir uns nicht einfach ein anderes Hotel suchen?«, fragte ich.

Mom schüttelte den Kopf. »Wir bekommen das Geld nicht zurück. Ich habe schon angerufen und gefragt.«

»Echt?« Das war mir neu. »Warum?«

In diesem Moment flackerte in dem großen verglasten Erker Licht auf. Jemand im Hotel tat so, als müsste er sich intensiv mit den Vorhängen beschäftigen. Vermutlich fragte sich die Person, welcher merkwürdige Schlag Mensch auf einem verwaisten Parkplatz herumhing, noch dazu in einem Auto, das aussah wie eine Biene.

Der Schatten hinter dem Vorhang war klein und schien ein langes Kleid zu tragen. Von der Größe her schloss ich, dass es sich um ein Mädchen in meinem Alter handeln musste, vielleicht etwas jünger. Nun war es verschwunden. Doch einen Augenblick später hob sich der Vorhang ein Stückchen und auf der Fensterbank erschien ein Fernglas. Dahinter kauerte die Gestalt und beobachtete uns, wie eine Spionin.

Weil ich keine Ahnung hatte, was ich sonst tun sollte, winkte ich. Das Mädchen fuhr hoch. Doch dann schob es seine Hand unter dem Vorhang hindurch und winkte zurück. Dabei ließ es die Finger einzeln auf und ab tanzen. Aus irgendeinem Grund erleichterte mich das. Maddy Quinns Winken war genauso gewesen. Sie hatte mir oft zugewunken, während einer unserer »Auszeiten«. Die wurden uns meistens verordnet, nachdem Opa unsere Burg erstürmt hatte. Sobald sein Drachengebrüll ertönte, bekamen Maddy und ich so große Angst, dass eine von uns einen Schrei ausstieß, und dann mussten wir jedes Mal total lachen. Wir kreischten und kicherten, bis uns der Bauch wehtat und Mom uns zu einer Auszeit verdonnerte, damit wir uns beruhigten.

Wie schön das wäre. Noch einmal so eine Freundin zu haben.

Ich überlegte. Bei Mom und mir lief es immer dann am besten, wenn wir ein Ziel hatten und uns an den Plan hielten. In Milwaukee hatte Mom das schlimmste Verkaufsquartal ihrer gesamten Laufbahn durchlebt. Sie hätte sich die Augen ausweinen und aufgeben können, aber nichts da. Sie war zuversichtlich geblieben und hatte sich an den Plan gehalten. Hätte sie das nicht getan, säßen wir jetzt in unserer winzigen Wohnung, um das Ende des fünften Schuljahres mit billigem Reis und Bohnen zu feiern und mit Mr Li über die Mietrückstände zu diskutieren. Stattdessen parkten wir gerade im Showschiff-Resort. Entscheidend war nicht, ob es schön war. Entscheidend war, dass wir es hierhergeschafft hatten.

»Mom«, flüsterte ich, doch sie war entweder völlig in Gedanken oder von einer Mutantin wie Emma Frost per Telepathie gelähmt worden. Normalerweise brauchte sie nie so lange für einen neuen Plan.

Ich öffnete das Handschuhfach und nahm einen Honigmäulchen-Lippenstift mit Blütenhonig heraus.

»Drinnen sieht es vielleicht schon viel besser aus«, sagte ich. »Und wir können ja trotzdem Marshmallows rösten.« Ich drückte Mom den Lippenstift in die Hand und schenkte ihr mein schönstes Du-schaffst-das-Lächeln. »Floss-Mädels halten sich immer an den Plan, stimmts?«

Gedankenversunken betrachtete Mom den Lippenstift und ließ ihn von einer Hand in die andere wandern. Schließlich sah sie mich an, warf einen Blick auf das heruntergekommene Hotel und zog langsam die Kappe ab. Dann drehte sie den Rückspiegel zu sich, trug ordentlich Farbe auf und machte einen Luftkuss.

»Der Laden könnte ein kleines Make-over vertragen, was?«, sagte sie schließlich. Als bräuchte es bloß ein bisschen Volumenshampoo und einen Dreierpack natürlicher Luffaschwämme. »Aber ich hab schon Schlimmeres gesehen. Du hast recht, Anthoni. Positives Denken führt zu positiven Ergebnissen. Komm, lass uns einchecken.«

Genau. Positives Denken. Ich öffnete die Tür und ließ mich von der reinen Kiefernluft einhüllen.

4

Der Kanadareiher

Die Tür mit der Aufschrift *Empfang* fiel knarzend hinter uns ins Schloss und verschluckte auch das letzte bisschen Tageslicht, das von außen hereingedrungen war. Auf den ersten Blick glaubte ich zwei Frauen vor einer Bücherwand stehen zu sehen, doch als meine Augen sich an die spärliche Beleuchtung gewöhnt hatten, entpuppte sich eine davon als Stehlampe. Eine Meerjungfrauenfigur in Lebensgröße, auf deren Kopf eine Glühbirne mit rosa Lampenschirm thronte.

Im Schein ihres trüben Lichts stand eine alte Frau mit orange leuchtenden Haaren. Sie trug ein silbernes Abendkleid mit unzähligen Schmetterlingen darauf – so eins, das noch aus Zeiten Präsident Abraham Lincolns stammte und das man womöglich nur zu Anlässen wie der Oscar-Verleihung angezogen hätte – vorausgesetzt natürlich, die hätte es damals schon gegeben. Wispernd glitt das Kleid über den Boden, während die Frau auf den »Empfangstresen« zuging – einen Stapel altmodischer, mit Aufklebern übersäter Reisetruhen. Darauf standen Dinge wie *Chicago: The Palace, New York: Hippodrome Theatre* und *San Francisco: Orpheum Opera House*. Überall an den Wänden hingen gerahmte Zeitungsausschnitte, Schwarz-Weiß-Fotografien und Werbeplakate, die seltsame Dinge ankündigten: *MEISTER HOMER – JUNGCHAMPION IM KUNSTPFEIFEN* oder *STANLEY VERKEHRTHERUM – DER MANN, DER KOPFSTEHT*.

Der Raum ähnelte eher dem Eingang eines verwaisten Museums als dem eines Hotels.

»Habe ich mit Ihnen telefoniert?«, fragte Mom die alte Dame. »Ich weiß, Sie sagten, dass meine Anzahlung für die ersten sechs Wochen nicht zurückerstattet werden kann, aber ich habe mich gefragt, ob man unter besonderen Umständen ...«

Besondere Umstände? Hatte Mom nicht gerade noch von »positiv denken« gesprochen? Jetzt klang es eher so, als wollte sie abreisen.

Ohne einen Ton zu sagen, drückte die Frau ihr ein Formular in die Hand. Oben auf der Seite stand in schwungvollen rosa Buchstaben: *Carrie & Anthoni Floss: Sechs Wochen im Voraus bezahlt.* Mit ihrem knochigen Finger tippte sie auf eine Zeile, die besagte: *Erstattungen nicht möglich. Keine Ausnahmen.*

Mom quittierte das mit einem Lächeln und säuselte in ihrer Oberflugbienen-Stimme: »Ich freue mich ja *so*, wieder im Showschiff-Resort zu sein. Mir kam dieser Ort schon immer magisch vor – als könnte hier jederzeit Unglaubliches geschehen.«

Ich entspannte mich ein wenig. Mom war wieder die Alte. Zumindest fast. Ihre Stimme klang eine Spur zu fröhlich.

»Werden in der Stadt immer noch Schwimmkurse angeboten? Anthoni war noch nie hier. Sobald sie die Grundlagen gelernt hat, könnte Mr Boulay sie vielleicht zum Wasserski ...«

Als die Frau Mr Boulays Namen hörte, schüttelte sie den Kopf. Ihre Schmetterlingsohrringe schwangen wild hin und her.

»Oh nein, er ist doch nicht ... Er ist nicht ... *fort*, oder?«

Der flammend orangerote Kopf nickte bedächtig.

Darauf wusste Mom nichts zu sagen, und ein unangenehmes Schweigen erfüllte den Raum.

»Hat zufällig gerade jemand eingecheckt?«, fragte ich. »Ich habe ein Mädchen am Fenster gesehen.«

Die Schmetterlingsfrau bedachte mich mit einem zerstreuten Blick. Da erst fiel mir auf, dass sie bisher kein Wort von sich gegeben hatte.

Ich versuchte es noch einmal. »Sie hat mir zugewunken. Sie stand hinter dem Vorhang.«

Die Frau lächelte und zeigte dabei einen schiefen, mit Lippenstift beschmierten Vorderzahn. Ihre Schultern bebten, als würde sie über einen guten Witz lachen. Sie hob die Hand und wackelte mit allen fünf Fingern.

Das Mädchen hinter dem Vorhang war also überhaupt kein Mädchen gewesen, nur eine kleine alte Frau im Abendkleid und mit Lippenstift auf den Zähnen. *Denk an was Schönes,* ermahnte ich mich. *Konzentrier dich auf das Positive.*

Mom legte mir eine Hand auf den Rücken. »Es ist erst Mitte Juni. Vielleicht sind an Maddys Schule noch keine Ferien.« Sie wandte sich an die Frau hinter dem Empfangstresen. »Könnten Sie uns sagen, wann Mary Pepper eincheckt?«

Die Alte antwortete nicht.

»Mary *Pepper*«, wiederholte Mom leicht gereizt. Dann fasste sie sich sofort wieder und fügte etwas freundlicher hinzu: »Mary Pepper und ich sind damals in diesem Resort wahre Freundinnen geworden. Das Leben führt einen doch immer an bestimmte Orte zurück, nicht wahr?«

Ohne hinzusehen, blätterte die Frau durch einen Kalender. Dann öffnete sie zum ersten Mal den Mund, um zu sprechen. Ihre Stimme klang ausdruckslos. »Pepper? Gibts hier nicht.«

Mom ließ sich nicht aus der Ruhe bringen. »Ah, ja, natürlich. *Früher* hieß sie Pepper. Jetzt heißt sie Mary Quinn.«

Dieses Mal machte die Frau nicht einmal Anstalten nachzusehen. »Quinn auch nicht.«

Mom kaute auf der Unterlippe. Dann gab sie das ausgefüllte Formular ab und strahlte, als hätten wir gerade im Taj Mahal eingecheckt.

»Wir sind *überglücklich,* in Ihrem wunderschönen Resort sein zu dürfen!«, sagte sie noch freundlicher als zuvor. Dann holte sie einen Flyer von BienenBeauty aus der Tasche. »Im Juni haben wir übrigens alle Artikel aus dem Nektarallerlei-Faltenfrei-Sortiment im Sonderangebot!«

Ich verpasste Mom einen Tritt. Das Verkaufen der BB-Produkte war für sie mittlerweile ein natürlicher Reflex, aber diese Frau musste älter als die Sonne sein. Gegen ihre Falten würde nicht einmal ein volles Fass Einhorntränen helfen.

Die Alte betrachtete die Vorher-Nachher-Bilder einer Frau in der Mitte des Flyers. Theatralisch hob sie den Blick zur Decke. Dann – ohne Vorwarnung – rief sie: »Ein Elixier ewiger Jugend!«

Ich zuckte vor Schreck zusammen und in meiner Kehle stieg ein nervöses Lachen auf. Ich schluckte es herunter.

»Mein geliebter Großvater war zu Lebzeiten ein Meister für solchen Hokuspokus.« Die Frau deutete mit Moms Flyer auf ein Plakat an der Wand hinter ihr.

DOKTOR HERACLITUS BARNABUS BOULAY
BAUCHREDNER, MEDIZINMANN UND JONGLEUR
NUR FÜR EINEN ABEND (ZU NIEDRIGEN PREISEN!)

Mom wurde rot. »Das kann man nicht vergleichen …«

Die Frau knallte den Flyer auf den Tresen. Sie stieg auf ein Fußbänkchen, streckte ihren blassen Arm nach einer Reihe von Schlüsseln aus und nahm einen von der Wand, an dem ein schlanker Holzvogel mit langem Schnabel hing.

»Sie haben soeben ein Upgrade erhalten«, sagte sie. »Für den Kanadareiher: eine Hütte am See, ganz für Sie allein.«

»Wir schlafen nicht im Hotel?« Mom klang enttäuscht. Ich war jedoch erleichtert. Wir würden auch allein zurechtkommen. Besser sogar.

»Der Kanadareiher ist ein sehr eigenständiges Geschöpf«, sagte die Alte. »Und passt sich schnell neuen Gegebenheiten an.« Das Schmetterlingskleid knitterte, als sie wie ein Kaninchen in die Hocke ging und von dem Bänkchen heruntersprang. »Aber manchmal ersticken Reiher auch, weil sie sich an Fischen verschlucken, die für ihre engen Hälse viel zu groß sind!« Sie beugte sich über den Tresen zu mir, reckte den Hals und sog die Wangen ein. Ihre Wangenknochen zeichneten sich scharf ab und ihre Augen traten hervor, als würden sie ihr im nächsten Moment aus dem Kopf fallen und über den Boden rollen.

Mom erstarrte, ihr Lächeln gefror, und mir wurde mulmig zumute. War die Frau krank? Würde sie gleich vornüberkippen und vor unseren Augen auf den Reisetruhen eines qualvollen Todes sterben? Hier gab es wahrscheinlich im Umkreis von mehreren Meilen kein Krankenhaus.

Doch auf einmal zwinkerte sie mir zu und schluckte laut. Sie schluckte und schnappte nach Luft – wie ein in Panik geratener Reiher mit Schmetterlingshaarspangen am Kopf, der einen zu großen Fisch verschlungen hatte.

Mom keuchte erschrocken, aber ich konnte nicht anders und fing an zu lachen. Erst versuchte ich noch, es zu unterdrücken, aber je mehr ich mich anstrengte, desto mehr Gluckser quollen aus mir heraus, als hätte man zu viel Pulver in eine Spülmaschine gefüllt.

Die Alte hielt mitten in ihrer Vorstellung inne und musterte mich überrascht. »Gefällt dir das?«, fragte sie.

Hilflose Hickser mischten sich in mein Gekicher und sie grinste und entblößte dabei wieder ihren lippenstiftbefleckten Zahn. Mit einer Hand schlug sie auf den Tisch, mit der anderen stützte sie ihr Kinn auf.

»Davon habe ich noch Millionen auf Lager«, sagte sie großspurig. »Bär im Bienenschwarm zum Beispiel. Der haut die Leute jedes Mal um.«

Mom schulterte ihre Tasche und zog mich am Arm. »Ich glaube, wir haben jetzt alles«, sagte sie. »Vielen Dank, Mrs ...«

»Boulay. Charlotte Boulay, so wahr ich hier stehe.«

5
Unglaubliches

Das erste Mal wurde ich von einem Heulen aus dem Schlaf gerissen.

Ich zog die Decke bis ans Kinn und lag wie versteinert da, mit laut klopfendem Herzen. Ein langer, schmaler Schatten hatte sich über mein Bett gesenkt. Wenn ich atmete, bewegte er sich mit.

»Mom?«, flüsterte ich.

Ich sah mich im Kanadareiher, unserer Hütte, um. Da war keine Spur von einem Bären, der sich hinter dem Kleiderschrank versteckte, oder einem Holzfäller, der mit seiner Axt die Leiter zum Schlafboden erklomm. Ich stützte mich auf den Ellbogen und drehte mich vorsichtig zu der Sitzbank am Fenster um – einem engen Plätzchen unter der Dachschräge neben meinem Bett.

Das Polster leuchtete hell im Mondschein. Auch dort war niemand. Ich entspannte mich wieder. Es war nur der Schatten einer Kiefer, der im Mondlicht durchs Fenster auf mein Bett fiel. Und das Geheul hatte ich wahrscheinlich nur geträumt.

Inzwischen hellwach wickelte ich mich in meine Decke ein und kletterte auf den Fenstersitz. Ich war froh, dass man von hier aus auf den See und nicht auf den Wald blickte. Zum Showschiff-Resort gehörten acht Privathütten, die alle Tiernamen hatten und halbkreisförmig um das Hotel angeordnet waren. Das Haupthaus stand mitten auf einer unkrautüberwucherten Wiese, die Hütten lagen jedoch weiter abseits im wohl tiefsten und dunkelsten Teil des Waldes. Ein Pfad, der die Filmkulisse von *Hänsel und Gretel* hätte sein können, wand sich am Rotfuchs vorbei zum Weißwedelhirsch, von da aus zum Fischadler und endete unten am Wasser.

Der Schwarzbär und der Kanadareiher waren die beiden Hütten, die am weitesten vom Haupthaus entfernt am Ufer des Sees standen. Dazwischen führte der Pfad zu einer Anordnung breiter Stufen, ähnlich einer Tribüne. Von meinem Platz am Fenster erkannte ich am unteren Ende einen ramponierten Steg, der in den Thunder Lake hineinragte. Der See selbst hatte die Form einer gekrümmten Geleebohne und war größer, als ich erwartet hatte. Das Showschiff-Resort lag in einem kleinen, entlegenen Abschnitt der Bucht. In der Dunkelheit wurden die Hütten, die Tribüne und der mondbeschienene Steg von einer Schattenwand aus Bäumen umzingelt.

Eine leichte Brise fegte durch das Fliegengitter. Ich erschauderte. Irgendetwas an diesem Resort war merkwürdig. Und das lag nicht nur an den heruntergekommenen Hütten und dem gottverlassenen Parkplatz. Es war, wie Mom gesagt hatte. Ein *Gefühl*. Als würde hier Unglaubliches geschehen. Für Mom schien das etwas Gutes zu sein. Ich war mir da nicht so sicher.

Da hörte ich das Heulen erneut.

Uuu-UU-uuuu.

Das Geräusch hallte über den ganzen See, wie das Wehklagen einer Frau. Hatte sich jemand verletzt? War dort draußen ein wildes Tier auf der Jagd? Kurz fragte ich mich, ob Werwölfe vielleicht doch existierten. Dann überlegte ich, ob ich nach unten ins hintere Schlafzimmer schleichen und mich zu Mom ins Bett legen sollte. Aber ich wusste genau, was sie sagen würde. Ändere deine Einstellung. Negatives Denken führt zu negativen Ergebnissen.

Ich versuchte das Fenster zu schließen. Es klemmte. Im

Kanadareiher schien alles etwas lädiert zu sein. Die Arbeitsfläche in der Küche hatte Scharten und war mit Kaffeeflecken übersät, die Polster auf den Rattansesseln waren durchgesessen und die Rohre gaben ein dumpfes *Klonk* von sich, wenn man das Wasser aufdrehte. Nur der Schlafboden war bisher keine Enttäuschung gewesen. Die Wände liefen schräg zur Decke zusammen und vom Fußende des Bettes konnte man auf die Küche und das Wohnzimmer hinuntersehen. Es war, als würde man in einem gemütlichen Baumhaus schlafen. Zumindest solange das Heulen nicht ertönte.

Nur noch ein Mal, dachte ich. *Wenn ich es noch ein Mal höre, hole ich Mom.*

Ich schlang mir die Decke fester um die Schultern, lehnte mich mit dem Rücken an die Wand und lauschte angestrengt.

Das zweite Mal wurde ich von einem Platschen aus dem Schlaf gerissen. Einem lauten Platschen. Wie von einem Felsbrocken, der ins Wasser plumpst. Ich schreckte auf und rutschte fast von meinem Fenstersitz.

Im Dämmerlicht bemerkte ich kreisförmige Wellen, die sich vom Steg über das Wasser ausbreiteten, als wäre von dort etwas Großes in den Thunder Lake gefallen oder gesprungen oder geworfen worden. Die Kreise wurden immer breiter, bis sie schließlich ausliefen und der See erneut wie eine gläserne Ebene vor mir lag.

»Bestimmt war es ein Seetaucher«, sagte Mom beim Frühstück. »Die sehen aus wie Enten und rufen sich nachts gegenseitig.«

»Es klang aber nicht nach einer Ente. Es klang nach einem Menschen. Oder nach einer Todesfee oder so was.«

»Ungefähr so?« Mom legte die Hände vor den Mund und stieß ein durchdringendes *uuu-UU-uuuu aus.*

»Was machst du da?«

»Das ist der Ruf eines Seetauchers.«

Ich bezweifelte, dass sie sich das ausdachte oder mir einen Bären aufbinden wollte. Trotzdem kam es mir seltsam vor. Warum sollten Vögel mitten in der Nacht so ein Geheul anstimmen?

»Wir besorgen dir ein paar Ohrenstöpsel. Damit wirst du schlafen wie ein Stein.«

»Ja, vielleicht.«

6

Vielversprechende Kandidatinnen

Ich hoffe, ihr sucht nicht nach Lebendködern. Die sind echt eklig, und meine Mom musste kurz nach nebenan, deswegen halte ich hier die Stellung. Ich kann euch mit allem helfen, nur mit Ködern nicht so gern. Es sei denn, ihr braucht sie wirklich dringend.«

Das Mädchen, das in Annas Lädchen auf dem Hocker hinter der Kasse saß, war so klein, dass man sie für eine Drittklässlerin hätte halten können. Aber passend zu ihrem limettengrünen T-Shirt mit der Aufschrift »Club der Wasserskiratten« trug sie glitzernden Lidschatten und lackierte sich die Fingernägel mit übel riechendem limettengrünen Lack. Dazu hatte sie die Finger gespreizt auf die Glasoberfläche einer riesigen Kühltruhe gelegt. In normalen Läden hätte man darin Eis am Stiel vermutet. Auf dieser Truhe jedoch klebte ein Schild mit der Aufschrift *RIESENREGENWÜRMER, BLUTEGEL, DICKKOPF-ELRITZEN und SCHIFFSHALTER – DIE FRISCHESTEN IN DER GANZEN STADT!*

»Wie steht es denn mit Ohrstöpseln?«, fragte Mom. Das Mädchen seufzte erleichtert auf, schraubte den Deckel auf das Fläschchen und pustete über ihre Nägel.

»Die sind hinten bei den Aspirin und der Zahnpasta. Ich habe euch beide hier noch nie gesehen. Woher kommt ihr? Mein Name ist Julie. Ich bin elfeinhalb, aber im Oktober werde ich zwölf, also bin ich fast elfdreiviertel.«

»Anthoni ist auch elf! Ihr würdet euch bestimmt super verstehen.« Mom stieß mich mit dem Ellbogen an und nickte mir aufmunternd zu, damit ich die Chance ergriff. »*TFE*«, flüsterte sie mir zu, drehte sich um und ließ mich mit Julie und den Riesenregenwürmern allein.

TFEs nannte man bei BienenBeauty die »Taktiken fürs Erstgespräch«, die einem die richtige Richtung vorgeben sollten und die man sich leicht merken konnte. Es waren Dinge wie »Stellen Sie sich vor«, »Erzählen Sie eine persönliche Anekdote« und »Entdecken Sie Gemeinsamkeiten«.

Julie lächelte mich an und entblößte dabei eine Zahnspange mit limettengrünen Gummis. »Ich dachte immer, Anthoni wäre ein Jungenname«, sagte sie. »Aber er ist schön. Ich kannte mal ein Mädchen, die hieß Sam, aber das war nur die Abkürzung für Samantha. Deinen Namen könnte man auch abkürzen. Ann oder Toni, zum Beispiel. Oder Annie?«

»Nur Anthoni«, erwiderte ich. »So hieß mein Großvater.«

Julie sah mich nachdenklich an und schien darauf zu warten, dass ich noch etwas sagte.

»Meine Mom dachte, ich würde ein Junge werden, und sie hält sich immer an ihre Pläne«, fuhr ich daher fort.

»Wie lustig! Wie wärs dann mit Initialen? Der neue Junge in unserer Klasse heißt Dana, das klingt eher wie ein Mädchenname. Deswegen nennt er sich DJ. Ist ein ziemlich komischer Vogel. Das heißt jetzt nicht, dass ich denke, du wärst das auch oder so.« Sie griff nach dem Nagellackfläschchen. »Soll ich dir deine Nägel auch anmalen? Der Lack leuchtet im Dunkeln. Aber komm damit bloß nicht in die Nähe von Lavendel. Das ist mein Meerschweinchen. Die dreht dann immer voll durch.«

Auf der Suche nach einem anderen Gesprächsthema sah ich

mich im Laden um. Ich wollte ihre Gefühle nicht verletzen, aber den Geruch von Nagellack konnte ich einfach nicht ertragen, und vor Meerschweinchen ekelte ich mich. Auf einem Ständer mit Postkarten entdeckte ich einige Archie-Comics. »Habt ihr auch was von den X-Men?«

»Oh Gott!« Julie schnaubte, als hätte ich etwas Heikles angesprochen. »Meine beste Freundin ist total besessen davon, und ich weiß einfach nicht, warum. Wer will schon etwas von kämpfenden Mutationen hören, die sich ständig gegenseitig in die Luft jagen?«

»Mutanten«, verbesserte ich sie. Julie war das einzige menschliche Wesen in meinem Alter, das ich bisher in Eagle Waters gesehen hatte. Allein deshalb musste ich sie als vielversprechende Kandidatin auf meine Liste setzen. Nur sammelten wir nicht gerade viele Punkte auf der Gemeinsamkeitenskala.

»Stimmt. Mutanten. Uäh! Meine Eltern würden niemals so gewalttätige Comics verkaufen. Sie mögen eher Dinge, die gut für Körper und Geist sind. Bist du eigentlich zum ersten Mal hier? Machst du bei unserer Wasserski-Gruppe mit? Das solltest du nämlich. Die Jungs aus der ersten Mannschaft sind dieses Jahr echt süß. Wo übernachtet ihr denn?«

Julie unterbrach ihren Redeschwall, sodass ich kurz »im Showschiff« einwerfen konnte. Sie sog scharf die Luft durch ihre Zahnspange.

»Echt jetzt? Das ist aber nicht, äh ...« Ihr Blick wanderte zum Fenster. »Hey! Sag mal, sieht euer Auto aus wie eine Biene?« Sie sprang vom Hocker, um es sich genauer anzuschauen. »Tatsache! Ein Bienenauto! Das ist ja so was von cool! Darf ich ein Foto davon machen? Ich muss unbedingt ein Foto davon machen!«

Während Julie mit ihrem Handy hantierte, um durchs Fenster

den besten Winkel für ihr Foto zu finden, spürte ich Mom in einem Gang mit Zahnpasta, Katzenfutter und Erdnussbutter auf.

»Sie ist nett«, flüsterte Mom. »Aber eher Vermittlerin als Kandidatin, oder?«

Ich nickte. Eine Kandidatenliste konnte man auch aufstellen, indem man eine Vermittlerin kennenlernte und sich ihren Freunden vorstellen ließ.

Die Ladenglocke bimmelte und Gelächter erfüllte den Raum.

»Julie, sag mir nicht, deine Mutter hat diesen scheußlichen Wagen da draußen gekauft! Euer Laden ist doch kein Zirkus!«

Ich drehte mich zu der unverschämten Frau um und bedachte sie mit einem bösen Blick, aber als Mom sie entdeckte, packte sie meinen Arm und zog mich in den hintersten Gang. Vor einem Regal mit Babynahrung gingen wir in die Hocke.

»Was soll das werden?«, flüsterte ich und versuchte, mich aus ihrem Griff zu winden.

Mom schnappte sich ein Glas mit Rote-Beete-Brei. »Tu so, als würden wir uns unterhalten.«

»Wir unterhalten uns doch. Warum hocken wir hier? Gehts dir gut?«

»Mrs Quinn!«, quiekte Julie. »Das Auto gehört nicht uns, sondern meiner neuen Freundin Anthoni. Ist Maddy auch da?«

Wieder ertönte die Türglocke und Julie stieß einen schrillen Schrei aus: »MADDYYYYYYYYY!«

Maddy? Maddy *Quinn*? Ich lugte hinter dem Regal hervor und erhaschte einen Blick auf knöchelhohe marineblaue Sneakers.

Mom war blass geworden, was ich mir nicht erklären konnte. Wenn das wirklich Maddy Quinn war, musste die Frau Mary Pepper sein. Genau die Mary Pepper, die mit Mom durch den »magischen« Thunder Lake geschwommen war, sechs Sommer hintereinander.

Warum also taten wir so, als würden wir uns über Babynahrung unterhalten?

Mit erhobenen Armen, wie ein Arzt im Fernsehen, der sich gerade für eine OP die Hände desinfiziert hatte, tauchte Julie hinter uns im Gang auf. Als ich das Mädchen an ihrer Seite entdeckte, musste ich lächeln. Maddy Quinn sah überhaupt nicht mehr aus wie das Mädchen mit den Zöpfen aus meiner Erinnerung. Doch in der Hand hielt sie ein zusammengerolltes Comic-Heft. Ich konnte zwar nicht genau sagen, um welches es sich handelte, aber ich erkannte das Marvel-Logo und sah ein Stück von etwas aufblitzen, das wie eine Metallkralle aussah.

»Na Gott sei Dank!«, sagte Julie. »Ich dachte schon, ihr hättet euch in Luft aufgelöst. Das wär echt seltsam gewesen. So was ist hier noch nie passiert. Das hier ist Anthoni, meine neue Freundin. Ihr gehört das Bienenauto.«

»Carrie Floss?«, fragte Mrs Quinn. »Dich habe ich ja nicht mehr gesehen, seitdem die Mädchen im Kindergarten waren. Was in aller Welt machst *du* denn hier?«

Mom richtete sich auf und fing an, Small Talk mit Mrs Quinn zu halten, als wäre sie irgendeine x-beliebige Fremde, die sie auf der Straße getroffen hatte. Warum hüpften sie nicht auf und ab und fielen einander um den Hals, wie wahre Freundinnen es taten, wenn sie sich seit Jahren nicht gesehen hatten? Ich schluckte meine aufkeimende Nervosität herunter und grüßte Maddy lächelnd. Sie nickte mir zu und beugte sich zu Julie.

»Wir kennen uns von früher«, sagte sie ganz leise. Ich hörte es trotzdem. Maddy Quinn hatte mich also nicht vergessen.

»Hast du das Showschiff schon gesehen?«, fragte Mrs Quinn. »Du wirst es nicht wiedererkennen. Seit Mr Boulays Tochter es übernommen hat, geht es damit nur noch bergab.«

»Charlotte?«, fragte ich.

Mrs Quinn sah mich überrascht an. »Du kennst sie?«

»Anthoni übernachtet dort«, warf Julie ein.

Maddy gab ein ersticktes Geräusch von sich. »Ernsthaft?«

»Und wo seid *ihr* untergekommen?«, fragte ich.

Mrs Quinn lächelte mich an, als wäre ich eine Fünfjährige, die gerade eine niedliche Bemerkung gemacht hatte. »Leon und ich haben uns eine Ferienblockhütte gekauft, nachdem ich befördert wurde«, erklärte sie Mom. »Aber dann haben wir uns entschieden, dem Hamsterrad zu entkommen und endgültig hierherzuziehen. Lebensqualität ist wichtiger, als bis zum Gehtnichtmehr zu schuften, findest du nicht auch?« Sie berührte Mom am Ellbogen. »Ich kann nicht fassen, dass du das noch nicht wusstest, Carrie. Wir haben uns einfach zu lange nicht mehr gesehen!«

Maddy flüsterte Julie etwas zu, und als sie sich zu ihr umwandte, steckte sie das aufgerollte Comic-Heft in ihre Gesäßtasche. Es entfaltete sich zumindest so weit, dass ich sehen konnte, worum es sich dabei handelte: *Wolverine und die X-Men.*

Mrs Quinn klatschte in die Hände. »Storniert doch eure Reservierung. Ihr könnt bei uns bleiben.«

Mir blieb die Spucke weg. In Sekundenschnelle hatte sich alles verändert. Statt in einem schnöden alten Resort würden wir ab sofort in einer Blockhütte wohnen, gemeinsam mit meiner zukünftigen wahren Freundin Maddy Quinn. Ich sah es klar und deutlich vor mir: Maddy und ich, wie wir uns ein Zimmer teilten, Comics tauschten, uns Geheimnisse anvertrauten und lachten, bis wir Seitenstiche bekamen.

»Nein, nein«, lehnte Mom ab. »Wir lieben das Showschiff. Es ist ganz zauberhaft.«

»Echt?«, fragte Julie.

Ich zwang mich, die Kinnlade wieder zu schließen, die mir bis auf den Boden reichen musste. *Zauberhaft? Es lieben?*

Mrs Quinn klang fast ein bisschen erleichtert. »Dann kommt wenigstens mal zum Abendessen vorbei. Zum Beispiel nächste Woche ...« Sie stockte, als sie das Breigläschen in Moms Hand entdeckte. »Ein Baby? Carrie, ich hatte ja keine Ahnung!«

Mom richtete sich zu voller Größe auf und setzte ihr selbstbewusstes BienenBeauty-Lächeln auf. »Ach, das hier?«, sagte sie und hielt den Rote-Beete-Brei hoch. »Damit kann man ganz tolle Smoothies machen. Die Antioxidantien wirken Wunder für den Teint. Das solltest du auch mal ausprobieren.«

Julie kam zu mir und fing an zu kichern. »Man lernt jeden Tag was Neues. Smoothies aus Babybrei. Aus *Rote-Beete*-Babybrei! Ganz schön abgefahren, aber ich würds versuchen. Du nicht, Maddy?«

Maddy Quinn knabberte an einem Fingernagel und musterte mich ebenso kritisch wie die Rote Beete. »Ich denke, eher nicht.«

Seit sie den Laden betreten hatte, schwebte ich wie auf Wolken. Doch der finstere Unterton in ihrer Stimme ließ dieses Gefühl für einen Sekundenbruchteil verpuffen. Nach einem Blick auf den Wolverine-Comic war ich allerdings sofort wieder überzeugt davon, auf dem richtigen Weg zu sein. *Vielleicht* ... dachte ich, stoppte mich aber. Floss-Mädels kennen kein Vielleicht. An Fleiß und Durchhaltevermögen würde es nicht scheitern. Alles, was ich jetzt noch brauchte, war ein Plan.

7

Bienenkönigin

Auf dem Rückweg von Annas Lädchen fing es an zu nieseln, und als wir schließlich am Kanadareiher ankamen, goss es in Strömen. Der Regen wühlte die graue Oberfläche des Thunder Lake auf, bis sie schäumte. Eigentlich hatte Mom am ersten Tag mit mir schwimmen gehen wollen, stattdessen teilten wir nun die Aufgaben der Floss-Mädels-Power-Putzliste auf. Wir schrubbten sogar den avocadogrünen Kühlschrank blitzblank und saugten die rot-weiß karierten Vorhänge ab.

Da die Hütte recht klein war, dauerte es nicht lang. In einer Ecke des Wohnzimmers befand sich die Küchenzeile mit Spüle, Herd und einem Picknicktisch. Dann gab es noch ein winziges Bad, Moms Schlafzimmer und den Schlafboden.

Als wir fertig waren, roch es nicht mehr nach Muff, sondern nach unserem Bio-Grapefruit-Reiniger. So entsprach der Kanadareiher schon eher meinen Erwartungen und ich war nicht mehr ganz so enttäuscht wie noch am Abend zuvor.

Mom hängte ihr Whiteboard über den Picknicktisch, während ich uns eine japanische Nudelsuppe zu Mittag machte. Ich holte ein paar Comic-Hefte von *Wolverine und die X-Men* und ließ mich in einen der Hängesessel neben dem Rattansofa sinken.

Der Kanadareiher hatte zwar nicht sonderlich viel zu bieten, aber diese beiden Sessel waren richtig cool. Sie hingen von der Decke und bestanden aus dicken Seilen, wie Hängematten – nur besser. Man konnte damit hin und her schaukeln, wie in kuscheligen, mit Kissen gepolsterten Bienenkörben. Erst hatte ich Schiss, dass der Sessel, in dem ich es mir gerade gemütlich gemacht hatte, abreißen und ich inmitten von Suppe und Comics auf dem Boden landen würde. Aber überraschenderweise hielt er.

Nachdem Mom eine Spalte für vielversprechende Kandidatinnen auf das Whiteboard gemalt hatte, setzte sie sich in den Sessel neben mich und schwang vor und zurück, während sie ihre Nudeln schlürfte. Sie sah noch müder aus, als ich mich fühlte. »Dieser Ort war früher mal richtig beliebt. Als Oma und Opa noch klein waren, haben hier häufig Filmstars Urlaub gemacht. Bob Hope war jeden Sommer hier.«

»Wer ist Bob Hope?«

Mom seufzte. »Ein berühmter Entertainer ... Siehst du. Das war eine völlig andere Welt.«

So saßen wir eine Weile da, schaukelnd und schlürfend, und während ich las, blickte Mom auf den Thunder Lake hinaus. Es hatte zu regnen aufgehört und ein heiteres Hellblau machte sich am Himmel breit. Die Unterseite der Wolken war noch immer dunkel, doch auf dem See funkelten die Sonnenstrahlen wie verstreuter Glitzer.

»Magisch«, hauchte Mom.

Ich blätterte durch einen Comic, auf dessen Cover die »Jean-Grey-Schule für höhere Bildung« abgebildet war. Die Mutanten lernten sich meistens als Kinder an dieser Schule kennen und wurden Freunde fürs Leben. Ganz egal, was nach der Schulzeit geschah – ob sie ihre Familie oder sogar ihre Superkräfte verloren –, sie blieben Freunde. Sie setzten sich für die anderen ein, alberten zusammen herum und waren immer zur Stelle, wenn man sie brauchte. Ich war mittlerweile auf neun Schulen gewesen und hatte bisher nicht eine einzige derartige Freundin gefunden. Aber Maddy ...

»Hey, Mom. Hast du noch die Ausgaben von *Wabengeflüster* aus dem letzten Jahr?«

»Klar, warum?«

»Also … ich musste an einen Artikel denken, den ich gern noch mal lesen möchte.«

»Du findest sie im Schlafzimmer in der Schachtel mit den Werbematerialien.«

Ich holte den Packen Prospekte, breitete ihn auf dem Picknicktisch aus und blätterte mich durch den Stapel. Dabei kamen mir Titel unter wie »Fünf Taktiken fürs Erstgespräch: Wie man seinem Gegenüber den Honig sofort schmackhaft macht« und »Wie man eine königliche Kandidatenliste aufstellt«. Der Artikel, nach dem ich suchte, war auf Seite zwei der Juni-Ausgabe vom letzten Jahr:

Wie Sie dem Herzenswunsch der Kundin auf die Spur kommen und zu der Person werden, die diesen Wunsch erfüllt

von Carrie Floss

So wird Ihre Kundin zu einer wahren Freundin fürs Leben – garantiert!

Aktionsplan – Schritt für Schritt zum Erfolg:

1. *Vielversprechende Kandidatinnen kennenlernen*
   - ☐ *Schwärmen Sie aus und unternehmen Sie etwas*
2. *Auswahl eingrenzen*
   - ☐ *Ermitteln Sie die vielversprechendste Kandidatin und finden Sie einen Draht zu ihr*
3. *Vertrauen schaffen*
   - ☐ *Wirken Sie nicht, als wollten Sie etwas von ihr, erreichen Sie, dass sie etwas von Ihnen will*

4. *Den Herzenswunsch in Erfahrung bringen*
   - ☐ *Hören Sie zu*
5. *Tun, was zu tun ist*
   - ☐ *Seien Sie ein fleißiges Bienchen und erfüllen Sie ihr den Wunsch!*

Ich erinnerte mich daran, wie ich Mom mit der Liste geholfen hatte. Die Anspielungen auf Bienen waren meine Idee gewesen, und ich war immer noch ziemlich stolz darauf. Damals hatten wir eigentlich nur versucht, den Prospekt mit Text zu füllen, jetzt aber kamen mir die einzelnen Schritte vor wie Orientierungspunkte auf einer Schatzkarte.

Ich schnappte mir mein Notizbuch und schlug eine leere Seite auf. In Druckbuchstaben schrieb ich: *AKTIONSPLAN – SCHRITT FÜR SCHRITT ZU WAHRER FREUNDSCHAFT* und übernahm Moms Liste. Schritt eins, *Schwärmen Sie aus und unternehmen Sie etwas*, konnte ich abhaken. Bei Annas Lädchen hatte ein Anmeldebogen für einen Schwimmkurs ausgelegen. Während Mom ihn ausgefüllt hatte, war Julie vor lauter Begeisterung herumgehüpft und hatte gerufen: »Juhuuu! Da machen *alle* mit! Wie cool!«

Ich ging davon aus, dass *alle* auch Maddy Quinn mit einschloss.

Als ich Schritt zwei, *Auswahl eingrenzen: Ermitteln Sie die vielversprechendste Kandidatin*, aufschrieb, musste ich lächeln. Maddy war mit Abstand die vielversprechendste Kandidatin, die ich je getroffen hatte. Genau wie die Jungen und Mädchen an der Jean-Grey-Schule für höhere Bildung hatten Maddy und ich eine gemeinsame Vergangenheit. Damals hatte sie mich schließlich auch schon gemocht. Außerdem hatten wir bereits zusammen gegen Drachen gekämpft.

Ich kritzelte den Namen *Maddy Quinn* neben Schritt zwei und malte Sterne drum herum. Es machte Spaß, sich einen Plan zurechtzulegen. Seit Mom mir von Maddy erzählt hatte, kam es mir vor, als würde mir das Schicksal zurufen: *Jetzt! Das ist deine Chance.* Es lag an mir, meinen Traum Realität werden zu lassen. So, wie Mom es zur Bienenkönigin geschafft hatte. So, wie sie alles schaffte. Immer.

Als ich den Bleistift weglegte, stand Mom wieder vor dem Whiteboard und arbeitete an ihrer eigenen Liste. In die Spalte mit den vielversprechenden Kandidatinnen hatte sie den Namen »Charlotte Boulay« geschrieben, darunter drei Schritte:

1. *Kostenlose Pröbchen*
2. *Beflügelndes Umstyling*
3. *Bienen-Party ausrichten*

»Charlotte Boulay? Ist das dein Ernst?«, fragte ich.

»Mr Boulay hat uns vom Wasserski-Team früher ständig erzählt, dass seine Tochter in Hollywood mit vielen berühmten Filmstars zusammenarbeitet. Damit muss er Charlotte gemeint haben!«

»Ja, und?«

»Glaubst du nicht, sie hat ein paar gute Kontakte?«

Ich runzelte die Stirn. »Keine Ahnung ...«

»Selbst wenn nicht – sie eignet sich hervorragend als Arbeitsbiene«, meinte Mom. »Sie könnte die Goldnektar-Sonnencreme an der Rezeption verkaufen.«

Auf einmal wurde mir das alles zu blöd.

»An wen? Die Seetaucher?«, fauchte ich.

Mom machte ein verletztes Gesicht.

Sofort bekam ich ein schlechtes Gewissen. Keine Ahnung, warum ich sie so anzickte. Gerade war ich noch gut gelaunt gewesen, jetzt schnürte sich mir die Kehle zu.

»Tut mir leid«, sagte ich.

»Ich kann dich ja verstehen, aber die Feriensaison geht erst am vierten Juli richtig los. Bestimmt wimmelt es hier dann nur so von Menschen.«

Sie schrieb die Worte »Deadline: 4. Juli« neben Charlotte Boulays Namen an die Tafel, so langsam, als würde sie selbst nicht daran glauben. Ans Ende setzte sie ein Fragezeichen.

Mit einem Mal wurde mir klar, was mich störte.

»Warum arbeitest du überhaupt?«, fragte ich.

»Warum denn nicht?«

»Ähm ... weil wir Urlaub machen? Außerdem bist du doch jetzt Bienenkönigin. Arbeitsbienen anwerben ist Aufgabe der Flugbienen.«

Mom legte den Stift weg.

»Tja ... darüber wollte ich noch mit dir sprechen.«

Sie kratzte über einen Mückenstich an ihrem Handgelenk und sah mir dann in die Augen. Irgendetwas stimmte nicht. Hatte BienenBeauty die Regeln geändert? Musste Mom weiterhin Leute rekrutieren, obwohl sie jetzt Bienenkönigin war? Das wäre unfair.

»Ich bin keine Bienenkönigin, Anthoni«, sagte sie leise. »Ich habe mein Ziel nicht erreicht.«

Es fühlte sich an wie ein Schlag ins Gesicht. Als hätte mir Emma Frost im Diamantzustand einen Kinnhaken verpasst.

»Doch, bist du«, erwiderte ich. »Du hast es mir doch erzählt!« Sie redete wirres Zeug.

»Eigentlich nicht. Du bist irgendwie zu diesem Schluss gekommen. Und dann warst du so glücklich darüber, dass ich es nicht übers Herz gebracht habe, dich zu enttäuschen.«

»Du hast mich *angelogen*?«

Es wollte mir nicht in den Kopf. Ich ging die letzten beiden Tage im Geist noch einmal durch und rief mir ins Gedächtnis, was sie getan und gesagt und was mich auf die Idee gebracht hatte, sie wäre Bienenkönigin. Ganze zwei Tage hatte sie mich glauben lassen, dass unsere harte Arbeit sich ausgezahlt hätte und wir endlich wieder aufatmen konnten. Sie hatte mich glauben lassen, wir müssten nicht mehr ständig von einem Bundesstaat in den nächsten ziehen, müssten uns keine Nächte und Wochenenden mehr um die Ohren schlagen, für die Inventur, oder um Pröbchenpakete mit himmlischen Honigglanz-Produkten zu packen. Ich hatte geglaubt, die Zeiten, in denen wir mit dem Taschenrechner in den Supermarkt gegangen waren, um auszurechnen, ob die Zutaten für eine hausgemachte Pizza noch ins Monatsbudget passten, wären vorbei.

Mom ging zum Fenster und blickte auf den Thunder Lake hinaus.

»Was machen wir dann überhaupt hier?«, fragte ich. Wenn wir unser Ziel nicht erreicht hatten, hatten wir uns auch die Belohnung nicht verdient. »Ich will die Wahrheit hören.«

Mom setzte sich mir gegenüber auf die Picknickbank.

»Ich wusste nicht, was ich sonst tun sollte. Mr Li brauchte die Miete, und ich brauchte ... Zeit. Um uns wieder zurück auf den richtigen Weg zu bringen.«

Die Bedeutung der Worte drang nur langsam zu mir durch. *Zurück auf den richtigen Weg*. Dann begriff ich.

Mr Li, unser Vermieter, hatte in letzter Zeit ständig geklingelt oder Nachrichten hinterlassen. Wenn ich an die Tür ging, sagte er stets mit unschuldiger Stimme: »Wollte nur mal vorbeischauen«. Ich dachte, er würde etwas Neues ausprobieren und sich zur Abwechslung mit seinen Mietern gutstellen, dabei hatte er uns in Wirklichkeit rausschmeißen wollen.

Mir wurde schlecht.

»Sind wir …« Ich fand kaum die richtigen Worte. Durchgebrannt? Auf der Flucht? Diebe?

»Ich werde ihm die Miete zukommen lassen«, sagte Mom. »Versprochen. Aber als klar war, dass ich das Geld für den Aufenthalt im Showschiff nicht zurückbekomme, habe ich eine Kosten-Nutzen-Analyse gemacht und mir gedacht …«

»Wir verstecken uns hier einfach für sechs Wochen.« Ich wandte den Blick ab. Das spektakuläre Showschiff-Resort war nicht bloß eine Enttäuschung. Es war eine Katastrophe.

»Wir verstecken uns doch nicht.« Mom setzte sich aufrecht hin und zwang sich zu einem Lächeln. »Wir nehmen nur einen kleinen Umweg. Umwege können auch Gutes bewirken. Und manchmal will es das Schicksal auch einfach so …«

Wir schwiegen. Mom blickte hinaus auf den See und kaute gedankenverloren auf ihrer Unterlippe. Die Wolken hatten sich endgültig verzogen und der Himmel leuchtete strahlend blau. Böse starrte ich nach draußen. Die Sonne war hier gerade fehl am Platz.

Sorgen über Sorgen stürzten auf mich ein: Was, wenn wir die Miete nicht zurückzahlen konnten? Würde jemand nach uns suchen? Mr Li? Die Polizei? Was passierte in sechs Wochen, sobald unsere Zeit im Showschiff abgelaufen war? Wohin sollten wir gehen? Zu Opa konnten wir nicht. Mom hatte ihn überredet, nach Seelenruh zu ziehen. Dort zu wohnen würde man uns nicht erlauben. Und wenn wir schon kein Geld für die Miete hatten, woher nahmen wir dann das für andere Dinge? Essen zum Beispiel?

In Gedanken spulte ich Wochen und Monate zurück. Mom musste schon länger gewusst haben, wie schlecht es um uns stand. Warum hatte sie nie etwas gesagt? Bestimmt hatte sie sich furchtbare Sorgen gemacht, trotzdem hatte sie es mit keiner Silbe erwähnt. Wir Floss-Mädels hatten normalerweise keine Geheimnisse voreinander. Wir hatten nur uns, und wenn wir uns nicht einmal gegenseitig vertrauen konnten, waren wir geliefert.

Schließlich atmete Mom geräuschvoll aus.

»Ich habe einen neuen Plan«, sagte sie.

Neugierig beugte ich mich vor.

Sie stand auf und wischte das Whiteboard sauber. *Gut.* Wenn wir den Karren wieder aus dem Dreck ziehen wollten, sollten wir uns nicht auf Charlotte Boulay verlassen.

Doch Mom nahm den Whiteboard-Marker und warf ihn in den Müll. Ich war sprachlos.

»Wir machen Folgendes«, sagte sie. »Wir ziehen jetzt unsere Badeanzüge an, gehen runter zum See und genießen diesen wundervollen Tag.«

So hatte ich sie noch nie erlebt. Sie wusste nicht weiter. Versuchte Zeit zu gewinnen. Gab auf. Nicht zu fassen, dass ausgerechnet meine Mutter, die sonst nicht aufzuhalten war und sich immer durchbiss, keine Ahnung hatte, was sie tun sollte. Und solange ihr kein Geistesblitz kam, saßen wir hier im Showschiff-Resort fest.

»Das ist kein Plan«, sagte ich.

Mom kaute auf ihrer Unterlippe. »Ich weiß, Schätzchen. Aber im Moment fällt mir nichts Besseres ein.«

8

Thunder Lake

Bis zu den Holztribünen, die ich von meinem Schlafzimmerfenster aus gesehen hatte, war es nur ein kurzer Spaziergang über den Hänsel-und-Gretel-Pfad. Der Boden unter meinen bloßen Füßen war nass, und Kiefernnadeln klebten mir zwischen den Zehen. Nach dem Sturm lag der Wald still und in feuchten Dunst gehüllt da, was ihn zugleich friedlich, aber auch gespenstisch wirken ließ.

Ich trug einen alten Wasserskiratten-Badeanzug von Mom, den sie zwanzig Jahre in einer Schachtel mit Erinnerungen aufbewahrt hatte. Er roch nach Mottenkugeln, passte aber. Es war irgendwie komisch, nur halb bekleidet durch den Wald zu laufen, vor allem im Badeanzug einer Person, die mich monatelang angelogen hatte. Ich schlang mir das Handtuch um die Schultern, damit die unbehagliche Kälte nachließ, die sich in mir ausgebreitet hatte.

Ich war noch nie schwimmen gewesen, nicht einmal mit der Schule. Ich hatte es immer ausprobieren wollen, aber Mom hielt Schwimmbäder für unhygienisch und meinte, wenn sie erst Bienenkönigin sei, würde ich schwimmen lernen, wie es sich gehörte – und zwar im Thunder Lake. Doch sie war keine Bienenkönigin. Und wir machten zurzeit *nichts* so, wie es sich gehörte.

Kaum hatte Mom den Steg betreten, warf sie mir ihr Handtuch zu, nahm zwei Schritte Anlauf und hechtete in den See. Der klapprige Steg wackelte, als würde er jeden Moment einstürzen. Erschrocken setzte ich mich hin, damit ich nicht ins Wasser fiel.

Der Regen, der sich auf dem Holz zu Pfützen gesammelt hatte, sog sich in meinen Badeanzug, sodass mir die Kälte noch tiefer in die Knochen kroch. Sämtliche positiven Gedanken, die ich je zum Thema Schwimmenlernen gehabt hatte, lösten sich in Luft auf. Aus nächster Nähe betrachtet, waren der Thunder Lake ebenso wie das Showschiff und womöglich mein ganzes Leben nicht annähernd so spektakulär, wie ich es mir ausgemalt hatte.

Sah man den Thunder Lake aus weiter Entfernung, auf einer Postkarte oder vom Fensterplatz des Schlafbodens aus, war er blau. Ging man aber so nah heran, dass man die Füße darin baumeln lassen konnte, hatte er eine ungesunde Farbe – orangebraun, mit Algen und Seerosenblättern, die in kleinen Teppichen auf der Wasseroberfläche schwammen. Zwei Schritte vom Ufer entfernt wurde das rostfarbene Wasser so tief und dunkel, dass man nicht mehr bis auf den Grund sehen konnte. Ich erschauderte. Es war nicht der grüne Film auf dem See, der mich so störte. Es war etwas Unheilvolleres. Der See wirkte bodenlos. Tückisch. Als könnte man von ihm verschluckt werden und nie wieder auftauchen.

Als Mom zurück an die Oberfläche kam, legte sie die Arme auf den Steg und strampelte mit den Beinen wie ein Kind. »Halt doch wenigstens mal die Füße rein. Es ist himmlisch«, sagte sie.

Ich sah zu der Stelle, wo Mom das Wasser aufwühlte. Von dort hatten sich auch heute Morgen diese schauderhaften Ringe ausgebreitet. Ich ließ meine Füße, wo sie waren.

»Da drüben ist Annas Lädchen, siehst du?«, fragte sie und deutete zur anderen Seite des Sees.

Fast direkt gegenüber entdeckte ich einen rechteckigen Streifen Sand. Das musste der öffentliche Badestrand sein. Dahinter befand sich das blaue Lädchen. In der Ferne wurde ein Wasserskifahrer von einem Motorboot an der gelben Kirche vorbeigezogen, und in Ufernähe schaukelte ein Segelboot auf den Wellen. Auf unserer Seite des Sees, in der Bucht, bewegte sich bloß eine Schar Enten, die hin und wieder mit dem Kopf untertauchte und dabei die weißen Hinterteile aufblitzen ließ.

»Mary Pepper und ich haben uns mal mit Schwimmreifen auf die andere Seite treiben lassen, um uns ein Eis bei Anna zu holen«, sagte Mom. »Für den Hinweg haben wir eine Stunde gebraucht, für den Rückweg aber zwei, weil es so windig war. Das war das leckerste Eis, das ich je gegessen habe!«

Mom strich sich den nassen Pony aus der Stirn, und durch das Licht waren die dunklen Ringe unter ihren Augen auf einmal wie weggezaubert. Sie hätte mich wohl gern lächeln oder lachen gesehen, aber mir war gerade nicht danach.

»Der Thunder Lake war immer so ein magischer Ort«, fuhr sie fort. »Hier passierten ständig die erstaunlichsten Dinge.«

»Was zum Beispiel?«

Ich sah mich nach einem Funken dieser Magie um – nach etwas, das mich in Staunen versetzte und bei dessen Anblick mir ein Prickeln im Nacken zeigte, dass das Schicksal es gut mit mir meinte und ich zur richtigen Zeit am richtigen Ort war. Es musste nichts Weltbewegendes sein. Ich würde mich mit allem zufriedengeben, solange es darauf schließen ließ, dass diese Katastrophe von einem Sommer ein Umweg war, der sich lohnte. Doch mir fiel bloß eine Ansammlung brauner, schmieriger und angefressener Seerosenblätter ins Auge.

Mom stieß sich vom Steg ab. »Das hier zum Beispiel.«

Sie tauchte mit dem Kopf unter, machte eine Rolle und kam lachend wieder hoch. Das war typisch Mom. Selbst nachdem unser Fünfjahresplan sich in Rauch aufgelöst hatte, das Vertrauen zwischen den Floss-Mädels verpufft war und das Showschiff-Resort sich als jämmerliches Drecksloch entpuppt hatte, fand sie immer noch etwas, worüber sie lachen konnte. Mom wartete nie darauf, dass die Magie zu ihr kam. Sie sorgte selbst dafür.

»Guck mal. Mein Delfinsprung«, sagte sie und schnellte hoch, weit genug, dass sie mit dem Kopf voran wieder untertauchen konnte und ihre Beine durch die Luft sausten wie die Schwanzflosse eines Delfins.

Ich hatte Mom noch nie schwimmen gesehen. Im Wasser war sie irgendwie anders – gelöster, glücklicher, mehr sie selbst. Und so sauer ich auch auf sie war, flackerte doch ein kleiner Hoffnungsschimmer in mir auf. Wir bekamen das schon wieder hin. Bestimmt würde es nicht leicht werden, aber wenn wir positiv blieben und hart arbeiteten, konnten wir unser Schicksal in die richtige Richtung lenken. Das mussten wir einfach. Und sollte Mom kein vernünftiger Plan einfallen, würde *ich* mir eben etwas überlegen.

»Wo stehen wir?«, fragte ich. »Zahlenmäßig, meine ich. Wie viele Arbeitsbienen konntest du auf der Klimaanlagen-Konferenz anwerben?«

Mom trieb auf der Stelle. »Ich bin nicht hingegangen. Das war sowieso keine gute Idee. Auf Konferenzen darf man eigentlich nichts verkaufen, es sei denn, man ist offizieller Sponsor.«

Sie war nicht mal da gewesen! Ich hätte ausflippen können, bewahrte aber die Ruhe. »Wie viele brauchen wir? Nicht, um Bienenkönigin zu werden. Nur, um Mr Li auszuzahlen.«

Mom schwamm näher heran und legte ihre Ellbogen wieder auf den Steg. »Wenn wir vor Ende des Monats fünf einfache Arbeitsbienen oder eine Premiumberaterin gewinnen können, kriege ich einen Bonus, mit dem ich die Miete zurückzahlen kann. Aber … ich weiß nicht, Anthoni. Uns bleibt nicht gerade viel Zeit.«

Ich starrte ins trübe Wasser. »Am Montag fängt der Schwimmkurs an, oder?«

Sie nickte.

Selbst wenn ich momentan nicht mal den kleinen Zeh in diesen schmuddeligen See halten wollte, hatten wir nur noch zwei Wochen bis zum Monatsende. Mom musste dringend neue Leute kennenlernen.

»Nimm am Montag die Produktpröbchen mit«, sagte ich. »Du kannst die Eltern am Strand anwerben.« Das hatte schon mit meinem Karatekurs in Cleveland funktioniert, allerdings hatten daran auch fünfzig Kinder teilgenommen. Ich war mir nicht sicher, ob es in Eagle Waters überhaupt fünfzig Leute gab.

»Ich ... versuchs. Wenns geht ...«

Ich zwang mich zu einem Lächeln. Wenn das hier funktionieren sollte, musste ich optimistisch bleiben, aber es zu »versuchen«, würde nicht reichen. Und wenn das jemand wissen sollte, war das Mom. Jede Oberflugbiene lernt die drei goldenen TIPs:

1. Treten Sie positiv auf
2. Investieren Sie in Erfolg
3. Packen Sie's an

»Geht nicht, gibts nicht. Schwierigkeiten sind in Wahrheit bloß Herausforderungen«, erinnerte ich sie.

»Klar. Du hast ja recht, Anthoni.«

Mom ließ den Steg los und trieb auf dem Rücken. Nachdenklich sah sie zu den Wolken hoch. Während sie sich rückwärts schwimmend von mir entfernte, übte ich mich im Positivdenken. Am Montag ging ich zum Schwimmkurs und Mom würde vielversprechende Kandidatinnen kennenlernen. Sie würde genug

Arbeitsbienen finden, um Mr Li auszuzahlen, und dann würden wir anfangen, Geld für die Kaution unserer nächsten Wohnung zurückzulegen.

Wo auch immer die sein mochte …

Ich schob den negativen Gedanken rasch beiseite, bevor weitere folgen konnten, und rief mir meinen eigenen Plan ins Gedächtnis. Sobald Maddy Quinn und ich beste Freundinnen waren, würde alles einfacher werden. Egal, wo ich dann wohnte – wir würden uns schreiben und telefonieren. Und egal, was passierte – wir würden Freundinnen bleiben. Das Showschiff war einer der positiven Umwege. Einer von denen, die einfach Schicksal waren.

Das beklemmende Gefühl in meiner Brust ließ nach und der Hoffnungsschimmer wurde heller. Positives Denken half wirklich. Ich probierte es weiter. Der Wald war nicht unheimlich, er war magisch. Das nächtliche Heulen war nur der Ruf eines Seetauchers. Und möglicherweise kam das Platschen auch von etwas wirklich Erstaunlichem oder sogar Unglaublichem, zum Beispiel von einem Otter – oder einer Meerjungfrau.

Es klappte. Ich fühlte mich besser. Die Füße hielt ich trotzdem nicht ins Wasser.

9
Schwimmkurs

»Du kannst mich hier rauslassen, Mom«, sagte ich, als Annas Lädchen hinter den Bäumen in Sicht kam. Die Fahrt über den holprigen Waldweg, der auf die andere Seite des Thunder Lake und in Richtung Stadt führte, hatte sieben Minuten gedauert. Mit jedem Ruckeln des Bienenmobils wurde ich angespannter. Die Träger von Moms uraltem Wasserskiratten-Badeanzug schnitten mir in die Schultern, als wollten sie mich warnen. *Achtung, Gefahr. Kehr um!*

»Red keinen Unsinn«, sagte Mom. »Ich will doch deine Schwimmlehrerin kennenlernen.«

»Du könntest mich rauslassen und in Ruhe nach einem Parkplatz suchen«, schlug ich vor, hatte aber vergessen, dass es in Eagle Waters weder Parkplätze noch Gehwege gab. Es gab ja nicht einmal eine Ampel.

»Zu spät!« Mom lenkte das Bienenmobil an den Straßenrand und stellte es neben den anderen Autos ab. Woher kamen all die Leute? Am Strand tummelten sich mehr Menschen, als wir in den ganzen letzten drei Tagen zu Gesicht bekommen hatten. Ich überprüfte, ob die BienenBeauty-Pröbchen auch wirklich in der Tasche mit den Handtüchern waren.

Mom drückte meinen Arm. »Regel Nummer eins: Diesen Sommer gehst du nur in Begleitung eines Erwachsenen schwimmen. Verstanden?«

Ich kaute auf der Innenseite meiner Wange. »Ich glaube, ich möchte überhaupt nicht ins Wasser.«

Mom schnalzte vorwurfsvoll mit der Zunge und schleuderte mir drei ihrer liebsten Lebensweisheiten entgegen. »Negatives Denken führt zu negativen Ergebnissen. Entscheidend ist nicht, ob du dich mutig fühlst; entscheidend ist, dass du mutig handelst. Ändere deine Einstellung!« Dann: »Lass dir Zeit.«

Sie stellte den Rückspiegel neu ein und öffnete den Honigmäulchen-Lippenstift.

Auf der anderen Straßenseite vor Annas Lädchen standen Julie und ein kleiner Junge mit leuchtend gelben Schwimmflügeln. Das musste ihr Bruder sein. Sie versuchte, ihn am Arm über die Straße zu ziehen, aber der Junge sah erst tausend Mal nach links und rechts, bevor er in einem Affenzahn über die Fahrbahn zum Strand sprintete. Sie rannte hinter ihm her.

»Guck mal«, sagte Mom. »Julie ist auch hier. Du wirst bestimmt ein paar gute Kontakte knüpfen.«

Ich gab mir Mühe, nicht so miesepetrig zu sein, aber es fiel mir schwer, positiv über den Schwimmkurs zu denken. Es ist nur ein See, sagte ich mir. Mom war schon x-mal darin geschwommen. Doch bei der Vorstellung, in diese trübe Tiefe zu springen, bekam ich weiche Knie. Was hauste dort unten? Was, wenn ich spurlos verschwand? Es war albern, aber wie das Wasser des Thunder Lake so über den Sand leckte, sah es genauso aus wie der böse Geist aus einem Horrorfilm, den ich mal gesehen hatte. Hinzu kamen die heulenden Seetaucher und das laute Platschen, das mich seit unserer Ankunft jeden Morgen bei Tagesanbruch weckte. Meine Lust, diesen See zu erkunden, hielt sich wirklich in Grenzen.

Mom verstaute den Lippenstift im Handschuhfach. »Na, Einstellung geändert?«

Eigentlich sollte ich es als spannende Herausforderung ansehen und mir so lange vorstellen, wie ich quietschvergnügt durch den See schwamm, bis ich mich wirklich darauf freute. Eigentlich sollte ich Mom auch nichts vormachen. Trotzdem log ich. »Klar, wird bestimmt lustig.«

Eine Gruppe von Kindern am Strand zeigte aufgeregt auf das Bienenmobil, aber als ich die Autotür hinter mir zuschlug, stoben sie auseinander und rannten zum See hinunter. Die Flauscheantennen am Auto wippten auf und ab, als wäre das alles ein Riesenspaß.

Verglichen mit der unheimlichen Stille in der Bucht am Showschiff, war diese Seite des Thunder Lake eine wuselige Großstadt. Drei Jetskis jagten über das Wasser und ein Mann saß mit seinem Hund in einem Boot und angelte. Nicht weit vom Ufer entfernt standen zwei Frauen mit Schlapphüten auf breiten Surfbrettern und bewegten sich mit ihren langen Paddeln langsam vorwärts. Der Strand von Eagle Waters war so klein, dass so gut wie jedes Fleckchen Sand belegt war, obwohl sich nur vierzig oder fünfzig Menschen am Strand befanden. Überall wimmelte es von Kleinkindern, die Burgen bauten, und Eltern, die auf Badetüchern danebensaßen.

Mom straffte die Schultern, nahm ihre selbstbewusste Oberflugbienen-Haltung an und marschierte entschlossenen Schrittes mit mir zur Schwimmlehrerin. Mrs Nesski war eine dünne, übertrieben gebräunte Frau mit einem Rettungsschwimmabzeichen vom Roten Kreuz auf ihrem Badeanzug. Sie hakte meinen Namen auf der Liste ab und blies in eine silberne Trillerpfeife.

»In fünf Minuten gehts los!«, rief sie den Kindern zu.

Als sie den riesigen pinken Sonnenschirm, den Klappstuhl und die Strandtasche entdeckte, die Mom in einem Schrank im Kanadareiher gefunden hatte, zog sie die Augenbrauen hoch. »Na, viel Glück, wenn Sie für all das noch Platz finden wollen«, sagte sie und presste die Lippen aufeinander, als müsste sie sich das Lachen verkneifen. »Ist doch immer wieder schön, wenn die Leute aus der Großstadt uns besuchen kommen.«

Normalerweise, wenn ich irgendwo neu war, beobachtete ich das Geschehen um mich herum, suchte Blickkontakt und stellte mich den anderen vor. Aber abgesehen von den Kleinkindern und ein paar älteren Schülerinnen in Glitzerbadeanzügen, die sich sonnten, waren alle im See, rannten umher und spielten irgendein Spiel, bei dem es anscheinend nur darum ging, sich gegenseitig Wasser ins Gesicht zu spritzen. Ich stand wie versteinert da, bis Mrs Nesski drei schrille Pfiffe ertönen ließ. Die Kinder, die herumgekreischt und sich nass gespritzt hatten, versammelten sich am Strand. Die Mädchen in den Glitzerbadeanzügen schüttelten ihre Badetücher aus, bildeten sogleich eine Traube und verglichen die nicht vorhandene Bräune ihrer Arme.

»DJ!« Mrs Nesski führte die Pfeife wieder an den Mund. »Du setzt heute aus! Wir üben Bojen-Manöver, und ich will dich nicht retten müssen, nur weil dieses Ding dich unter Wasser zieht.«

Ein Junge, dessen Gesicht fast vollständig mit Sommersprossen bedeckt war, löste sich von der Gruppe und trottete den Strand hinauf. Er ließ sich in den Sand plumpsen und zog sich eine Plastiktüte vom Arm. Darunter kam ein Gips zum Vorschein. Ohne Schlamm im Gesicht und Zweigen in der Hose hätte ich Tarn-Boy fast nicht wiedererkannt. Blieb ihm etwa der Schwimmkurs erspart, weil er sich was gebrochen hatte? Ich wurde neidisch. Und panisch. Bojen-Manöver? Was auch immer das sein mochte, es klang gefährlich. Mein Blick fiel auf Mrs Nesskis Abzeichen. Wie viele Leute hatte sie während eines Bojen-Manövers schon retten müssen? Würde sie *mich* retten müssen?

Sie blies in ihre Trillerpfeife und wies mit der Hand zur einen Seite des Wassers. »Kaulquappen nach links!«

Sie pfiff noch einmal. »Pfrillen in die Mitte!«

Trrriiiiit! »Hechte nach rechts!«

Trrriiiiit! »Rettungsschwimmer zur Erste-Hilfe-Station an den Strand!«

Sofort verteilten sich alle. Die Jungen und Mädchen redeten und lachten, während sie sich in ihren Gruppen zusammenfanden. Die Glitzerbadeanzug-Fraktion kicherte auf dem Weg zum Bereich der Rettungsschwimmer und die ganz Kleinen flitzten nach links zur seichten Stelle des Sees, dass es nur so spritzte. Julie hüpfte mit den anderen Hechten im hüfthohen Wasser auf und ab und winkte mir zu.

»Anthoni! Hey, Anthoni! Hierher!«, rief sie.

Neben ihr hopste Maddy Quinn. Das hob meine Laune. Der Schwimmkurs hätte sich schon gelohnt, wenn Mom ein paar neue Arbeitsbienen gewinnen und ich Schritt zwei angehen und einen Draht zu Maddy finden konnte. Was nicht allzu schwer werden würde. Wir hatten bestimmt noch mehr gemeinsame Interessen. Dass sie Comics mochte, wusste ich ja schon.

Ich nahm all meinen Mut zusammen und setzte einen Fuß ins Wasser. Sofort bekam ich Gänsehaut. Es war kalt wie frisch geschmolzenes Polareis. Trotzdem planschten die anderen Kinder darin herum, als hätte es Badewannentemperatur. Schmatzend sanken meine Zehen in den Grund. Ich tat noch einen Schritt. Der Schlick hielt meinen Fuß fest und zog ihn weiter hinunter. Ich riss ihn heraus und versuchte, besseren Halt zu finden, aber je mehr ich mich bewegte, desto tiefer sackte ich ein.

War das Treibsand? Mom hatte recht. Mein negatives Denken führte schon zu negativen Ergebnissen. Verzweifelt versuchte ich, meine Einstellung zu ändern. *Das hier ist lustig. Es ist lustig. Als würde man auf Wackelpudding laufen. Wie lustig!* Etwas Glitschiges schlüpfte zwischen meinen Zehen hindurch. Ich hielt den Atem an. *Positiv denken! Das sind keine Schlangen. Alles voll super! Keine Schlangen. Keine Schlangen.* Mrs Nesski pfiff auf ihrer Trillerpfeife in meine Richtung.

»Anthoni Floss!«, herrschte sie mich an. »Stehen geblieben!«

Ich betete inständig, sie würde mich an den Strand zurückschicken wie den Jungen mit dem Gips.

Ungeduldig klopfte sie auf ihrem Klemmbrett herum. »Kannst du Schmetterling?«

»Wie bitte?«

»Wie siehts mit Rückenkraulen aus?«

Redete sie von Massage?

»Toter Mann?«

Meine Schwimmlehrerin musste von einem anderen Planeten sein. Ich würde elendig ertrinken.

»In welche Klasse gehst du?«, fragte sie.

»Fünfte«, erwiderte ich. »Nein, sechste. Also, ich war in der fünften, komme in die sechste.« Ich konnte keinen klaren Gedanken fassen. Das Seewasser trübte mein Denkvermögen.

Ein paar der Kinder kicherten, und die Lehrerin schüttelte den Kopf, als gäbe es auf der Welt nichts Jämmerlicheres als eine Sechstklässlerin, die nicht schwimmen konnte.

Mrs Nesski deutete nach links, wo die Kleinkinder im flachen Wasser in der Nase popelten, und schrie: »Kaulquappen! Sagt Hallo zu eurer neuen Teamkameradin, Anthoni Floss.«

10

Flosse

Gab es wohl etwas Peinlicheres, als mit elf Jahren in den Schwimmkurs für die Kindergartenkinder gesteckt zu werden? Ja. In den Kindergartenkurs gesteckt zu werden, im flachen Wasser zu liegen und dabei eine halbe Stunde lang Blubberblasen machen zu müssen, während alle anderen Kinder in meinem Alter im Slalom um Bojen schwammen, als trainierten sie für die Olympischen Spiele.

»Komm schon, Anthoni, Gesicht *richtig* ins Wasser. Machs wie Josh«, forderte Shari mich auf. Shari war für die Kaulquappen zuständig, ein Teenagermädchen mit dickem lila Eyeliner, der sie ein bisschen waschbärartig aussehen ließ.

Wir lagen also auf dem Bauch, im seichten, rostbraunen Wasser, Blick zum Strand, Füße in Richtung der unheimlichen Seemitte. Eigentlich sollten wir untertauchen, bis fünf zählen und dabei Luftblasen machen, auftauchen, Luft holen, bis fünf zählen und so weiter. Ich hatte mich auf die Ellbogen gestützt, um so weit wie möglich aus dem Wasser zu ragen, und jedes Mal, wenn Shari von vorne zu zählen anfing, senkte ich den Kopf um ungefähr zwei Zentimeter und pustete auf die Wasseroberfläche.

Nicht, dass mein Gesicht nicht schon mal nass geworden wäre. In der Badewanne hielt ich meinen Kopf ständig unter Wasser. Aber das war auch klar und höchstens knietief. Und vor allem konnte man nicht raustreiben, in unergründliches, bodenloses, dreieinhalb Kilometer breites Gewässer. Ich schloss die Augen und versuchte mir vorzustellen, ich läge in warmem, schaumigem Badewasser. Aber es funktionierte nicht. Auf keinen Fall würde ich mein Gesicht in den Thunder Lake tauchen.

Neben mir lag Julies kleiner Bruder und pustete auf Kommando perfekte Blubberbläschen. Bei fünf kam er hoch und schnappte nach Luft. Wasser rann ihm aus den Haaren in Augen und Mund.

»Ich kann dir die hier ausleihen«, sprudelte er hervor und zeigte dabei auf seine SpongeBob-Schwimmflügel. »Vielleicht fühlst du dich dann sicherer.«

Seine Badehose hatte sich aufgebauscht und trieb ihm wie ein Zelt um die dünnen Beinchen. Beim nächsten Mal Luftholen rückte der Winzling näher an mich heran und flüsterte: »Ich heiße Josh. Früher hatte ich auch Angst vor dem Wasser.«

»Ich habe keine Angst«, erwiderte ich. »Ich will nur nicht mit dem Kopf da rein.«

Er nickte bedächtig, wie ein alter Mann, der so ein, zwei Kriegsgeschichten auf Lager hatte. »Das habe ich früher auch behauptet.«

Als Mrs Nesski in ihre Trillerpfeife blies und »Abtrocknen!« rief, hätte ich sie küssen können. Ich sprintete aus dem Wasser und schnappte mir Handtuch und Flipflops aus Moms Tasche.

»Vorsicht, Schätzchen, du machst mich ja ganz nass.«

Mom hatte den BienenBeauty-Katalog vor sich ausgebreitet und die Seite mit den 101 fabelhaften Farbnuancen für die innere Bienenkönigin aufgeschlagen. Neben ihr saß eine Frau mit krausen Locken, der sie gerade eine Pröbchenpalette und einen Taschenspiegel in die Hand drückte.

»Diese Farbe bringt Ihre Augen so richtig zum Strahlen, Eileen«, sagte sie, doch ihre Stimme hatte nicht den typischen Oberflugbienen-Elan, sondern klang eher müde. Fast gelangweilt. »Sehen Sie, wie toll diese Orangetöne die grünen Sprenkel in Ihrer Iris ergänzen?«

Verblüfft schaute die Dame in den Spiegel. »Bis heute wusste ich nicht mal, dass ich grüne Sprenkel habe – aber Donnerwetter, Sie haben recht!«

Mir war so kalt, dass ich unkontrolliert mit den Zähnen klapperte.

»Wie lange brauchst du noch?«, fragte ich.

Mom zuckte mit den Schultern. »Fünf Minuten?«

Das hieß, es lief nicht gut. Hätte Eileen angebissen, bräuchte sie mindestens fünfzehn Minuten für das Arbeitsbienen-Willkommens-Paket. Ich trat ein Stück zur Seite. Julie kam mit ein paar anderen Hechten aus dem Wasser gestapft und Josh rannte ihnen entgegen, im Arm eine Ladung Handtücher, T-Shirts und Badelatschen. Maddy Quinn wuschelte ihm durch die Haare und wickelte sich in ein Wolverine-Handtuch. Zumindest war der Vormittag keine komplette Zeitverschwendung.

Ich zog meine Flipflops an und lief auf sie zu.

Josh winkte. »Hi, Anthoni!«

Ich schob die Finger unter dem Badetuch hervor und winkte zurück. *Lächle*, sagte ich mir. *Wirke sympathisch, ergreif die Initiative.*

»Anthoni?«, schnaubte einer der Hechte in überlangen Badeshorts. »Bist du etwa ein Junge? Wenn ja, muss ich dich leider darauf hinweisen, dass dein Badeanzug ziemlich nach Mädchen aussieht.«

Die anderen kicherten. Ich verdrehte die Augen. An jeder Schule, auf die ich gegangen war, hatte es einen Oberschlauen gegeben, der sich aufspielte, indem er die Neue hänselte. Aus Erfahrung wusste ich, dass es nur einen Weg gab, mit denen fertigzuwerden: das Ganze bereits im Keim ersticken und direkt zum Gegenschlag ausholen. Zeig eine noch so kleine Schwäche am ersten Tag, und du bist erledigt.

»Und was bist du, ein Komiker?«, fragte ich also. »Wenn ja, muss ich dich leider darauf hinweisen, dass du nicht lustig bist.«

Josh grinste und reckte einen Daumen hoch.

»Kurt, sei nicht so gemein«, schaltete sich Julie ein, gab ihm einen Klaps mit ihrem Handtuch und stellte sich schützend neben mich. »Anthoni wurde nach ihrem Großvater benannt, und das ist was Besonderes. Nicht viele Mädchen werden nach ihren Großvätern benannt. Außerdem ist Anthoni meine Freundin. Du darfst dich nicht über sie lustig machen.«

Julie nestelte meinen Arm unter dem Badetuch hervor und hakte sich bei mir unter. Sie war so klein, dass sie sich dafür auf die Zehenspitzen stellen musste.

»Kurt ist mein Cousin«, flüsterte sie vertraulich. »Beachte ihn einfach nicht.«

Mir war das ein bisschen zu viel des Guten. Mit Mädchen wie Julie, die sich immer als Erste mit der Neuen anfreundeten, musste man vorsichtig sein. Sobald man nämlich nicht mehr ganz so neu und spannend war und das Interesse der anderen sich verflüchtigte, ließen sie einen, ohne mit der Wimper zu zucken, fallen. In Indianapolis hatte Gracie O'Shay anderthalb Monate lang darauf bestanden, ständig neben mir zu sitzen, und es immer so gedreht, dass wir bei jeder Partnerübung ein Team bildeten. Und dann, aus heiterem Himmel, erzählte sie überall herum, ich hätte ihr gruseliges Meerschweinchen gestohlen. In dem Jahr hatte ich sehr oft alleine zu Mittag essen müssen.

»Hm, wie war noch mal dein Nachname?«, fragte Maddy.

»Floss.«

Im Grunde hatte ich bisher kaum was gesagt, doch irgendwas

schien schiefzulaufen. In Maddys Stimme schwang Ärger mit, und sie musterte mich, als hätte ich ihr etwas getan. Ich folgte ihrem Blick und bemerkte Julies Hand auf meinem Arm. Oh, oh, das war gar nicht gut. Noch unbeliebter als mit dem Klauen von Haustieren machte man sich als Neue nur mit dem Klauen von Freundinnen. Ich versuchte mich freizuwurschteln, aber Julies Griff war fest. Was sollte das? Wollte sie absichtlich meine Chancen bei Maddy sabotieren? Mein Plan, einen Draht zu Maddy zu finden, sah nicht vor, dass so ein Meerschweinchen-Mädchen die ganze Sache von vornherein ruinierte.

»So wie Flosse?« Maddy feixte. »Kurt, du hast da was falsch verstanden. Sie ist kein Junge. Sie ist ein Fisch. Kein Wunder, dass sie so ein Naturtalent im Wasser ist. Hast du diese Blubberblasen gesehen? Der Wahnsinn.«

Kurt prustete los und schlug mit Maddy ein. Ich stöhnte auf. Egal wo man war – Ohio, Illinois oder ein gruseliger See mitten im Nirgendwo von Wisconsin –, die Menschen kamen immer wieder auf die gleichen lahmen Wortspiele. Als wären wir alle Roboter, programmiert auf schlechte Witze. Nur trafen sie mich von einem Mädchen mit X-Men-Handtuch irgendwie härter.

Josh runzelte verwirrt die Stirn. »Anthoni hat gar keine Blasen gemacht. Sie hatte nämlich Angst, ihr Gesicht unterzutauchen. Genau wie ich früher!«

»Pscht!« Julie legte den Finger auf die Lippen, und ich nutzte die Gelegenheit und zog meinen Arm zurück. Der Rest der Gruppe fing hysterisch zu lachen an. Ich warf Josh einen vorwurfsvollen Blick zu und er zuckte die Schultern, dass seine Schwimmflügel wackelten. »Was denn? Stimmt doch.«

Maddy ließ die Meute eine Minute lang vor sich hin grölen, dann hob sie beschwichtigend die Hände. »Okay, lassen wir's gut sein, Leute.« Sie klimperte unschuldig mit den Wimpern, machte einen Schmollmund und sah mich betont mitfühlend an. »Ich schätze, wir sollten Mitleid mit ihr haben. Es gibt nämlich noch ganz andere Dinge, vor denen Flosse hier viel mehr Angst haben sollte.«

»Ah ja? Welche denn?«, fragte ich und wünschte mir sofort, ich könnte es zurücknehmen. Schwach. Ich hätte etwas sagen sollen, um Maddy zu zeigen, dass ich nicht der Feind war, sondern im Gegenteil, dass ich zur Stelle war, um für sie den Schurken vom Seitenrand zu pusten.

Maddy legte mir eine Hand auf die Schulter, und mit dramatischer Stimme sagte sie: »Meine Mom meint, deine Mom muss echte Probleme haben, wenn ihr im Showschiff absteigt.«

Da fing ich an zu kichern. Ich konnte nicht anders. Zum einen, weil ich die Spannung nicht mehr aushielt. Zum anderen, weil der Junge mit dem Gips hinter Maddy aufgetaucht war und so tat, als würde er sich die gesunde Hand ablecken und ihr damit übers Haar streichen, wie eine Katzenmutter ihrem Nachwuchs.

»Okay«, fuhr Maddy nichtsahnend fort, »ist ja cool, wenn es dich nicht stört. Aber ich schätze, du wirst dich noch ganz schön umgucken.«

Der Junge tat ein letztes Mal so, als würde er sie abschlecken, dann miaute er erschreckend realistisch.

Das war so albern, dass ich in schallendes Gelächter ausbrach. Aber keins der anderen Kinder stimmte mit ein. Maddy fuhr herum und schlug nach ihm. »Fass mich nicht an, DJ! Du bist so ein Freak!«

»Schätze, du solltest dich auch öfter umgucken, was?«, sagte ich und lächelte. Vielleicht lockerte ein kleiner Scherz die Stimmung auf. Wir könnten alle gemeinsam lachen und Schwamm drüber.

Aber Fehlanzeige. Maddy rauschte davon, streifte mich im Vorbeigehen und zog Kurt und Julie hinter sich her.

Auch die anderen Hechte zerstreuten sich. Ich grub meine Füße in den Sand. An der Oberfläche war er warm von der Sonne, aber ein paar Zentimeter tiefer trafen meine Zehen auf kalten, feuchten Schlick, der mir einen Schauer die Beine hinaufjagte. Schritt zwei meines Aktionsplans war nicht einfach nur schiefgelaufen, sondern in spektakulären Special-Effect-Flammen aufgegangen. Weiter oben am Strand sah ich Mom, die Eileen ein Formular reichte. Die potenzielle neue Arbeitsbiene überflog es, schüttelte den Kopf und gab es zurück. Das war wohl ein Nein. Null Punkte für die Floss-Mädels.

Jemand zog mich am Arm. Josh stand neben mir und sah besorgt zu mir hoch. »Maddy redet von Charlotte Boulay.«

»Was ist denn mit der?«, fragte ich, aber Josh antwortete nicht. Behutsam nahm er seine Schwimmflügel ab und drückte sie mir in die Hand.

»Die solltest du behalten«, sagte er. »Damit du keine Angst haben musst.«

11

Platsch!

Die folgenden drei Tage stellte ich meinen Wecker auf halb sechs, um dem Platschen auf den Grund zu gehen. Hoffentlich steckte etwas Gutes dahinter. Nach der Blamage beim Schwimmkurs brauchte ich dringend eine Aufmunterung. Irgendeins dieser erstaunlichen Ereignisse, die ja laut Mom im Showschiff angeblich an der Tagesordnung waren. Ein saltospringender Otter. Oder ein Elch mit riesigem Geweih beim morgendlichen Schwimmtraining. Selbst wenn es etwas Furchterregendes wäre – etwa ein Wolf mit schrecklichen Fangzähnen, der die Überreste seiner Beute versenkte –, ich musste es einfach wissen.

Am ersten Morgen setzte ich mich also Punkt fünf Uhr dreißig auf die Fensterbank, schlief ein und wachte um acht wieder auf.

Am zweiten Morgen wurde ich von einem Nest abgelenkt, das hoch oben in einem Baum thronte. Zuerst war mir gar nicht klar, dass es sich um ein Nest handelte. Es sah aus wie ein wirrer Haufen aus Zweigen und Blättern, die sich in einer Astgabelung verfangen hatten. Aber als ein Eichhörnchen daran vorbeiflitzte, fragte ich mich, ob das wohl sein Werk gewesen war. Eigentlich hatte ich immer gedacht, Eichhörnchen lebten in Erdlöchern oder Baumhöhlen oder ... *PLATSCH!* Zu spät riss ich den Kopf herum. Das Wasser kräuselte sich noch, verbarg ansonsten aber sein Geheimnis.

Am dritten Morgen war ich fest entschlossen. Ich hielt den Blick starr auf den Steg gerichtet, selbst als das Eichhörnchen anfing zu keckern und Dinge auf den Boden zu werfen. Mir fielen fast die Augen zu, aber ich kniff mich und tätschelte mir die Wangen, um wach zu bleiben. Und da sah ich es: einen orangefarbenen Haarschopf. Arme, die sich zum Himmel reckten. Einen Sprung. Wasserspritzer. Die Kreise auf der Oberfläche des Sees.

Zuerst fühlte ich mich betrogen. War ich deswegen sechs Tage lang Morgen für Morgen panisch aufgewacht? Wegen Charlotte Boulay, die im Morgengrauen schwimmen ging?

Es war nicht furchterregend.

Und es war ganz sicher nicht magisch.

Wobei ... Ich wartete. Aus fünf Minuten wurden zehn. Ein Vogel mit spindeldürren Beinchen und langem Hals landete auf dem Steg. Aber die Frau mit den orangefarbenen Haaren tauchte nicht wieder auf.

12

Bitte hupen!

Nachdem ich mich ungefähr zehnmal umentschieden hatte, schulterte ich nach dem Mittagessen schließlich meinen Rucksack und erklärte Mom, dass ich auf Entdeckungstour gehen würde.

»Warts ab, nachher möchtest du hier gar nicht mehr weg.« Mom wirkte erleichtert. Einen Großteil der Woche hatte ich mich in der Hütte verschanzt, alte Comicbücher zum x-ten Mal gelesen und Mom dabei geholfen, ihre Kundendatenbank nach weiteren vielversprechenden Kandidatinnen zu durchforsten. Keine von uns beiden hatte bisher besonders viel Spaß gehabt. »Willst du das Anti-Mücken-Spray mitnehmen?«

Ich schüttelte den Kopf. Ich wollte etwas ganz anderes. Und zwar Charlotte Boulay genauer unter die Lupe nehmen. Unbedingt. Dafür gab es drei Gründe: Erstens musste ich wissen, ob sie überhaupt noch am Leben war. Womöglich war sie in den Untiefen des Thunder Lake verschwunden? Zweitens fragte ich mich, worauf Josh angespielt hatte. Warum wurden alle so nervös, wenn es um Charlotte ging? Sie war seltsam, keine Frage, aber nicht unheimlich. In Comics hatten die Menschen meistens furchtbare Angst vor Mutanten, die total nette und interessante Persönlichkeiten waren – und außerdem coole, sehr praktische Superkräfte besaßen. Das könnte auch auf Charlotte zutreffen. Natürlich bestand leider ebenso immer die Möglichkeit, dass die Mutanten grauenerregende Monster waren und die Zerstörung der Welt planten. Das zu durchschauen, war zugegebenermaßen nicht ganz einfach.

Der dritte Grund, warum ich Charlotte Boulay aufsuchen wollte, war schlicht und ergreifend der, dass ich mich gnadenlos zu Tode langweilte.

Schnell steckte ich ein Nektarallerlei-Faltenfrei-Probenset ins große Fach meines Rucksacks, und obwohl ich nicht an Maddys Du-wirst-dich-noch-umgucken-Kram glaubte, packte ich vorsichtshalber Joshs Schwimmflügel dazu. Man konnte ja nie wissen. Ich trat hinaus in die reine Kiefernluft und machte mich auf den Weg zum Haupthaus.

An der Rezeption herrschte Totenstille. Ich blinzelte und versuchte, meine Augen an das rosig-schummrige Licht der Meerjungfrauenlampe zu gewöhnen.

»Hallo?« Meine Stimme verhallte ungehört.

Ich öffnete den Rucksack und zwang mich, an etwas Schönes zu denken. *Hier drin ist es nicht gruselig. Es ist gemütlich. Charlotte Boulay wird die Pröbchen lieben. Sie werden all ihre Falten wegzaubern und sie wird so viele Tuben kaufen, dass Mom den Posten als Bienenkönigin überspringen kann und direkt zur Vizechefin ernannt wird.*

Ich stellte das Pröbchenset auf den Reisetruhentresen. Da bemerkte ich ein kleines Schild auf einer winzigen Staffelei.

BITTE HUPEN!

Neben dem Schildchen lag eine altmodische silberne Hupe, mit einem schwarzen Gummibalg am Ende. Ich drückte ihn zusammen, aber die Hupe funktionierte nicht. Sie zischte nur leise. Plötzlich hörte ich hinter meinem Rücken Gepolter. Mir rutschte das Herz in die Hose. Ganz langsam drehte ich mich zur Meerjungfrauenlampe um. Ungerührt stand sie vor dem Bücherregal, ihr lebensgroßer Fischschwanz schimmerte und die elfenbeinfarbenen Arme hielten den rosa Lampenschirm wie einen Heiligenschein. Die Meerjungfrau starrte stur vor sich hin – geradewegs auf einen Bilderrahmen, der von der Wand gefallen war.

Ich hob ihn auf. Kaputt war er nicht. Rahmen und Glas waren aus einer Art strapazierfähigem Kunststoff. Darin befand sich ein Foto zweier afroamerikanischer Jungs. Sie trugen weiße Fracks und steppten auf einem Klavier. Quer über dem Bild standen die Worte: *Für Mr und Mrs B. – Danke, dass Sie den Traum am Leben erhalten! – Buck & Bubbles.*

Als ich mich wieder zum Tresen umdrehte, stand ein neues Schild auf der Staffelei:

ICH SAGTE, BITTE HUPEN!

»Hallo?«, rief ich noch einmal, »Ms Boulay?«

Ich wägte meine Möglichkeiten ab. Viele waren es nicht: A) hupen, oder B) umdrehen und gehen. Meine Hände zitterten ein wenig, als ich die Hupe zum zweiten Mal betätigte. Sie keuchte. Ich drückte fester. Erneutes Keuchen, und gegen Ende ein halbherziges Fiepen.

Ein weiterer Bilderrahmen fiel von der Wand und mein Magen schlug Purzelbäume. Noch so ein altes Foto, aber dieses jagte mir einen Schauer über den Rücken. Die Frau darauf sah eigentlich recht normal aus – strahlendes Lächeln, lange Wimpern, schickes Kleid. Sie hatte die Arme ausgebreitet und schien kurz davor zu sein, jemandem um den Hals zu fallen. Nur hockten *auf* ihren Armen lauter kleine weiße Mäuse. Mindestens zwanzig auf jeder Seite. Und die Frau lächelte, als plante sie mit ihnen einen netten kurzen Nachmittagsspaziergang im Park. Diesmal lautete die Widmung: *Für das Showschiff, ein ungeschliffenes Juwel! 1000 Küsse, Lady Alice und ihre Kanalratten.*

Ich behielt das Bild in der Hand und untersuchte den Haken, an dem es gehangen hatte. Drückte man ihn, so zog er sich durch irgendeinen Mechanismus zurück in die Wand. Jemand – oder *etwas* – musste diesen Mechanismus betätigt haben, während ich am Tresen gestanden hatte.

Ein schabendes Geräusch ließ mich herumfahren, Lady Alice' Bild hoch erhoben wie eine Waffe.

Zu spät. Schon stand ein drittes Schild auf dem Empfangstresen.

HIMMELDONNERWETTER,
ICH KANN DICH NICHT HÖREN!

Ich hängte Alice zurück an die Wand. So leise wie möglich schlich ich auf Zehenspitzen wieder zu den Reisetruhen. Das musste einer von Charlotte Boulays merkwürdigen Scherzen sein. Bestimmt hockte sie hinter dem Tresen und kicherte stumm in sich hinein. Ich versuchte, keinen Mucks zu machen, kniete mich hin und lauschte ein paar Sekunden lang. Als ich es nicht mehr aushielt, stürzte ich um die Ecke.

»Ha!«, rief ich.

Doch da war niemand.

Suchend blickte ich mich nach einer Tür oder sonst irgendeinem Durchgang um. Aber die einzige Tür war die, durch die ich gekommen war. Hinter dem Empfangstresen befanden sich nur die Bücherwand, ein Fußbänkchen und ein Besen.

Ich stellte mich auf das Bänkchen. Aus dieser Perspektive wirkte der Raum verändert. Die Fotos, mit denen die Wände von oben bis unten gepflastert waren, starrten mich an. Hunderte Augen, die mich beobachteten, wie ein schwarz-weißes Gespensterpublikum. Ich fühlte mich wie auf dem Präsentierteller, und so senkte ich verlegen den Blick. Auf dem Truhentresen lag Charlottes Kalender, aufgeschlagen bei Juni. Ich stieg von der Fußbank, um mir das genauer anzusehen.

Die Seiten waren fast alle leer. *Carrie & Anthoni Floss* waren die einzigen Gästenamen im ganzen Monat Juni. Ich blätterte zu Juli: nichts. August, September ... Dann schloss ich das Büchlein. Außer uns machte hier niemand Ferien.

Das kam zwar nicht völlig überraschend, doch die leeren Seiten riefen mir all die Stunden ins Gedächtnis, die ich damit verbracht hatte, mir die Zeit im Showschiff auszumalen. All die Dinge, die Mom und ich unternommen hatten, um hierherzukommen. Die vielen Meilen, die wir zurückgelegt hatten, die Verkaufsziele, das ständige Umziehen, von einer Schwarmstation zur nächsten. Das Showschiff hätte all das wettmachen sollen. Jetzt kam es mir vor wie ein schlechter Scherz.

Meine Augen brannten und ich versuchte mich zusammenzureißen. Es war keine große Sache, dass es im Resort selbst keine anderen Kinder gab. Ich hatte meine vielversprechendste Kandidatin bereits ausfindig gemacht, und auch wenn unsere erste Begegnung nicht ganz so gut gelaufen war – der erste Eindruck war schließlich nicht alles. Als Rogue bei den X-Men aufgenommen werden wollte, hatte auch die ganze Gruppe was gegen sie. Vor allem Storm. Aber Rogue legte sich ordentlich ins Zeug, um ihr Vertrauen zu gewinnen und ihr zu zeigen, dass sie eine wahre Freundin war. Ich brauchte keine weiteren vielversprechenden Kandidatinnen – ich brauchte bloß eine Chance, um mich zu beweisen.

Was Mom betraf – wir hatten nur noch wenige Wochen, um wieder auf den richtigen Kurs zu kommen, und wenn niemand das Hotel besuchte … Ich seufzte und versuchte meine Einstellung zu ändern. Positives Denken führt zu positiven Ergebnissen. Mom konnte überall vielversprechende Kandidatinnen auftun. Am Strand, in Annas Lädchen, sogar in der Kirche. Ich sollte mir nicht so viele Sorgen machen. Mom würde einen Weg finden, Mr Li die ausstehende Miete zu zahlen. Sie fand immer einen Weg. Ihre Laune würde sich verbessern, und sie würde eine neue Wohnung für uns organisieren. Einen Neuanfang. Noch einen. Aber das war vielleicht gar nicht schlecht. Diesmal würden wir es hinkriegen und müssten uns keine Gedanken mehr über das nötige Geld für Essen oder Miete machen. Und das Beste daran? Maddy wäre an meiner Seite. Wir würden uns gegenseitig besuchen und die Sommer zusammen verbringen. Und es wäre mir egal, wenn in der Schulmensa niemand neben mir säße, denn ich hätte eine wahre Freundin fürs Leben, und sie wäre zur Stelle, wann immer ich sie bräuchte.

Alles würde gut werden.

Ein Tropfen fiel auf den Einband des Kalenders. Ich wischte ihn weg, schluckte und blinzelte, bis die Tränen versiegten. Als ich den Kopf hob, sah ich im Schein der Meerjungfrauenlampe Charlotte Boulays orangefarbenen Schopf.

Sie räusperte sich.

»Willst du zu *mir*, Liebes?«

13

Hokuspokus

Charlotte hatte der Meerjungfrau die Hand auf den Arm gelegt. Sie wirkten wie zwei alte Freundinnen beim Plausch. Ich kam hinter dem Tresen hervor.

»Kannst du nicht lesen? Du solltest hupen.« Charlotte zeigte auf das Schild und tat, als wäre rein gar nichts Außergewöhnliches vorgefallen.

Ihre fedrigen Haare hatte sie zu einem straffen Knoten nach hinten gebunden, und sie trug einen Frack mit einer glitzernden Schmetterlingsbrosche am Revers.

Ich hoffte, meine Stimme würde nicht so zittrig klingen, wie ich mich fühlte. »Das habe ich ja versucht. Aber die Hupe funktioniert nicht.«

»Oh, sie funktioniert schon«, entgegnete Charlotte und nickte wissend. »Das ist nicht das Problem.«

»Nicht?«

Traurig schüttelte sie den Kopf. »Das arme Ding.«

Sie ging an mir vorbei, trat hinter den Empfangstresen und streichelte die Hupe, als handelte es sich um ein herrenloses Kätzchen. Ihr Blick huschte zu dem Kalender, in dem ich geblättert hatte, dann schüttelte sie erneut den Kopf und konzentrierte sich wieder auf die Hupe.

»Weißt du, nach all den Jahren … ist wirklich so langsam die Luft raus.«

Sie trommelte einen triumphierenden Rhythmus auf der Tischplatte. »Ha!«

Ich starrte sie mit offenem Mund an.

»Die Luft raus. Verstehste? Bei der Tröte?« Sie entlockte der Hupe ein mattes Keuchen.

Ich war so perplex, dass ich das Lachen gar nicht in mir aufsteigen fühlte. Es blubberte einfach aus mir heraus und verscheuchte die trübselige Stimmung. Der Druck hinter meinen Augen ließ nach, und Charlotte Boulay nickte zufrieden, als hätte sie mein Lachen längst vorausgeahnt.

»Bist kein schlechtes Publikum, Kleine, das muss man dir lassen. Jetzt aber mal Butter bei die Fische: Wo drückt der Schuh?«

Ich deutete auf das Nektarallerlei-Faltenfrei-Probenset. »Das habe ich Ihnen mitgebracht«, sagte ich. »Vielleicht möchten Sie es ja mal ausprobieren?«

Charlotte zog ein Monokel aus der Brusttasche, um die Pröbchen zu begutachten. Hinter der Linse rollte ihr vergrößerter, feuchter Augapfel hin und her.

»Da sind drei Sachen drin«, erklärte ich und versuchte Moms fröhlich zwitschernden Oberflugbienen-Plaunderton nachzuahmen. »Tagescreme, Nachtcreme und der Heiliger-Honig!-Runzelradierer. Gerade haben wir diese Produktlinie im Sonderangebot, aber wenn Sie die Pflege auf Dauer nutzen wollen, wäre es am schlauesten, als Arbeitsbiene bei BienenBeauty einzusteigen. So bekommen Sie die besten Rabatte und haben außerdem die Möglichkeit, die Produkte an Freundinnen und andere Kunden weiterzuverkaufen. Sie sehen, nur Vorteile, für alle Beteiligten.«

Moms Verkaufspräsentation sprudelte aus mir heraus. Ich schindete Zeit. Mir war nicht mal klar, was genau ich wissen wollte, geschweige denn, wie ich danach fragen sollte: *Hey, Charlotte, was glauben Sie, warum benehmen sich die Kinder am Strand, als wären Sie ein menschenfressender Alien? Und Sie sind doch heute Morgen in den See gesprungen, wissen Sie noch? Wie kommt es, dass ich nicht gesehen habe, wie Sie rauskamen? Oder wenigstens mal Luft geholt haben? Können Sie mir das vielleicht mal erklären?*

Charlotte blinzelte mich mit ihrem Mutantenauge an.

»Hm«, machte sie. »Das war eine ganz annehmbare Präsentation, aber richtig überzeugt hat sie mich nicht.«

Das Monokel vergrößerte nicht nur ihr Auge, sondern auch die Falten drum herum, die nun aussahen wie Felsschluchten.

»Hör mal zu, Kleines. Das Publikum hat immer recht. Wenn die Zuschauer nicht anbeißen, dann ist entweder dein Produkt Mist oder deine Performance. Also los, versuchs noch mal. Glaubst du echt, dieser *Runzelradierer* funktioniert?«

Damit steckte sie das Monokel wieder in die Tasche, lehnte sich über den Tresen und stützte erwartungsvoll das Kinn auf.

»Ähm … ich …«

»Hopphopp, was soll das werden? Wer-zuerst-blinzelt?«

»Ich glaube nicht, dass er bei Ihnen wirkt«, platzte es aus mir heraus, »Sie haben zu viele Falten.«

Charlotte schlug die Hände über dem Kopf zusammen und stöhnte. »Grauenvoll«, rief sie. »Unfassbar! Die Jugend von heute!« Sie lief hinter den Reisetruhen auf und ab, dann fuhr sie plötzlich zu mir herum. »Das«, sagte sie und nahm das Probenset in die Hand, »ist bei Weitem das Wichtigste, das Sie in Ihrem Leben je kaufen werden. Es glättet nicht nur Stressfalten, es reißt Sie mit – mitreißen ist immer ein nützliches Wort – zurück in eine Zeit voller Euphorie und Energie, voll jugendlichem Schwung. Und fühlen Sie sich nach einer Woche mit dieser erstaunlichen Creme nicht mindestens zehn Jahre jünger, erhalten Sie Ihr Geld zurück – garantiert!«

Sie stellte die Pröbchen zurück auf den Tresen. »Na?«, fragte sie. »Besser?«

»Heißt, wenn es nicht klappt, muss man allen das Geld zurückzahlen?«

Charlotte Boulay hob einen Zeigefinger. »Na, na, na, so weit wird es nicht kommen. Schließlich verkaufst du ihnen etwas, woran sie glauben *wollen*.« Ihr Blick wanderte über die Wand mit den gerahmten Bildern hinter mir. »So läuft das im Showgeschäft, Kleines. Wobei es auch nicht mehr das ist, was es mal war.«

Ich drehte mich um. »Kennen Sie diese ganzen Leute?«

»Einige davon. Meine Eltern kannten sie alle. Das war fahrendes Volk. Revuegirls, Sängerinnen und Tänzer und so.«

»Haben Sie auch getanzt?«, fragte ich.

Charlotte runzelte die Brauen und ihre Stimme bekam einen harten, sarkastischen Klang. »Klar, wenn es den *großartigen* Boulays Geld einbrachte ...« Sie betonte »großartig«, als wäre es eine Beleidigung. »Ständig heckten die beiden etwas aus. Neue Stadt, neue Show, neuer Hokuspokus. Die Leute haben Frank und Selina Boulay alles abgekauft.«

»Hat es Ihnen denn nicht gefallen?«

Charlotte wurde ganz starr.

»Doch, natürlich!«, blaffte sie. »Es war elektrisierend!« Sie schnaubte. »Aber vertrau mir, auf die Dauer verliert es seinen Reiz.«

Charlotte griff nach dem Besen und begann gedankenverloren, den Stiel zu drehen. Ihre Miene hatte sich verdüstert. Vielleicht wäre es besser gewesen, das Thema fallen zu lassen, doch plötzlich wollte ich alles wissen. Wie es war, ein Revuegirl zu sein und mit Stepptänzern und weißen Mäusen abzuhängen. Ob ihr Großvater wirklich ein Bauchredner und Jongleur gewesen war. Charlottes Welt war so faszinierend und skurril, und beinahe fühlte ich mich ... mitgerissen.

»Was meinen Sie mit Hokuspokus?«, fragte ich.

In ihren Mundwinkeln sammelte sich Spucke und sie drehte den Besenstiel schneller. »Schwindeleien, Tricks, um an das Geld fremder Leute zu kommen. Sieh mich nicht so an. Es ist ganz ähnlich wie mit deinem Runzelradierer.«

Klappernd fiel der Besen zu Boden. Charlottes Blick durchdrang mich wie der Strahl aus Cyclops' Laseraugen. Über den Tresen schob sie mir das Nektarallerlei-Faltenfrei-Probenset zu.

»Wie gesagt, du verkaufst ihnen nur das, woran sie glauben *wollen*.« Sie hielt inne. »So, jetzt ist mir nicht mehr nach Plaudern zumute. Bin schließlich nicht mehr die Jüngste, und langsam werde ich müde. Du weißt ja, wo die Tür ist.«

Ich steckte die Anti-Falten-Pröbchen wieder in meinen Rucksack, machte aber keine Anstalten zu gehen. Charlotte Boulay war die merkwürdigste und zugleich interessanteste Person, die ich je getroffen hatte. Ich wollte sehen, was sie als Nächstes tat. Außerdem war ich mir sicher, dass sie durch eine Art Geheimtür oder -fenster ins Zimmer gelangt war. Wenn sie auf dem gleichen Weg wieder verschwand, wollte ich das mitbekommen.

Charlotte nahm ein Tuch aus der Tasche, wandte sich um und fing an, wie wild das Bild eines Mannes abzustauben, der gerade eine Zigarette verspeiste. Ihr orangefarbener Dutt wippte auf und nieder.

Ich rührte mich nicht.

Sie warf mir einen Schulterblick zu, drehte sich aber schnell wieder um.

Ich wartete.

Auf einmal hielt sie mitten in einer Bewegung inne.

»Nun? Warum bist du immer noch hier?«, fragte sie die Wand.

»Warum sind *Sie* immer noch hier?«

Sie steckte das Tuch ein und sah mich an.

»Weil ich hier wohne.« Eine lockige Haarsträhne hatte sich aus ihrem Dutt gelöst und hüpfte auf ihrem Kopf wie ein orangefarbenes Fragezeichen.

Ich biss mir auf die Innenseite der Wange und blieb standhaft. »Ich wollte rausfinden, wie Sie hereingekommen sind.«

Charlotte kam hinter dem Tresen hervor und baute sich neben der Meerjungfrauenlampe auf. Ihr Gesicht wurde in ein gespenstisches Licht getaucht, das scharfe Schatten um Kinn und Nase zauberte.

»Junge Dame«, sagte sie langsam und starrte mich durchdringend an, »ich möchte, dass du jetzt gehst.«

Ich bekam weiche Knie, aber ich blieb, wo ich war.

»Wie du willst«, flüsterte Charlotte Boulay. Dann streckte sie ihre knöchrige Hand aus und schloss sie um die Meerjungfrauenlampe.

Klick.

Schlagartig wurde es dunkel.

14

Der Schwarzbär

Bis ich es geschafft hatte, mich zur Tür voranzutasten und das Tageslicht reinzulassen, war der Empfangsbereich leer. Unschuldig lächelte die Meerjungfrauenlampe vor sich hin, aber Charlotte Boulay war spurlos verschwunden.

Zunächst zwang ich mich, ganz ruhig einen Fuß vor den anderen zu setzen. Doch als ich den Waldrand erreichte, rannte ich los, auf die Hütten des Resorts zu. Auf meinem Rücken hüpfte der Rucksack auf und ab und das Blut pochte mir in den Schläfen. Was war da gerade passiert? Mir gefiel Charlottes dramatische Ader, sie war auf jeden Fall immer für eine Überraschung gut. Kaum aber hatte sie das Licht gelöscht, hatte mich ein Gefühl überkommen, als wäre ich in einer dunklen Gasse Mr Sinister in die Arme gelaufen und weder Storm noch Wolverine wären zur Stelle gewesen, um mir zu helfen.

Am Schwarzbären legte ich eine Verschnaufpause ein. Neben der Veranda stand eine hölzerne Statue, ein Bärenjunges auf den Hinterbeinen. Es hatte die Pfoten ausgestreckt, als wartete es darauf, dass ihm jemand ein Tablett mit Honig reichte.

Meine Hände zitterten, also vergrub ich sie in den Taschen meines Sweatshirts, dann ließ ich mich zu Boden sinken und lehnte mich an den Holzbären. Ich kam mir zwar etwas albern vor, weil die Dunkelheit mich so erschreckt hatte, aber mein Herz schlug noch immer wie verrückt. *Atmen, Anthoni, atmen. Denk an was Schö-*

nes. Mir fiel nur nichts ein. Ich musste mich auf etwas Grundlegendes besinnen. *Eis. Pfefferminzeis in der Waffel. Pfefferminzeis in der Waffel mit Schokostückchen.* Hinter einem Baum wieselte ein Streifenhörnchen hervor und schnappte sich einen Kiefernzapfen. Mit aufgeplusterten Bäckchen knabberte es genüsslich daran herum.

Ein lautes Knacken scheuchte das Streifenhörnchen auf. Ich sprang auf die Füße. Am anderen Ende der Veranda bewegte sich etwas.

Ich hob den dicksten Stock auf, den ich finden konnte. Langsam wich ich ein paar Schritte zurück, bis ich um die Ecke der Hütte linsen konnte. Da war auf jeden Fall etwas.

»Miau«, machte es. Aber es war keine Katze. Sondern ein Mensch. Ein Junge, der auf dem Boden kauerte und sich hinter einem Ast verbarg.

»Hey!«, rief ich, mutiger, als ich mich fühlte.

Der Junge schrie auf und machte einen Satz. DJ! Den Gips hielt er sich wie einen Schild vors Gesicht. Nur zögerlich nahm er ihn runter. Die Sommersprossen verschmolzen zu einem gigantischen roten Fleck, und sein Ausdruck war halb Lächeln, halb Grimasse.

»Wow, das war krass«, sagte er, sichtlich verlegen.

»Du hast mich fast zu Tode erschreckt!«, schimpfte ich aufgebracht. »Was treibst du hier? Verfolgst du mich?«

Er zuckte mit den Achseln. »Vielleicht?« Unter den Sommersprossen wurde er noch röter.

Ich war völlig baff. Welcher Freak schlich denn bitte mitten durch den Wald und spionierte Leute aus?

»Ich habe dich da hinten herumlaufen sehen«, fügte er hinzu und deutete Richtung Showschiff. »Hast du sie getroffen? Ist sie so gruselig, wie alle sagen?«

»*Du* lebst doch hier. Hast du sie etwa noch nie gesehen?«

DJ schüttelte den Kopf. »Nein, noch nie. Und ich wohne jetzt schon seit einem Jahr bei meiner Tante – direkt da drüben.« Er zeigte in den Wald, diesmal in die entgegengesetzte Richtung, aber die Bäume standen zu dicht. Nicht einmal der Ansatz eines Hauses war zu erkennen.

Es folgte eine etwas unangenehme Stille. Mit der Schuhspitze zog DJ eine Furche in den Boden.

»Tut mir leid, ich wollte dir keine Angst machen«, sagte er schließlich. »Aber die anderen Kinder tun gerade so, als wäre sie eine halbe Vampirin.« Er betrachtete die Furche. »Wahrscheinlich erlauben sie sich bloß einen Spaß mit mir, weil ich nicht von hier bin.«

»Ein Vampir ist sie nicht. Aber schon irgendwie seltsam.«

Sein Gesicht hellte sich etwas auf. »Gut seltsam oder schlecht seltsam?«

Wenn ich das wüsste. »Das muss ich noch herausfinden.«

»Willst du mal was echt Komisches sehen?«, fragte er.

»Ja, warum nicht.«

»Du musst dir die Nase zuhalten.«

DJ betrat die Schwarzbären-Veranda und rüttelte an der Fliegengittertür, bis sie quietschend aufschwang.

»Darfst du denn einfach da rein?«, wollte ich wissen.

»Na ja, mehr oder weniger, also, eigentlich nicht, aber ... hier wohnt ja keiner.«

DJ tastete seitlich an der Tür entlang und holte schließlich einen Schlüssel hervor.

»Woher wusstest du, dass der da ist?«

Er zuckte ausweichend mit den Schultern. Dass einige Leute ratzfatz rot werden, kannte ich ja, aber die Gesichtsfarbe dieses Jungen wechselte schneller von Weiß zu Rot, als ich »Ampel« hätte sagen können. Die Antwort blieb er mir schuldig. Stattdessen zog er sich das T-Shirt bis über die Nase und hielt den Gipsarm hoch. »Bereit?«

Sobald die Tür auch nur einen Spalt offen war, waberte ein saurer, fauliger Gestank aus dem Haus. Er war so übel, dass mir die Tränen kamen und ich mir die Hand auf Mund und Nase pressen musste.

»Was ist das?!«, stieß ich darunter hervor.

DJ wetzte direkt ins hintere Schlafzimmer. Mir war klar, dass ich besser hätte abhauen sollen – immerhin begingen wir hier gerade Hausfriedensbruch –, und etwas, das so sehr stank, konnte das unmöglich wert sein. Trotzdem hielt ich mir weiter die Nase zu und folgte DJ in die Hütte.

Er schloss die Schlafzimmertür hinter uns.

»Man muss es einfach sehr schnell durch den vorderen Teil schaffen. Hier drin ist es nicht so schlimm.« Er schnappte nach Luft.

Vorsichtig nahm ich die Hand vom Gesicht. Er hatte recht.

»Woher kommt das? Von einem toten Tier?«

DJ warf mir einen ernsten Blick zu. »Das will ich lieber gar nicht so genau wissen.«

Der Schwarzbär war das Ebenbild des Kanadareihers. Das Zimmer, in dem wir standen, sah genauso aus wie Moms Schlafzimmer. Die gleichen Korbmöbel, die gleiche Elchtapete – nur dass sich hier das Fenster gegenüber dem Bett befand. DJ versuchte, es mit einer Hand aufzustemmen. Hastig packte ich mit an. Übertrieben gierig sog er die frische Luft ein.

Ich sah mich im Zimmer um. »Dann wolltest du mir also ein paar Steine zeigen?«

Auf Bett und Kommode lagen kleine Steinhaufen verteilt. Einige waren nach Größe sortiert, andere offenbar nach Farbe oder Form. Insgesamt waren es bestimmt mehrere Hundert.

»Nein, das ist bloß meine Sammlung. Meine Tante will sie nicht im Haus haben, aber sie draußen herumliegen zu lassen, fand ich blöd. Deshalb habe ich sie hierher verfrachtet.«

»Man kann es deiner Tante schlecht verübeln. Das sind ganz schön viele.« Ich nahm einige schwarz-weiß gesprenkelte Steine in die Hand.

»Das sind plutonische Granite«, erklärte DJ. »Sie haben sich vor Millionen von Jahren aus Magma kristallisiert. Aber guck dir mal das hier an.«

Er öffnete den Schrank. Innen hingen auf einer Seite drei dicke Pelzmäntel. Einer davon sah aus, als hätte gerade noch ein Bär darin gesteckt.

»Die waren damals vermutlich der letzte Schrei.«

Unter den Mänteln zog er eine runde, verstaubte Hutschachtel mit einem Schmetterlingsornament hervor.

»Tadaaa!«

Er öffnete den Deckel. Schwarze Knopfaugen und spitze gelbe Zähne starrten mir entgegen. Ich schrie auf.

»Ich nehme an, das soll ein Schal sein oder so was.« DJ grinste. »Eklig, oder? Ich hab geschrien wie am Spieß, als ich das Teil zum ersten Mal gesehen habe. Aber keine Sorge, es ist längst tot.«

Er drapierte die Stola um seinen Hals und hielt mir das Ende mit dem Schädel hin, damit ich ihn mir genauer ansehen konnte. Das ganze Ding war im Prinzip ein langer Streifen Pelz, den man direkt vom Tier abgezogen hatte. Mitsamt dem Kopf. Vorsichtig berührte ich die harte, schwarze Schnauze und fuhr über das Fell. Es war seidig weich, aber mir drehte sich der Magen um.

Um mögliche Tollwuterreger abzuwischen, nahm ich etwas von

dem Zeitungspapier heraus, mit dem die Schmetterlingsschachtel ausgelegt war.

»Guck mal, da ist noch mehr«, sagte ich.

DJ rückte näher ran. Ich zog ein paar gelbe Bänder, einen gehäkelten Schmetterling und eine Kollektion winziger Glastierchen hervor und platzierte sie auf dem Boden. Dann griff ich nach dem letzten Gegenstand in der Schachtel: ein silberner Bilderrahmen mit einer Schwarz-Weiß-Fotografie.

DJ ließ den Kopf des Pelztiers fallen.

Das Foto war an einem Strand aufgenommen worden. Ein großer Mann, eine Frau und ein kleines Mädchen lächelten strahlend wie Filmstars in die Kamera. Die beiden Erwachsenen ließen die Kleine zwischen sich an den Armen in der Luft schaukeln. Sie und die Frau trugen die gleichen Bikinioberteile und waren fast identisch frisiert, bis auf die sternförmige Haarspange, die den Pony des Mädchens aus dem Gesicht hielt.

Betrachtete man nur die obere Hälfte des Bildes, war es ein ganz normales, hübsches Familienporträt. Doch mit der unteren Hälfte verhielt es sich anders: Statt Beinen hatte das kleine Mädchen einen glänzenden, schuppigen Meerjungfrauenschwanz. Er sah jedoch nicht aus, als wäre er Teil eines Karnevalskostüms, sondern Teil eines richtigen Fisches.

Auf dem Foto stand in zierlichen, verschnörkelten Buchstaben: *17. Mai 1933. Wir präsentieren der Welt unsere sagenhafteste Entdeckung: Baby Charlotte, die Meerjungfrau der Boulays.*

DJ stieß einen Pfiff aus. »Ist sie das?«, fragte er.

Ich sah genauer hin und versuchte, Charlottes Kinn und ihre spitze Nase in dem runden Gesicht der Meerjungfrau wiederzuerkennen. Zwar hatte sie erzählt, dass ihre Eltern einem kleinen Schwindel nicht abgeneigt waren, aber dieses Bild wirkte *echt.*

»Sieht aus wie gephotoshopt«, bemerkte DJ. Er nahm den Tierkopf wieder in die Hand, wiegte ihn hin und her und richtete die schwarzen, leeren Augen auf mich.

»Nur gab es 1933 noch kein Photoshop«, quäkte der ausgestopfte Schädel mit DJs Stimme. Er kam näher. Die Schnurrhaare streiften mich am Kinn.

»Iiieh, das ist ja widerlich!«

Ich legte die Schleifenbänder und Glasfigürchen wieder zurück, aber das Foto der Boulay-Meerjungfrau behielt ich. Das musste ich mir noch mal allein und in Ruhe ansehen.

»Ich leih mir das mal aus«, erklärte ich, zog den Reißverschluss meines Rucksacks auf und verstaute das Bild sicher unter Joshs Schwimmflügeln.

DJ grinste mich schelmisch an. »Darfst du das denn?«

»Darfst *du* denn deine Steinsammlung hier lagern?« Vielleicht war es keine besonders gute Idee, aber ich wollte mir das Foto unbedingt genauer ansehen. Und wen sollte ich auch um Erlaubnis fragen? Charlotte?

»Ich bringe es zurück. Morgen. Kommt hier sonst jemals irgendwer vorbei?«

»Höchstens Eichhörnchen.«

Ich stand auf und öffnete die Zimmertür. Mit voller Wucht traf mich der infernalische Gestank. Abrupt warf ich die Tür wieder zu und stellte meinen Rucksack auf dem Bett ab.

»DJ, wenn ich noch mal einen Fuß in diese Hütte setzen soll, müssen wir vorher herausfinden, was hier so stinkt.«

DJ kniff die Augen zusammen und stöhnte gequält. Schließlich stopfte er den Pelz zurück in die Hutschachtel.

»Na schön. Aber wenn es wirklich etwas Totes ist, bin ich schneller weg, als du gucken kannst. Nur, damit du's weißt.«

Schützend hielten wir uns die Hände vors Gesicht und ich öffnete erneut die Tür. Der üble Geruch schien aus der Küche zu kommen. Die Schränke dort waren zwar von einer dicken Fett- und Schmutzschicht überzogen, ansonsten aber leer.

»Bleibt nur noch der Kühlschrank«, presste ich zwischen meinen Fingern hervor.

Als DJ ihn öffnete, traf uns der Gestank härter als eins von Magnetos Kraftfeldern. Die Fächer waren unbenutzt, nur in der Tür stand eine Milchtüte. Mit der unversehrten Hand nahm DJ sie heraus, aber die Packung entglitt ihm und fiel hinunter. Eine schleimige, bräunlich-grüne Flüssigkeit breitete sich auf dem Linoleum aus.

DJ warf nur einen Blick darauf, dann übergab er sich direkt daneben. Auch mir kam es hoch. So schnell ich konnte, machte ich kehrt und rannte nach draußen. Ich schaffte es gerade noch aus der Tür und die Stufen der Veranda hinunter, bevor ich mich über die Pfoten des armen Holzbären erbrach.

Hinter mir kam DJ aus der Hütte gestürzt, warf sich auf den Boden und wälzte sich in Kiefernnadeln. Er stöhnte, fluchte und strampelte, als wollte er den Geruch buchstäblich abschütteln. Er ruderte mit Armen und Beinen, zuckte ein letztes Mal und ließ sich schließlich flach auf die Erde fallen. So blieb er liegen, alle viere von sich gestreckt, und starrte hoch in die Baumwipfel.

»Schätze, wir haben die Ursache für den Gestank gefunden.«

15

Hausputz

»Was hast du vor, Anthoni?«, fragte Mom, ohne vom Bildschirm ihres Laptops aufzusehen.

»Ich brauche Mülltüten. Und Putzzeug.«

»Unter der Spüle.« Sie hörte lange genug mit dem Tippen auf, um hinzuzufügen: »Gute Neuigkeiten: Wir haben zwar immer noch kein Handynetz, aber ich habe uns eine Internetverbindung besorgt. Jetzt kann ich meine Arbeitsbienen kontaktieren.«

Mir fiel ein Stein vom Herzen. Es wurde auch höchste Zeit, dass sie ihr Team anfeuerte, zum Monatsende noch mal richtig Gas zu geben. Kurz wollte ich ihr von dem Meerjungfrauenbild erzählen, von DJ und wie wir in die Schwarzbärenhütte eingebrochen und alles vollgekotzt hatten. Noch vor ein paar Tagen hätte ich das sofort getan. Aber nun, da Mom die Floss-Mädels-haben-keine-Geheimnisse-voreinander-Regel gebrochen hatte, war mir danach, sie ebenfalls zu brechen.

Also wünschte ich ihr nur viel Erfolg und schloss die Fliegengittertür hinter mir.

Zurück am Schwarzbären standen alle Fenster sperrangelweit offen. DJ hatte sich das T-Shirt ausgezogen und als Atemschutz über Mund und Nase gebunden. Im Kontrast zu den sonnenverbrannten Armen leuchtete sein Bauch blendend weiß. Über seiner selbst gebastelten Atemmaske zog er vielsagend die Augenbrauen in die Höhe. Er sah total bescheuert aus. Ich stellte das Putzzeug auf der Veranda ab und DJ nahm sich einen blauen Gummihandschuh, den er sich über den Gips streifte, um seinen Look zu vervollständigen.

»Damit das klar ist: Meinetwegen mache ich den Kühlschrank sauber, aber deine Kotze rühre ich nicht an«, sagte ich entschieden.

Um die jahrzehntealte Milch vom Boden und aus dem Kühlschrank zu entfernen, brauchten wir eine halbe Flasche von Moms Bio-Grapefruit-Reiniger. DJ musste noch zweimal nach draußen flitzen und sich übergeben, machte sich jedoch danach beide Male direkt wieder an die Arbeit.

Es war vielleicht komisch, aber ich mochte putzen. Immer wenn Mom und ich in eine neue Wohnung zogen, schrubbten wir einmal von oben bis unten alles blitzblank. Jedes Zimmer, mit dem wir fertig waren, fühlte sich frisch und neu an, voller Möglichkeiten und Verheißungen.

Sobald DJ und ich erst mal den Kühlschrank und den Boden davor gereinigt hatten, wirkte der Rest der Hütte umso schmuddeliger und trostloser. So konnte ich nicht gehen. Genau genommen *wollte* ich überhaupt nicht gehen. Punkt. Wozu denn auch? Um im Kanadareiher Däumchen zu drehen, während Mom weiter E-Mails an ihr Team schickte? Also kletterte ich auf die Arbeitsfläche und fing an, die Schränke auszuwischen.

»Was machst du da?«, fragte DJ. »*Die* habe ich nicht vollgekotzt.«

»Aber die hätten wir gleich als Erstes putzen sollen. Wenn du ein Zimmer ordentlich sauber machen willst, dann musst du oben anfangen. Sonst fallen bloß Staub und Dreck auf die Flächen, die du schon geschrubbt hast, und du musst noch mal ran. Und das ist eindeutig völlige Zeitverschwendung.«

DJ sah mich zweifelnd an. »Ist das so?« Aber in einem Schrank entdeckte er einen Staubwedel und einen Besen. Damit wirbelte er durch die Hütte und tat, als wäre er ein einhändiger Zauberer, der mit seinem mächtigen Zauberstab ganze Staubmilbendörfer dem Erdboden gleichmachte. In einer der erbitterteren Schlachten setzte er einen der Hängesessel als Katapult ein, wodurch er beinahe die Vorhänge heruntergerissen hätte.

»Du bist echt seltsam, DJ«, sagte ich und wischte die letzte Schranktür ab.

»Gut seltsam oder schlecht seltsam?« Noch immer verdeckte das T-Shirt sein halbes Gesicht und der Gummihandschuh den Gipsarm.

Ich zuckte mit den Schultern. »Das muss ich noch herausfinden.«

Als wir fertig waren, hatten wir eine Mülltüte voll stinkender Papiertücher und eine beeindruckend saubere Hütte vorzuweisen. Wir knoteten die Tüte zu, dann zerrten wir sie nach draußen und warfen sie in die Mülltonne neben dem Feuerholzstapel. Mein Blick fiel auf das Bärenjunge. Selbst mit dem Erbrochenen zu seinen Tatzen wirkte es etwas fröhlicher als zuvor. Ich schenkte ihm ein Lächeln und schlug mit seiner erhobenen Pranke ein.

»Also dann, Flosse.« DJs Sommersprossen verschwanden schon wieder in seinem Tomatengesicht. »Es war seltsam, dich kennenzulernen. Vielleicht ja bis bald.« Er salutierte verlegen. Dann rannte er in den Wald, stolperte über eine Wurzel und landete volle Kanne auf der Nase.

»Nichts passiert!« Er schwenkte sein T-Shirt, und weg war er.

Als ich in den Kanadareiher spazierte, saß Mom schon wieder am Küchentisch und tippte.

»Rate, wen ich in Annas Lädchen getroffen habe?«

»Das Krümelmonster?«

»Da ist wohl jemand zu Scherzen aufgelegt.« Mom lächelte. »Ich wusste, es würde dir guttun, die Gegend zu erkunden.«

»Joa, war ganz nett.« Aber sie hatte recht. Es ging mir tatsächlich besser.

»Jedenfalls habe ich außer Anna, also Julies Mom, noch Mary Quinn getroffen. Und Mary hat uns alle für heute Abend zum Essen in ihre Blockhütte eingeladen. Wir sollen Badeanzüge einpacken.«

»Super.« Schnell drehte ich mich um und stellte den Rest Grapefruit-Reiniger zurück unter die Spüle, damit Mom mir die Enttäuschung nicht ansah. Klar, eigentlich sollte ich mich freuen, den nächsten Schritt meines Aktionsplans in die Tat umsetzen zu können, aber ich hatte mir noch nicht überlegt, wie genau ich Maddy Quinn für mich gewinnen wollte. Außerdem hatte ich wirklich gehofft, dabei keinen Badeanzug tragen zu müssen.

»Das Treffen bietet uns doch beiden ein paar vielversprechende Möglichkeiten, stimmts?«

»Stimmt. Es ist nur ... Maddy ist nicht so nett, wie ich dachte.«

»Ach, ihr kennt euch nur noch nicht gut genug. Finde einen Draht zu ihr. Du musst irgendwo anknüpfen. Das wird schon.«

»Sie mag die X-Men.«

»Echt? Na, dann ist die Sache doch geritzt.«

»Ja, schon, aber ...« Ich wollte keine negativen Ergebnisse heraufbeschwören, also behielt ich den Gedanken für mich: Was, wenn sie *mich* nicht mochte?

Doch Mom schien ihn eh zu erraten. Zärtlich strich sie mir die Haare aus dem Gesicht. »Sie wird dich mögen. Dich kann man gar nicht *nicht* mögen. Und Julie ist ja auch noch da. Sie wirkt echt nett. Außerdem ...« Sie boxte mir spielerisch gegen das Kinn. »Du bist doch eine Kämpfernatur. Du kommst schon klar.«

Irgendwie hatte sie ja recht. Ich kam damit klar, dass Charlotte Boulay mich im Dunkeln hatte stehen lassen, dass ich im Wald von tarnbesessenen Freaks beschattet und in eine Hütte voll mit verschimmelter Milch und Erbrochenem gelockt worden war. Also sollte es kein Problem darstellen, die paar einfachen Schritte meines Aktionsplans in die Tat umzusetzen. Ich musste Maddy bloß daran erinnern, wie viel Spaß man mit mir haben konnte und wie viel wir gemeinsam hatten, und ihr beweisen, dass ich ihr Vertrauen verdiente. Sobald das geschafft war, war der Rest ein Kinderspiel.

Mom rümpfte die Nase und schnupperte an mir. »Allerdings solltest du vorher noch duschen gehen. Du riechst irgendwie merkwürdig.« Sie schnüffelte noch einmal. »Du warst aber nicht im Wasser, oder? Nicht ohne Erwachsene schwimmen gehen. Das ist die Abmachung.« Schon wieder bebten ihre Nasenflügel, und sie schnüffelte, wie ein Hund, der einen Knochen witterte.

»Mom!« Ich trat einen Schritt zurück. »Hör auf, an mir zu riechen. Ich setze keinen Fuß in diesen See, wenn es nicht unbedingt sein muss. Versprochen.«

Erst nachdem ich mich gründlich gewaschen hatte und wir auf dem Weg zu Maddy Quinn im Bienenmobil saßen, fiel mir das Foto der Boulay-Meerjungfrau wieder ein. Und mein Rucksack! Ich konnte mich nicht daran erinnern, ihn auf dem Rückweg dabeigehabt zu haben.

»Halt an, ich muss noch mal kurz zurück!« Ich überlegte, wo genau DJ den Schlüssel zum Schwarzbären gefunden und was er mit der Fliegengittertür angestellt hatte. Mit ganz viel Glück hatte er gar nicht abgeschlossen.

Mom lachte auf, als hätte ich einen Witz gemacht.

»Ich meine es ernst, es dauert auch nicht lang. Es geht um

meinen *Rucksack.*« Zwar waren wir schon halb um den See gefahren, doch Mom würde das verstehen. Sie wusste, dass ich darin meine kostbarsten Habseligkeiten aufbewahrte. Als ich ihn mal an einer Raststätte in Michigan vergessen hatte, war sie umgekehrt und drei Stunden zurück in die falsche Richtung gefahren. Eine mickrige Meile würde ihr nichts ausmachen. Schnell ging ich in Gedanken durch, was sich alles darin befand. Mein Notizbuch. Die Schwimmflügel. Das Meerjungfrauenfoto.

»Heute Abend musst du wohl leider ohne ihn klarkommen«, sagte Mom. »Wir sind da.«

Sie bog in einen schmalen Weg ein. Ein Schild wies darauf hin, dass man sich ab sofort auf Privatgelände befand und Jagen verboten war. Nach einem kurzen Stück kamen wir zu einer kreisrunden Auffahrt. Mom stieß einen anerkennenden Pfiff aus.

»Na, das nenn ich eine Hütte!«

Maddy Quinns Haus war aus Holz, aber da endete auch schon jedwede Ähnlichkeit mit einer Blockhütte. Es gab drei Stockwerke, ein riesiges Panoramafenster und einen imposanten gemauerten Schornstein, der sich an der Seite des Hauses emporreckte.

Mrs Quinn öffnete uns die Tür mit dem Handy am Ohr. »Wie ärgerlich«, sagte sie ins Telefon und winkte uns hinein. »Die Armen!«

Mit einem Kopfnicken forderte sie uns auf, ihr in ein Wohnzimmer mit hohen Deckenbalken zu folgen. Eine komplette Fensterfront ging auf den Thunder Lake hinaus. Ich kam mir vor wie in einer Kathedrale. Mom und ich bekamen immer größere Augen und staunten über die Aussicht, den Kamin und den Flügel. Ich fragte mich, welche Produktproben Mom wohl mitgebracht hatte. Ohne jeden Zweifel konnten die Quinns sich das Premiumpaket leisten.

»Das war Anna Lee«, erklärte Mrs Quinn, nachdem sie aufgelegt hatte. »Julie und ihr Bruder sind irgendwie mit Poison Ivy aneinandergeraten, diesem miesen Giftefeu. Sie haben heftigen Ausschlag. Deshalb können sie heute leider nicht kommen.«

Mit Bären oder Wilderern hätte ich in diesem Wald gerechnet, aber dass ich mich auch vor Giftefeu in Acht nehmen müsste, war mir bisher nicht ein einziges Mal in den Sinn gekommen. Schon allein beim Gedanken daran juckten mir die Kniekehlen.

Mrs Quinn verschränkte die Arme, ließ sie dann aber wieder sinken. Schwer zu sagen, ob sie wollte, dass wir blieben, jetzt, da die Lees nicht kamen. Sie warf sich den langen, glänzenden Pferdeschwanz über die Schulter. »Maddy wird sich trotzdem freuen, dass du hier bist.«

Ich lächelte höflich und hoffte, dass sie sich da mal nicht täuschte.

16

Trick-Ski

Mrs Quinn führte uns die Treppe hinauf zu einem der tollsten Zimmer, die ich je gesehen hatte. Das Bett ähnelte einem Riesenmarshmallow und über die komplette Wand dahinter zog sich ein Bild von den X-Men. Auf der einen Seite stand Storm, überlebensgroß, die Hände in die Hüften gestemmt, mit wehendem weißen Haar und Cape. Auf der anderen Emma Frost im Diamantzustand. Mom fing meinen Blick auf und reckte den Daumen nach oben. Die Quinns waren wirklich ziemlich vielversprechende Kandidatinnen.

»Maddy«, rief Mrs Quinn. »Anthoni ist da. Ab auf die Skier, los gehts.«

Hinter einer Tür, von der ich gedacht hatte, sie würde zu einem Kleiderschrank gehören, lugte Maddy hervor. Sie trug eine eckige Brille, die sie am Strand noch nicht aufgehabt hatte.

»Ich glaube nicht, dass Anthoni Wasserski fährt, Mom.«

»Da hat sie recht«, warf ich ein und machte mich schon darauf gefasst, dass sie mich auslachen oder einen gemeinen Kommentar über meine Blubberblasen-Künste ablassen würde.

Stattdessen sagte sie nur: »Hi, Anthoni.« Als wären wir gute Freundinnen.

Mrs Quinn wandte sich an Mom. »Carrie, du kannst es wahrscheinlich gar nicht abwarten, endlich hinters Boot zu kommen, was?«

»Oh, ich habe … Ich bin aus der Übung …« Stockend suchte Mom nach einer Ausrede und entschied sich letztlich für: »Ich habe meinen Badeanzug vergessen.«

Mrs Quinn winkte ab. »Davon habe ich einen ganzen Haufen, ich kann dir einen leihen. Maddy, geh schon mal mit Anthoni zu Dad ins Bootshaus. Wir treffen uns am Steg, sobald wir uns umgezogen haben.«

Das Bootshaus machte seinem Namen alle Ehre: ein ganzes Haus für ein einziges Boot, genau genommen ein Motorboot, mit den Worten *Ski Nautique* auf der Seite. Es hing an zwei dicken Seilen von der Decke. Auf dem Bretterboden stand ein sonnengebräunter Mann mit vielen Muskeln, Glatze und Sonnenbrille und betätigte einen Hebel, mit dem er das Boot langsam hinunterließ. Als er uns entdeckte, ließ er den Hebel los, woraufhin es schaukelnd über dem Wasser hängen blieb.

»Hey, Sportsfreunde.« Maddys Dad führte uns in einen kleinen Raum im hinteren Teil des Schuppens, wo Skier und Rettungswesten an der Wand aufgereiht waren. Er reichte Maddy zwei kurze, breite Skier.

»Du kannst dein Figurenprogramm üben und an den Übergängen arbeiten«, sagte er.

Er wandte sich an mich. »Welche Disziplin fährst du, Anthoni? Trick? Slalom? Oder bist du so waghalsig wie deine Mutter?«

Sofort fühlte ich mich wieder wie im Schwimmkurs, wo mir die Sprache auch fremd vorgekommen war. Er musste meine Mom mit jemandem verwechseln. Sie mochte ja vieles sein, aber »waghalsig« ganz sicher nicht.

»Anthoni kann nicht Wasserski fahren, Dad«, sagte Maddy. Wieder wartete ich auf eine abfällige Bemerkung, doch sie blieb aus.

Mr Quinn war überrascht, zwinkerte mir aber aufmunternd zu und gab mir eine rote Schwimmweste. Als ich die Arme hindurchgesteckt hatte, machte er den Reißverschluss zu und zog die Gurte fest, bis ich dachte, meine Rippen würden nachgeben.

»Reicht«, japste ich.

»Na, dann kanns ja losgehen!«

Wir stellten uns auf die Holzplattform, während Mr Quinn das Boot weiter hinabließ. Als die untere Hälfte im Wasser lag, sprang er mit einem Satz in die *Ski Nautique*. Maddy hüpfte hinterher und landete mit einem dumpfen *Fump*. Mr Quinn hielt mir die Hand hin. Ich rührte mich nicht. Das Boot schaukelte und schwappte auf dem trüben See, und ich fragte mich, ob ich mich heute wohl noch ein zweites Mal übergeben würde.

Auch Maddy streckte mir nun ihre Hand hin. »Wir halten dich fest.«

Es klang aufrichtig. Ich versuchte, mir selbst gut zuzureden. Ich musste ja nicht ins Wasser, sondern nur im Boot sitzen und den anderen beim Skifahren zusehen. Wie schlimm konnte das schon werden? Ich griff nach beiden Händen und ließ mich zu ihnen hineinziehen.

Stotternd erwachte der Motor zum Leben. Ich zuckte zusammen. Erneut zwinkerte Mr Quinn mir zu.

»Keine Angst«, sagte er. »Ich bin schon gefahren, da war deine Mom noch bei den Wasserskiratten. Ich bin Profi.«

Er setzte das Boot behutsam rückwärts aus dem Häuschen und schipperte mit uns am Ufer entlang. Ich entspannte mich. Maddy und ich saßen auf einer gemütlichen Bank aus Kunstleder, sicher und stabil. Es war überhaupt nicht schlimm. Bis ihr Dad Gas gab.

Der Bug hob sich und ich schrie entsetzt auf. Mit einem Affenzahn schossen wir auf den See hinaus. Der Wind peitschte mir die Haare ins Gesicht, und hinter uns wurde Maddys Blockhütte immer kleiner. Ohne Vorwarnung riss Mr Quinn das Steuer herum und zog einen engen Kreis.

Ich schlitterte über die Bank in Maddy hinein. Zu meiner Überraschung krallte sie sich in meinen Arm und kreischte mit mir um die Wette. Rings um uns herum spritzte und schäumte das Wasser. Nachdem wir einen vollen Kreis gefahren waren, prallte das Boot auf die Wellen, die es ausgelöst hatte, und wir hüpften darüber hinweg. Mit jedem Hopser hob die *Ski Nautique* weiter ab. Maddy und ich hielten uns aneinander fest, schrien noch lauter und rutschten von der Bank auf den mit Teppich ausgelegten Boden. Mein Knie stieß gegen ihren Ellbogen, und durch das Vibrieren des Motors klangen meine Schreie abgehackt wie ein Pressluft-hammer.

Am liebsten hätte ich die Zeit angehalten: das Motorboot, Maddy, die den Mund wie im Comic zu einem Schrei aufgerissen hatte, die weiße Gischt auf den Wellen und die in der Sonne funkelnden Wasserspritzer. Ich wollte diesen Moment einfangen, festhalten und nie mehr loslassen. Denn hier und jetzt, als wir über den Thunder Lake flogen, geschah etwas Magisches: Maddy Quinn und ich sahen uns an, und genau wie damals, mit sechs Jahren, als wir beim Drachenspiel mit Opa herumgekreischt hatten, fingen wir an zu lachen. Wir schrien und lachten, bis mir Tränen über die Wangen liefen. In meinem ganzen Leben hatte ich mich noch nie so glücklich und schwerelos gefühlt.

Jäh bremste Mr Quinn ab, und im Schildkrötentempo tuckerten wir zurück zur Anlegestelle.

»Funktioniert doch immer wieder«, sagte Mr Quinn und grinste verschmitzt.

Als wir den Steg erreichten, sortierten Maddy und ich unsere

Gliedmaßen, und sie sprang mit den Skiern ins Wasser. Ihr Dad warf ihr ein langes, buntes Seil zu, während Mom und Mrs Quinn ins Boot stiegen und mich auf der Bank in die Mitte nahmen.

»Immer noch ganz der Alte, was, Leon?«, sagte Mom.

Maddy ergriff die Leine, trieb im Wasser und brachte ihre Skier in Position. Als sie »Go!« rief, beschleunigte Mr Quinn, und Maddy zog sich hoch, als wäre das genauso leicht, wie morgens aufzustehen. Sie hielt sich mit einer Hand fest und zupfte mit der anderen ihren Badeanzug zurecht. Dann vollführte sie zwei 180-Grad-Drehungen hintereinander. Als sie einen Fuß aus dem Wasser hob, fiel einer der Skier ab. Niemand schien es bemerkt zu haben.

»Sie hat einen Ski verloren!«, rief ich über den Motorenlärm.

Mr Quinn reckte den Daumen in die Höhe.

Und dann wurde es richtig verrückt. Wie eine Balletttänzerin streckte Maddy ein Bein und einen Arm aus. Erst schwankte sie ein wenig, fing sich aber noch rechtzeitig. Sie hakte ihren Fuß in den Griff am Ende der Zugleine. Ihr Ski schlingerte bedrohlich, als würde sie jeden Moment fallen, doch sie fand ihr Gleichgewicht wieder und stand schließlich freihändig auf nur einem Ski. Wir brausten am Stadtstrand vorbei. Kurz vor der Bucht beim Showschiff-Resort wendete Mr Quinn langsam in einem weiten Bogen und lenkte das Boot zum Steg zurück. Maddy löste den Fuß aus dem Griff und ließ sich direkt vor der Anlegestelle ins Wasser sinken. Ihr zweiter Ski war ans Ufer gespült worden.

»Ich will als Nächste!« Mrs Quinn machte einen Kopfsprung in den See, während Maddy bibbernd wieder ins Boot kletterte.

Mr Quinn warf ihr ein Badetuch über. »Was war mit deinen Tricks in der zweiten Hälfte? Man wird nicht die Beste, indem man sich einfach nur ziehen lässt, Mads.«

Maddy verzog das Gesicht, die Kritik schien sie verletzt zu haben. Am liebsten hätte ich ihren Dad angeschrien. Seine Tochter war gerade um den ganzen See gefahren. *Auf einem Bein.* Sie war großartig!

Mom half Mr Quinn, die Leine auszutauschen, und Maddy setzte sich neben mich auf die Bank und tropfte alles voll. Ihr Fuß war rot, dort, wo der Haltegriff sich in die Haut gebohrt hatte. Kein Wunder, dass sie mich für eine Memme hielt, wo ich mich doch nicht mal traute, meinen Kopf ins Wasser zu tauchen.

»Du bist wirklich gut«, sagte ich.

»Danke. Ich muss dafür aber auch viel üben.« Die Sonne kam hinter den Wolken hervor. Aus zusammengekniffenen Augen sah sie mich an. »Woher kennst du Julie eigentlich so gut?«

Ich schüttelte den Kopf. »Tu ich gar nicht.«

»Sie ist meine beste Freundin. Nur damit du es weißt«, sagte sie.

Ich atmete erleichtert auf. Das war es also. Julie war der Grund, warum Maddy am Strand so gemein zu mir gewesen war. Sie dachte, ich wollte ihr Julie wegnehmen. Das würde ganz sicher nicht passieren. Es war alles nur ein Missverständnis, was bedeutete, wir konnten noch einmal neu anfangen. Und irgendwie hatten wir das ja auch schon.

Die Sonne schien jetzt stärker und wärmte mir den Rücken. Maddy schirmte ihre Augen mit der Hand ab.

»Wir sind schon seit zwei Jahren beste Freundinnen.«

»Das ist toll«, erwiderte ich und meinte es auch so. Es war ja auch toll. Ich hatte kein Problem damit, dass die beiden beste Freundinnen waren. Das war nicht das Gleiche. Beste Freunde kommen und gehen. Wahre Freunde sind für die Ewigkeit.

»Keine Angst. Ich werde sie dir nicht ...«, begann ich.

Bevor ich meinen Satz beenden konnte, hatte Mom sich neben mich gesetzt und Mrs Quinn rief »Go!«. Das Boot fuhr an und das Dröhnen des Motors übertönte meine Stimme.

Mrs Quinn glitt auf einem langen Ski von links nach rechts über die Heckwelle und beugte die Knie, wenn sie sie kreuzte. Sie lehnte sich in die Kurven und ließ jedes Mal eine hohe Wasserwand aufspritzen. Die Sonne malte kniehohe Regenbogen in den Sprühnebel. Nach rechts. *Wuuusch.* Nach links. *Wuuusch.* Die Muskeln in ihrem Oberarm wölbten sich vor Anspannung wie die von Emma Frost. Ich hätte ihr den ganzen Tag zusehen können.

Als Mom an der Reihe war, gab sie mir Sonnenbrille und Bluse und verschränkte die Arme nervös vor dem Badeanzug.

»Ich bin seit dem College nicht mehr Wasserski gefahren.«

Mr Quinn reichte ihr eine Schwimmweste. »Es ist wie Fahrradfahren, Flosse. Man verlernt es nicht.«

Flosse? Ich sah Maddy an. Die schien sich jedoch plötzlich sehr für ihre Zehennägel zu interessieren.

Mom lachte, als würde ihr der Spitzname gefallen.

»Ich sage Maddy ständig, machs wie Flosse. Hat von allen immer am härtesten trainiert«, sagte Mr Quinn. »Und wäre am liebsten den ganzen Tag im Wasser geblieben.«

Mrs Quinn gab Mom einen Ski. »Den wirst du mögen, Carrie. Er ist schön leicht.«

Das erste Mal, als Mr Quinn beschleunigte, stürzte Mom mit dem Gesicht voran ins Wasser. Beim zweiten Mal zog sie sich zur Hälfte hoch, schlingerte, verlor den Halt und plumpste in den See. Mr Quinn machte eine Kehrtwende zurück zur Anlegestelle und seine Frau warf Mom die Leine zu.

»Aller guten Dinge sind drei!«, rief sie.

Bitte lass es klappen, bitte lass es klappen, wiederholte ich wie ein

Mantra im Kopf. Ich stellte mir vor, wie Mom triumphierend auf den Skiern stand und uns allen zeigte, wie man's richtig machte.

Es funktionierte. Das Boot beschleunigte und Mom zog sich in eine aufrechte Position. Sie lehnte sich mit dem Oberkörper zurück und glitt von einer Seite zur anderen, genau wie Maddys Mom es getan hatte. Während der ersten Richtungswechsel war sie noch langsam und unsicher, wurde aber mit jedem Mal schneller und lehnte sich in den Kurven weiter hinaus. Dabei ließ sie einen Regenbogenschauer nach dem anderen entstehen.

Es ist seltsam, wenn man Menschen ein ganzes Leben lang kennt und auf einmal ein neues Talent an ihnen entdeckt, von dem man vorher nichts geahnt hatte. Etwas, das schon seit jeher in ihnen schlummerte, sie aber noch nie hatten zeigen können. Meine Mom fuhr Wasserski wie eine Superheldin.

Als wir am öffentlichen Badestrand vorbeikamen, waren ihre Wasserfontänen schon schulterhoch. Beim nächsten Richtungswechsel ließ sie die Hand durchs Wasser gleiten. Dann fuhr sie wieder zur anderen Seite, zog die Leine zu sich heran, um Schwung zu holen, und sprang über die Heckwelle. Für einen Sekundenbruchteil segelte sie durch die Luft und landete schließlich mit einem *Patsch* auf dem Wasser.

Wir klatschten und jubelten.

»Juhuuuu!«, schrie ich.

»Willst du es als Nächste versuchen, Anthoni?«, rief Mr Quinn über den Motorenlärm hinweg.

»Nein, danke!« Doch in meiner Vorstellung spürte ich es: den Wind in den Haaren, die Zugkraft der Leine, das Tempo, das Adrenalin. Ich wusste, dass ich dazu in der Lage wäre. Ich war stark und hatte einen guten Gleichgewichtssinn. Wie ich Mom so beim Skifahren zusah, veränderte sich mein Bild vom Thunder Lake.

Statt der düsteren, bedrohlichen Naturgewalt sah ich jetzt beeindruckende Wellen und Regenbogensprühnebel vor mir. Mom hatte den See bezwungen, sie hatte Kraft aus ihm geschöpft. Ich stellte mir vor, wie ich selbst über die Woge sprang und einen Schwall Wasser in die Luft schickte – wie Storm, wenn sie Regen heraufbeschwor.

Als wir in die Nähe der Bucht kamen, warf ich einen Blick auf das Showschiff-Resort. Aus der Ferne wirkte das Hotel strahlend weiß. Die zerbrochenen Scheiben und das Unkraut waren von hier aus nicht zu sehen. Es sah fast so sauber und einladend aus wie auf der Postkarte.

Mom machte sich bereit für ihren nächsten Sprung. Dieses Mal flog sie noch höher. Doch als sie wieder aufsetzen wollte, lenkte Mr Quinn scharf nach links. Statt ebenso elegant zu landen wie zuvor, knallte Mom aufs Wasser. Sie überschlug sich, der Ski trudelte durch die Luft, dann hatte der Thunder Lake sie verschluckt.

»Mom!«, schrie ich.

Mrs Quinn stupste ihren Mann an. »Was sollte das denn?«

»Tut mir leid«, erwiderte er. »Ich dachte, ich hätte etwas gesehen. Ich wollte es nicht überfahren.«

Zuerst dachte ich, es wäre wieder einer seiner Späße, doch dieses Mal zwinkerte er nicht. Sein Ausdruck war ernst. Die herrenlose Leine peitschte wild übers Wasser, als Mr Quinn kehrtmachte. Ich reckte den Hals und suchte den See ab, aber das Boot hatte die Oberfläche zu stark aufgewühlt. Ich konnte nichts sehen.

17

Geheimnisse

Mom platzierte das Kühlkissen an ihrer Wange neu und nahm das Glas Wein entgegen, das Mr Quinn ihr hinhielt. »Das habe ich nun von der Angeberei«, sagte sie.

Die Erwachsenen lachten. Dabei war Mom nur haarscharf einer Freifahrt mit der Trage in die Notaufnahme entkommen. Vom Boot aus hatte es ausgehen, als wäre sie auf ihren Ski geknallt. Doch sie hatte sich nur zum Schutz zusammengerollt und sich dabei das Knie gegen die Wange gehauen, knapp unter dem Auge. Als wir ihr ins Boot geholfen hatten, stand Mr Quinn die Sorge ins Gesicht geschrieben, und Mrs Quinn hatte ihr ein Handtuch gegeben und ihr den ganzen Weg zurück mitfühlend über den Rücken gerieben. Nachdem sich aber herausgestellt hatte, dass Mom mit einer Prellung davongekommen war, taten sie alle so, als wäre das Ganze urkomisch.

»Du hast es immer noch drauf, Flosse«, sagte Mr Quinn. »Die Salto-Bruchlandung – der Klassiker!«

Ich fand das überhaupt nicht lustig. Vor allem, weil es eigentlich seine Schuld war. Mom wäre nach dem Sprung völlig normal wieder aufgekommen, hätte er das Steuer nicht wie ein Irrer herumgerissen. Deshalb meinte Mrs Quinn auch, er sollte lieber mal zum Augenarzt gehen.

»Ich habe doch gesagt, da war etwas im Wasser.« Mr Quinn hob die Hände wie ein überführter Verbrecher.

Mrs Quinn verdrehte die Augen. »Ja, klar. Wohl eine von Maddys Meerjungfrauen, was?«

Meerjungfrauen? Ich versuchte, Maddy auf mich aufmerksam zu machen, doch sie konzentrierte sich auf ihre Gabel. Ich durchschaute sie einfach nicht. Am Strand hatte sie sich aufgespielt, im Boot halb totgelacht, zu Hause aber gab sie keinen Mucks von sich. Während des gesamten Abendessens hatte sie noch kein Wort verloren.

Die Erwachsenen erzählten sich gegenseitig Anekdoten aus ihrer gemeinsamen Zeit in Eagle Waters. Mom lachte viel und es machte mich stutzig, dass sie BienenBeauty bisher nicht ein einziges Mal erwähnt hatte. Weder Lidschatten noch Faltencremes waren Teil des Gesprächs. Auch nicht das schlagende Argument, von zu Hause aus arbeiten zu können. Normalerweise ließ sie sich nicht so lange Zeit, die Werbetrommel zu rühren. Aber vermutlich wartete sie auf den richtigen Moment.

Mitten in der zweiten Anekdote über Mr Quinns Stunt als menschliche Fackel legte Maddy die Gabel beiseite. »Sollen wir auf mein Zimmer gehen?«, fragte sie.

Mom lächelte mir aufmunternd zu und so folgte ich Maddy nach oben.

Wir standen vor dem Marshmallow-Bett. Maddy kaute auf ihren Fingernägeln und ich betrachtete das Wandbild. Im Kopf ging ich die Liste von Sätzen durch, mit denen ich sonst Gespräche anfing. »Was hättest du lieber? Telepathische Kräfte wie Emma Frost oder Storms Fähigkeit, das Wetter zu kontrollieren?«, fragte ich.

Maddy ließ von ihren Fingernägeln ab. »Du liest X-Men?«

Ich nickte. »Also ich hätte lieber telepathische Kräfte. Das Leben wäre viel leichter, wenn man wüsste, was die anderen denken.«

Maddy lachte. Es war ein freundliches Lachen, so wie das im

Boot. Nicht wie das höhnische Lachen am Strand. »Stimmt«, sagte sie. »Aber ich würde lieber Stürme entfachen.«

Sie lief durchs Zimmer, schlüpfte in den Wandschrank und zog hastig die Tür hinter sich zu. Kurze Zeit später kam sie mit der eckigen Brille auf der Nase wieder heraus. Sie warf einen Stapel Comics auf den Boden und setzte sich im Schneidersitz davor.

»Du kannst mit diesem hier anfangen«, meinte sie und gab mir eine Vintage-Ausgabe von *Uncanny X-Men* mit Magneto als Hologramm auf dem Cover. »Das ist mein Lieblingscomic.«

Sie lächelte. Ein magisches, ehrliches Lass-uns-Freunde-sein-Lächeln.

Ich setzte mich neben sie auf den Boden und schlug den Comic auf. Darin ging es um Magnetos Hintergrundgeschichte. Magneto war einer der interessantesten X-Men, weil er sowohl gut als auch böse war und man bei ihm nie wusste, was einen erwartete. Je nachdem, welche Ausgabe man las, konnte man sich leicht in ihm täuschen. Das Gleiche galt wohl für Menschen. Maddy zum Beispiel.

Beim Blättern dachte ich weiter darüber nach. Wenn ich irgendetwas aus Comics gelernt hatte, dann das: Ein einzelnes Panel erzählte nie die ganze Geschichte. Die richtige Maddy Quinn war gar nicht so, wie ich sie am Strand erlebt hatte. Bestimmt hatte sie einen schlechten Tag gehabt. Vielleicht war ihre Katze weggelaufen und sie war deswegen so eifersüchtig, gemein und launisch gewesen – wie Magneto. Nach dem Tod seiner Tochter verliert er die Beherrschung und löscht beinahe die ganze Welt aus. Manchen Menschen muss man eine zweite Chance geben. Maddys Lächeln verlieh meiner Fantasie Flügel. Ich sah die nächsten Wochen vor mir: wie wir zwei zusammen Wasserski fuhren, Pyjamapartys feierten, Comics lasen und uns Geheimnisse erzählten.

»Soll ich dir ein Geheimnis verraten?«, fragte Maddy.

Mein Magen schlug einen Purzelbaum. Hatte sie schon telepathische Kräfte? Wollte sie deswegen lieber Stürme entfachen können?

»Ich schreibe einen eigenen Comic. Eine Reihe.« Wieder dieses Lächeln.

»Wirklich? Worüber?«

Maddy schob die Brille hoch und beugte sich zu mir. »Über eine Meerjungfrau.«

Wieder verschwand sie in ihrem Wandschrank. Dieses Mal kehrte sie mit einer Comicseite zurück, die von Hand gezeichnet, ausgemalt und beschriftet war. »Die ist heute fertig geworden.«

Drei kleine Panels oben auf der Seite zeigten eine wunderschöne Meerjungfrau mit langen, welligen Haaren, die munter auf eine Unterwasserstadt zuschwamm. In einem größeren Panel weiter unten sah man die Meerjungfrau von vorn. Sie hatte den Mund aufgerissen und entblößte dabei eine Reihe spitzer Zähne. Die Augen waren schmale blutrote Schlitze und das Haar wogte unbändig um ihren Kopf. In der Sprechblase stand: Grrrrr!

»Die ist echt ziemlich gruselig«, sagte ich.

»Danke«, erwiderte Maddy. »Ihr Name ist Lexie. Sie trinkt Blut und kann mit Überschallgeschwindigkeit schwimmen. Ihre Feinde blendet sie mit ihrer Schönheit und schleppt sie dann in ihre Höhle.«

»Echt cool! Aber warum ist es ein Geheimnis?«

Maddy schüttelte missmutig den Kopf. »Die Leute finden meine Zeichnungen zu schräg. Sogar Julie. Meine Klassenlehrerin hat mich zur Schulpsychologin geschickt, weil sie meinte, es wäre nicht normal für ein Mädchen, Meerjungfrauen zu zeichnen, die den Menschen die Köpfe abreißen.«

»Wie schrecklich!«, sagte ich. »Aber die Zeichnungen sind überhaupt nicht schräg. Sie sind irrsinnig gut!«

»In Chicago wäre das was anderes, oder?«

So richtig erinnerte ich mich nicht an Chicago, aber ich nickte. Kaum zu glauben. Die Schritte meines Aktionsplans erfüllten sich gerade wie von selbst. Maddy und ich hatten einen Draht zueinander gefunden, ohne dass ich es überhaupt versucht hatte. Sie mochte mich. Wir hatten gemeinsame Interessen und Spaß zusammen. Somit waren wir schon beim dritten und wichtigsten Schritt: Vertrauen schaffen. Ich durfte es nicht vermasseln. *Wirken Sie nicht, als wollten Sie etwas von ihr,* rief ich mir ins Gedächtnis, *erreichen Sie, dass sie etwas von Ihnen will.*

»Ich erinnere mich noch an deinen Opa«, sagte Maddy. »Er war superlustig. Wohnt er immer noch in Chicago?«

»Ja, in einem Altenpflegeheim. Ich habe ihn aber eine Weile nicht mehr gesehen.« Eine Weile. Erst nachdem ich es ausgesprochen hatte, wurde mir klar, wie lang es tatsächlich her war. Fünf Jahre. Ich wusste nicht einmal, wie sein Zimmer aussah.

Maddy sah mich mitfühlend an. »Mein Opa ist nach New Mexico gezogen. Als ich klein war, hat er mir immer die tollsten Geschichten erzählt. Da gab es diese eine von einer Meerjungfrau im Thunder Lake ...«

Mir blieb die Spucke weg. »Eine Meerjungfrau im Thunder Lake?«

»Ja.« Maddy verdrehte die Augen. »Ich habe es ihm voll abgekauft. Als wir gerade frisch hierhergezogen waren, habe ich Julie überredet, mit mir nach ihr zu suchen. Na ja. Daher kommt jedenfalls die Idee. Mit Lexie.«

»Ich habe sie gesehen!« Die Worte rutschten mir einfach so heraus. »Die Meerjungfrau, meine ich.«

Kaum hatte ich das gesagt, ging mir auf, dass es stimmen musste. Eigentlich war es mir schon klar gewesen, als ich beobachtet hatte, wie Charlotte Boulay abgetaucht und nicht mehr an die Oberfläche gekommen war. Die Meerjungfrau hatte auf dem Foto viel zu echt ausgesehen. Es konnte keine Fälschung sein.

Maddy blinzelte mich durch ihre Brillengläser an.

»Ich weiß, es klingt unglaublich«, sagte ich. »Es *ist* auch unglaublich. Sie sieht … *kein bisschen* so aus, wie man sie sich vorstellen würde, aber ich schwöre dir …«

Ganz langsam breitete sich ein Lächeln auf Maddys Gesicht aus. »Echt?«

»Echt.«

Maddy machte riesengroße Augen und bei ihrem Grinsen bekam ich eine Gänsehaut.

»Maddy!« Wir zuckten beide zusammen, als Mr Quinn von unten nach ihr rief. »Julie ist am Telefon.«

»Sag ihr, ich ruf sie später zurück«, schrie sie.

»Wer bin ich denn? Dein Sekretär? Sags ihr selbst.«

Maddy warf mir einen entschuldigenden Blick zu. Ich winkte ab.

»Ist schon gut«, sagte ich und versuchte, mir nicht anmerken zu lassen, dass ich innerlich Purzelbäume schlug. Der Abend verlief besser, als ich es mir je erträumt hätte. Als hätte ich die Schwelle zu einem anderen Universum übertreten, einem helleren und bunteren, in dem alles möglich schien. Ich konnte nicht aufhören zu grinsen.

Während ich wartete, las ich Magnetos Geschichte weiter und betrachtete noch einmal die Zeichnungen von Lexie. Sie waren wirklich gut gelungen. Die Haare sahen tatsächlich aus, als wogten sie im Wasser. Ich stand auf und streckte die Beine. In Gedanken setzte ich ein Häkchen hinter Schritt drei und überlegte, wie ich die beiden weiteren am besten anging: Ihren Herzenswunsch in Erfahrung bringen und tun, was zu tun war, und ihren Wunsch erfüllen.

Ich schaute mich im Zimmer um. Was war Maddys geheimer Traum? Künstlerin zu werden? Wie sollte ich ihr dabei bloß helfen? Ich fragte mich, wie viele Zeichnungen von Meerjungfrauen sie wohl noch im Schrank versteckte. Ein komplettes Comic-Heft? Oder sogar eine ganze Reihe? Vielleicht kam mir ja ein Geistesblitz, wenn ich mir einen Überblick verschaffte. Ich legte meine Hand auf den Türknauf, zögerte aber. Ich sollte lieber warten, bis Maddy es mir von sich aus zeigte.

Von der anderen Seite des Zimmers starrte mich Emma Frost an, als übermittelte sie mir telepathisch eine Nachricht. Oder versuchte es zumindest. Was würde Emma Frost an meiner Stelle tun? Auf keinen Fall würde sie einfach nur herumstehen und mit sich hadern. Sie würde den Plan in die Tat umsetzen. Mir blieben nur noch wenige Wochen in Eagle Waters. Je eher ich Maddys Herzenswunsch kannte, desto eher gewann ich eine wahre Freundin fürs Leben – garantiert.

Ich öffnete die Tür.

In Maddys »Wandschrank« hätte ein kleines Schlafzimmer Platz gehabt. Nicht ein einziges Kleidungsstück war darin zu finden. Dafür gab es einen gemütlichen Sessel, eine Lampe, zwei Bücherregale und eine richtige Staffelei, wie sie Künstler benutzten. Mit Fächern für Radiergummis und Stifte zum Zeichnen und Malen. Eins der Regale war voller Comics, das andere vollgestopft mit Dutzenden von Kuscheltieren, die meisten davon Delfine. Ich nahm einen besonders flauschigen heraus. Er hatte das weichste Fell, das ich je berührt hatte.

Als ich mich der Staffelei zuwandte, sah ich aus dem Augenwinkel etwas glitzern. Am Lampenschirm baumelte ein sternförmiger Anhänger. Ich schaltete die Lampe ein, um ihn mir genauer anzusehen. Es war eine aus der Mode gekommene Haarspange, die an einer Schnur hing. In der Mitte des Sterns war der Umriss einer Meerjungfrau zu sehen. Das Licht warf ihren Schatten an die Wand. Die Spange kam mir bekannt vor, aber ich wusste nicht, woher.

Ich hörte Schritte auf der Treppe. Rasch schaltete ich die Lampe aus. Ich versuchte mir einzureden, dass ich hier nichts Verbotenes tat. Trotzdem zitterten meine Hände, als ich den kuscheligen Delfin wieder zurücklegen wollte. Ich warf einen anderen zu Boden, hob ihn auf, stieß noch einen dritten um, und ehe ich michs versah, plumpsten überall Kuscheltiere aus dem Regal. Die Schritte kamen näher und waren nun fast vor Maddys Tür. In meiner Panik ließ ich die Delfine auf einem Haufen liegen, schloss die Tür hinter mir und warf mich vor das Marshmallow-Bett auf den Boden.

Wahllos schlug ich meinen Comic an einer Stelle auf und versuchte, normal zu atmen – wie jemand, der einfach nur herumsaß und die Geschichte von Magneto las. Da fiel mir etwas ins Auge: auf dem Teppich vor der Schranktür lag ein hellblauer Delfin von der Größe meiner Faust. Er musste bei der Lawine mit herausgepurzelt sein. Ich stürzte mich darauf. Aber noch bevor ich mir überlegen konnte, wohin damit, drehte sich der Türknauf.

Ich stopfte den Delfin unter mein T-Shirt und verschränkte die Arme vor dem Bauch, um die Wölbung zu verbergen.

»Tut mir leid«, sagte Maddy, als sie ins Zimmer kam. »Julie ist manchmal echt eine Quasselstrippe. Ich hoffe, ich komme nie mit Giftefeu in Berührung. Klingt richtig ätzend.« Sie rückte ihre Brille zurecht und sah mich an. »Alles okay?«

Mein Herz schlug so laut, dass sie es bestimmt hörte. Ich zwang mich zu lächeln. »Alles gut«, erwiderte ich.

»Du bist ganz rot im Gesicht.«

Klar. Ich hatte ja auch einen fremden Stoffdelfin unter meinem T-Shirt und keine Ahnung, was ich damit tun sollte. Ich dachte kurz darüber nach, ihr einfach die Wahrheit zu sagen – aber wie würde sich das anhören? *Hey Maddy, ich habe mich in dein Schrankzimmer geschlichen, deine Kuscheltiere vom Regal geworfen und eins davon quer über meinen Bauch gerieben.* So viel zum Thema Vertrauen schaffen.

»Deine Mom meinte, ihr müsst los. Sehen wir uns beim Schwimmkurs?«

»Okay.«

»Ich will unbedingt mehr wissen, über ... Du-weißt-schon-wen.« Im Flüsterton sagte sie: »Das bleibt aber unser kleines Geheimnis.«

Maddy Quinn und ich hatten ein Geheimnis.

Wir grinsten uns an, bis mir dämmerte, dass ich jetzt aufstehen und das Zimmer verlassen musste. Und zwar mit dem plüschigen Meeressäuger unter dem T-Shirt.

Ich fühlte mich elend, als ich das flaumige Knäuel mit der einen Hand umfasste und mich mit der anderen vom Boden hochstemmte.

»Bist du sicher, dass es dir gut geht?«, fragte Maddy.

»Hab ein bisschen Bauchschmerzen«, murmelte ich und drückte den Delfin fest an mich.

Dann – ich wusste gar nicht, wie mir geschah – hakte Maddy sich bei mir ein und wir gingen zusammen die Treppe hinunter. Obwohl ich gerade ihren Delfin aus dem Zimmer schmuggelte, wirbelten in diesem Moment nur positive Gedanken durch meinen Kopf. In einer winzigen, trostlosen Stadt mitten im Nirgendwo, in der es kaum mehr zu tun gab, als Mücken totzuschlagen, hatte ich eine Freundin gefunden. Und nicht bloß irgendeine. Eine Freundin, die Trick-Ski fahren und wunderschöne, schaurige Meerjungfrauen malen konnte. Eine Freundin, die X-Men mochte und mir ihre Geheimnisse anvertraute.

Und ich war drauf und dran, dieser Freundin ein Kuscheltier zu klauen.

Puff, weg waren die schönen Gedanken. Am Fuß der Treppe blieb ich stehen, griff unter mein T-Shirt und hielt ihr den Delfin hin. Maddy ließ meinen Arm los.

»Es war keine Absicht … ich wollte nur … Deine Zeichnungen waren so cool …«, stammelte ich.

Maddy verzog das Gesicht, als hätte sie in eine Zitrone gebissen. Ohne mich ausreden zu lassen, riss sie mir den Delfin aus der Hand und stürmte nach oben in ihr Zimmer.

18

Außergewöhnliche Darbietungen auf der Vaudeville-Bühne

Hast du Lust, einen Film zu gucken?« Mom machte es sich auf der Couch bequem und legte ihre Füße auf den Rattantisch. Das Geräusch von Regen, der auf das Dach prasselte, erfüllte die gesamte Hütte. Es war fast gemütlich.

Ich hatte tatsächlich Lust, einen Film zu gucken. Vielleicht musste ich dann nicht mehr ständig an Maddy denken. Auf der Rückfahrt hatte ich mir mehrmals vorgestellt, wie sie die Tür zum Wandschrank öffnete, den Berg von Stoffdelfinen fand und laut *Grrrrr* rief. Mom war auch nicht besonders hilfreich. Immer wieder fing sie von Maddys X-Men-Wandbild an, betonte, wie viel wir gemeinsam hätten und dass ich allein durch positives Denken die vielversprechendste Kandidatin für eine wahre Freundschaft gefunden hatte und das alles einfach Schicksal sein musste.

»Erde an Anthoni«, sagte Mom. »Alles in Ordnung?«

Mom hätte kein Verständnis dafür, dass ich in Maddys Schrank herumgeschnüffelt hatte. Herumschnüffeln war nicht die Art von Handlung, die zu positiven Ergebnissen führte. Ich musste meine Worte also mit Bedacht wählen.

»Hast du jemals etwas nicht ganz so Schlimmes getan und es dann aber verschlimmert, indem du versucht hast es wiedergutzumachen, und zwar auf so blöde Weise, dass es richtig in die Hose gegangen ist und deine Freundin dir nicht mehr verzeihen konnte?«

Mom hob eine Augenbraue. »Das klingt etwas speziell«, sagte sie. »Und gleichzeitig schwammig. Kannst du mir das ein bisschen genauer erklären? Floss-Mädels haben keine Geheimnisse voreinander, weißt du nicht mehr?«

Jetzt hob *ich* die Augenbrauen. »Neuerdings ja offenbar schon.«

Mom sah mich verletzt an, und obwohl ich nur die Wahrheit gesagt hatte und dafür schließlich nichts konnte, bereute ich es. Außerdem wollte ich nicht schon wieder über die Bienenkönigin-Sache sprechen. Nicht jetzt. Ich hatte andere Probleme.

»Ich glaube, ich habe es mir mit Maddy versaut«, sagte ich.

Mom wartete. Als ich schwieg, nickte sie nachdenklich. »So etwas ist mir auch schon passiert. Normalerweise ist es am besten, sich offen und ehrlich dafür zu entschuldigen. Eine wahre Freundin wird dir irgendwann verzeihen.«

Ich seufzte. Maddy und ich waren aber noch keine wahren Freundinnen. Schritt drei, *Vertrauen schaffen,* hatte ich ordentlich vermasselt. Und was hatte es mir gebracht? Ich hatte Maddys geheimes Atelier entdeckt und war deshalb theoretisch schon bei Schritt vier, *Den Herzenswunsch in Erfahrung bringen*.

Wenn Maddy allerdings wirklich Comiczeichnerin werden wollte, hatte ich keine Ahnung, wie ich sie – Schritt fünf – dabei unterstützen sollte.

Ich lauschte dem Regen und stellte mir vor, wie er auf den Thunder Lake klatschte und jeder Tropfen kleine kreisförmige Wellen schlug – Hunderte winziger Nachbildungen von Charlottes morgendlichem Platschen. Ich setzte mich kerzengerade hin. Das Platschen! Als ich von der Meerjungfrau erzählt hatte, hatten

Maddys Augen gefunkelt. Was, wenn es ihr Herzenswunsch war, eine echte Meerjungfrau zu sehen? Dann war die Sache mit den Delfinen nur ein minimaler Rückschlag – ein Umweg. Vielleicht konnte ich Maddy nicht helfen, Künstlerin zu werden. Aber ich konnte ihr eine Meerjungfrau zeigen!

Ich warf Mom einen Blick von der Seite zu. Sie scrollte auf ihrem Handy durch die Filmauswahl.

Möglichst beiläufig, so als wollte ich nur ein bisschen plaudern, fragte ich: »Hast du schon mal von der Boulay-Meerjungfrau gehört?«

»Von der was?« Moms Daumen glitt weiter über das Display.

»Der Boulay-Meerjungfrau«, wiederholte ich.

»Hmm ... ja, das habe ich tatsächlich.« Sie richtete den Blick zur Decke, als versuchte sie, sich an etwas zu erinnern, das sehr weit zurücklag. »Das hatte ich fast vergessen. Mr Boulay hat früher immer behauptet, er hätte Meerjungfrauen in der Verwandtschaft.«

»Ehrlich?«

Mom verdrehte die Augen. »Er hat immer schon Geschichten erzählt, um das Wasserski-Team ein bisschen aufzumischen. Der Hälfte von uns hat er weisgemacht, im zweiten Stock des Hotels würde eine Fuchsfamilie leben. Wieso? Wie kommst du darauf?«

Das war eine heikle Frage. Wenn Herumschnüffeln schon nicht zu positiven Ergebnissen führte, dann waren das Einbrechen in den Schwarzbären, das Wühlen in Schränken anderer Leute und das »Ausleihen« eines versteckten Fotos der beste Weg in die Negative-Ergebnisse-Hölle. Ich durfte Mom nicht nur *nicht* alles erzählen, sondern musste ihr notgedrungen auch noch eine Lüge auftischen. »Ich habe Charlotte Boulay ein Nektarallerlei-Faltenfrei-Pröbchenpaket vorbeigebracht, da hat sie mir davon erzählt.«

Mom legte das Handy aus der Hand und bedachte mich mit einem seltsamen Blick. »Wie aufmerksam von dir. Jedes Mal, wenn ich hingehe, ist sie wie vom Erdboden verschwunden. Trotzdem ... nächstes Mal gehst du nicht allein zu ihr. Sie ist bestimmt ganz nett, aber doch auch ein bisschen exzentrisch.«

»Glaubst du daran?«, fragte ich.

»Klar. Der Schlüssel zu den Faltenfrei-Produkten ist nur, dass man sie regelmäßig anwendet. Wenn man sie nicht morgens und abends aufträgt ...«

»Ich meine das mit der Meerjungfrau. Denkst du, es könnte wahr sein?«

Mom lachte. »Behauptet Charlotte Boulay etwa, eine Meerjungfrau zu sein? Da war der sterbende Reiher eindeutig glaubwürdiger.«

»Mom, ich meine es ernst.«

»Sie hat dich nur an der Nase herumgeführt, Schätzchen. Das scheint eine Art Hobby von ihr zu sein.«

Ich spürte einen seltsamen Kloß im Hals. Natürlich hatte ich nicht erwartet, dass sie sofort überzeugt war, aber wenigstens, dass sie es in Betracht ziehen würde.

»Opa hat ein ganzes Jahr lang alles getan, damit du an Feen glaubst«, sagte sie. »Erfolglos. Willst du mir jetzt sagen, er hätte es lieber mit Meerjungfrauen versuchen sollen?«

Ich lachte nicht. Ich hatte immer an Feen glauben *wollen,* aber es gab sie einfach nirgends, deshalb war ich nie überzeugt. Womöglich hätte ich Opa geglaubt, wenn er mir Beweisfotos vorgelegt und Erfahrungen aus erster Hand geliefert hätte.

Mom griff wieder nach ihrem Handy. »Weißt du, was? Lass es uns nachgucken.«

Ich lehnte mich an sie, während sie »Meerjungfrau« und

»Boulay« eintippte. Die Suchbegriffe ergaben nicht viele Treffer: eine Liste von Unterhaltungskünstlern im *Palace Theatre* aus dem Jahr 1934, eine Kurzgeschichte, die die Worte »Dr. Boulays Besessenheit von Meerjungfrauen« beinhaltete, und ein Artikel mit dem Titel »Außergewöhnliche Darbietungen auf der Vaudeville-Bühne«.

»Das ergibt Sinn«, sagte Mom. Sie öffnete den Link. »Mr Boulay war früher auch ein Vaudeville-Darsteller.«

»Vaudeville?«

»Das war in der damaligen Zeit so eine Art Varieté-Kunst«, erklärte sie. »Mit Tanz, Gesang, komischen Nummern und Zaubertricks. Früher war es sehr beliebt, vor allem, bevor Filme erfunden wurden. Ich glaube, die ›außergewöhnlichen Darbietungen‹ waren eher Effekthascherei ... guck mal hier.«

Der Artikel enthielt kurze Beschreibungen von Darstellern: Willard, der wachsende Mann – der knapp 20 Zentimeter an Höhe zulegen konnte; oder Dave Monihan, der mit den Füßen Xylofon spielte. In der Mitte des Artikels fand sich auch ein Eintrag für die Boulay-Meerjungfrau:

> DIE BOULAY-MEERJUNGFRAU, 1933–1942. Darbietung von Frank und Selina Boulay, bekannt für ihre Vorführungen von »Kuriositäten« aus aller Welt. Zu ihren ersten Entdeckungen zählten ein Drachenei, ein boxendes Känguru und ein sprechender Hund, der lediglich Ungarisch beherrschte. 1933 präsentierten sie erstmals ihren berühmtesten »Fund«. Die Boulays beteuerten, sie hätten ein Meerjungfrauenmädchen aus der Südsee adoptiert. Die kleine Meerjungfrau sang und trat in einem großen Glaswassertank wiederholt auf der Bühne im *Palace Theatre* auf, bevor es ein Jahr später seine Tore schloss. 1940 verlegten die Boulays ihre Vorstellung in einen Ferien-

ort in Wisconsin. Die Show war derart realistisch, dass viele Zuschauer felsenfest behaupteten, es existiere eine leibhaftige Meerjungfrau im Showschiff-Resort.

»Das *Palace Theatre* in New York«, sagte Mom beeindruckt. »Das war damals eine große Nummer. Also ist es wahr, aber eigentlich auch wieder nicht. Da hast du es.«

»Sie haben nicht explizit geschrieben, dass sie nicht echt ist«, sagte ich, obwohl ich wusste, wie lächerlich das klang.

»Stimmt«, erwiderte Mom. »Ich finde übrigens, wir sollten uns so einen Ungarisch sprechenden Hund anschaffen. Findest du nicht auch?«

Ich streckte ihr die Zunge heraus, musste aber grinsen. »Danke fürs Nachgucken«, sagte ich.

Mom legte den Arm um mich, und ich sank mit dem Kopf an ihre Brust. Ihre Haare dufteten nach Honig. Ich schloss die Augen und entspannte mich.

»Wo wir gerade von Charlotte Boulay sprechen«, sagte sie. »Ich sollte wirklich noch ein paar Kolleginnen anrufen. Warum machst du dir nicht einen Film an, während ich ein bisschen arbeite?«

»Neiiin. Du musst dich auch mal ausruhen, sonst bekommst du noch Falten. Bitte.« Eigentlich wollte ich ja, dass sie vorankam, neue Arbeitsbienen unter Vertrag nahm und unser Leben wieder in die richtige Bahn lenkte, aber ich wollte nicht aufstehen. Ich war immer noch sauer auf sie, trotzdem war es schön, hier zu liegen und das Heben und Senken ihrer Brust zu spüren.

Mom stand auf. »Ich gehe ins Schlafzimmer, um zu telefonieren«, sagte sie. »Hier, diesen Film solltest du dir ansehen.«

Sie stellte *Splash – Eine Jungfrau am Haken* an. Darin trifft ein Junge auf eine Meerjungfrau, die ihn einige Jahre später in New

York City ausfindig macht. Der Film war lustig, aber ihn alleine zu gucken, fühlte sich irgendwie einsam an. Und von Maddy und Charlotte Boulay lenkte er mich auch nicht ab.

Je mehr ich darüber nachdachte, desto einleuchtender schien mir die Erklärung mit der Vaudeville-Nummer. Das Kostüm auf Charlottes Foto sah zwar echt aus, aber der Fischschwanz in *Splash* war mindestens genauso gut gemacht. Und vielleicht war ich nach Charlottes Sprung in den See auch nur eingenickt und hatte nicht mitbekommen, wie sie wieder an die Oberfläche gekommen war – oder vielleicht hatte ich alles nur geträumt. Ich kam mir dumm vor. Mom hatte recht, ich war nie eins dieser Kinder gewesen, die an Feen und Einhörner geglaubt hatten. Ich hätte es besser wissen müssen.

Im Film hatte der Bösewicht gerade die Meerjungfrau entdeckt und in sein Labor verschleppt, um sie wissenschaftlich zu untersuchen. Immer wieder fielen mir die Augen zu, und allmählich vermischte sich die Filmmusik mit Moms Stimme im Hinterzimmer. Bevor ich einschlummerte, trieb mir noch ein letzter, schrecklicher Gedanke durch den Kopf.

Wenn Charlotte Boulay keine Meerjungfrau war, wie sollte ich Maddy Quinn dann zurückgewinnen?

19

Platsch! – Klappe, die zweite

Sei meine Freundin! Sei meine Freundin!«

Ich schüttelte die Meerjungfrau an den Schultern, doch sie verengte die Augen zu Schlitzen und fletschte die silbernen Fangzähne. Ich rüttelte heftiger und brüllte noch einmal: »Sei meine Freundin!«

Der Kopf der Meerjungfrau verwandelte sich in den von Charlotte Boulay. »Gefällt dir das?«, gackerte sie. »Davon habe ich noch Millionen auf Lager.«

Ich schrie auf.

Die Meerjungfrau wand sich aus meinem Griff. Abermals verformte sich ihr Kopf. Jetzt schwebte Maddy Quinn vor mir, den Arm voller Stoffdelfine. Mit finsterem Blick sah sie mich an. Dann knurrte sie: Grrrrr!

Ich fuhr aus dem Schlaf.

Das Herz schlug mir bis zum Hals. Ich spürte den weichen Stoff einer Decke, und der staubige Duft der Couch stieg mir in die Nase.

Ich war nicht unter Wasser.

Langsam setzte ich mich auf und lauschte, wie der Regen auf das Dach des Kanadareihers trommelte.

Die blutrünstige Meerjungfrau und Gestaltwandlerin hatte mir *nicht* den Kopf abgerissen.

Ich legte mir die Decke um die Schultern und kletterte die Leiter zum Schlafboden hinauf. Die Sprossen unter meinen Füßen knarzten.

Eigentlich war es zu früh, um aufzustehen, aber nach dem Albtraum war ich hellwach. Statt ins Bett zu fallen, setzte ich mich also auf den Platz am Fenster und betrachtete die Wolken über dem Thunder Lake. Ganz allmählich verfärbten sie sich von graublau zu gelb-rosa. Der Regen ließ nach und eine sanfte Brise wehte herein. Als das einsame Heulen eines Seetauchers erklang, zuckte ich zusammen, fasste mich aber schnell wieder. Darauf würde ich nicht noch einmal hereinfallen.

Als die Sonne über die Bäume lugte und die Wolken orange glühten, hörte ich Schritte auf dem Steg unter meinem Fenster. Charlotte Boulays orangefarbener Schopf leuchtete auf. Sie stellte sich an den Rand, zupfte an ihrem knallpinken Badeanzug und sah zum Himmel auf. Vereinzelte Regentropfen malten kreisförmige Wellen auf den See.

Charlotte hob die Arme und machte einen Kopfsprung ins Wasser.

Als sie nicht wieder auftauchte, ließ ich meinen Blick über das Ufer schweifen und suchte nach einer logischen Erklärung. Entweder konnte sie ihren Atem ziemlich lang anhalten oder superschnell ganz weit schwimmen. Oder sie war längst aufgetaucht, um Luft zu schnappen, und ich hatte in die völlig falsche Richtung geschaut.

Einige Minuten später hörte ich ein Platschen am Rande der Bucht, ungefähr an der Stelle, wo Mom die Kontrolle über ihre Skier verloren hatte. Ich beugte mich weiter vor und kniff die Augen zusammen. Und tatsächlich: Da war etwas auf dem Wasser. Allerdings hätte es alles sein können – ein Seetaucher, eine Ente, Treibholz.

Rasch kraxelte ich die Leiter vom Schlafboden hinunter und schnappte mir Moms Handy, das in der Küche am Ladekabel hing. Die Kamera hatte einen Zoom. Der reichte vielleicht nicht weit genug, aber einen Versuch wars wert.

Zurück am Fenster war die Oberfläche des Sees glatt wie Glas. Ich war zu spät. Enttäuscht wickelte ich die Decke wieder um mich und zoomte mit der Kamera auf das Eichhörnchennest. Was für eine Pleite!

Ein weiteres leises *Platsch* ertönte in einiger Entfernung, irgendwo am anderen Ende der Bucht. Schnell nahm ich die Stelle mit der Kamera ins Visier. Da draußen war jemand. Ich sah den Kopf unter Wasser verschwinden und am gleichen Fleck wieder auftauchen. Runter. Hoch. Was machte sie da?

Beim vierten Mal blieb sie unten. Als ich schon glaubte, sie endgültig aus den Augen verloren zu haben, hörte ich noch einen Platscher. Charlotte war vor dem Steg wieder aufgetaucht und stemmte sich überraschend behände aus dem Wasser. Dann setzte sie sich an den Rand und ließ die Füße baumeln. Ich zoomte ihre Beine heran. Sie sahen ganz normal aus. Keine Schuppen, kein Fischschwanz – der eindeutige Beweis, dass Meerjungfrauen ebenso wenig existierten wie Feen. Nur Dreijährige würden jetzt noch an dem Glauben festhalten. Warum flüsterte die Stimme in meinem Kopf trotzdem hartnäckig: *Vielleicht ja doch?*

Gerade als ich wieder herauszoomen wollte, fiel mir noch etwas anderes auf. Charlotte hielt den nassen Kopf gesenkt und hatte ihn in den Händen vergraben, ihre Schultern bebten. Charlotte Boulay weinte.

20

Gemeinsam stark

Mom warf mir einen flehentlichen Blick zu und deutete auf die Kaffeekanne. Sie hielt gerade eine Videokonferenz mit ihren Arbeitsbienen ab, die nicht besonders gut lief. Ich machte ihre Tasse wieder voll. Auf dem Bildschirm war eine verpixelte Frau zu sehen, die beim Reden wie ein Roboter von einer Position in die nächste ruckelte.

»Kimmy«, sagte Mom sehr laut, ging die Tabelle in ihrer Mappe durch und markierte etwas. »Wenn du diese Bestellung ohnehin aufgeben willst, könntest du versuchen, das bis Ende der Woche zu tun? Kimmy? Das Bild stockt schon wieder.«

Ich machte mir eine Schüssel mit Müsli und schwenkte sie vor Moms Nase herum, um herauszufinden, ob sie auch etwas wollte. Sie scheuchte mich weg und versuchte, ihren unbeschwerten Tonfall beizubehalten.

»Sara, bist *du* denn noch da? Das Werbegeschenk für Juni ist die *flotte Biene* ... aber sag deiner Kundin, sie kann zwei haben, wenn sie eine ihrer Freundinnen dazu bringt, auch etwas zu bestellen. Das muss dann aber noch diese Woche sein. Sara? Sara? Hörst du mich?«

Ich löffelte mein Müsli und sah, wie Mom stirnrunzelnd vor der Kamera saß. Früher waren die Telefonkonferenzen richtige Online-Partys gewesen. Sie hatten sich vor allem darum gedreht, wer die Gewinnerinnen der Kinogutscheine oder Wellness-Coupons waren, die Mom stets für ihre besten Beraterinnen besorgt hatte. Die Arbeitsbienen jubelten und Mom gratulierte ihnen zu ihrem Gewinn, als hätten sie einen Millionen-Jackpot geknackt. Seit nunmehr einem Jahr verteilte sie keine Geschenke mehr, sondern verbrachte die Konferenzen damit, Strategien auszuarbeiten, wie sie alle noch das Beste aus den letzten Tagen des Monats herausholen konnten. Heute wirkte sie richtiggehend gequält. Mit dieser negativen Einstellung würde sie ihr Team niemals motivieren. Da musste sich dringend etwas ändern.

Ich zog an meinen Ohren und blies die Backen für mein Äffchengesicht auf. Sie lächelte. Ich trieb es noch ein bisschen weiter und führte im Sitzen meinen Robotertanz auf. Ich wollte sie zum Lachen bringen. Sie musste unbedingt lockerer werden und ihren Flugbienencharme spielen lassen.

»Ladys, wartet mal kurz.« Mom klappte den Laptopdeckel halb zu. »Du lenkst mich hier ab«, flüsterte sie. »Geh doch ein bisschen raus.«

»Okay. Mach ich ja gleich.«

Um das deprimierende Gespräch nicht weiter verfolgen zu müssen, las ich mir die Notizen auf Moms Whiteboard durch und hätte mich fast an meinem letzten Rest Müsli verschluckt. Unter *Miete Mr Li* in der Spalte mit den Zielen hatte Mom hinzugefügt: *Kreditkartenraten bezahlen*. Eine Kreditkarte hatte sie nie erwähnt. Wie viele Schulden hatten wir wohl damit noch gemacht? Der Bonus am Monatsende würde gerade so ausreichen, um Mr Li die Miete zurückzuzahlen. Was passierte mit Leuten, die ihre Kreditkartenabrechnung nicht beglichen? Würde unser Schuldenberg weiter und weiter wachsen, bis ... was? Bis wir im Bienenmobil schlafen mussten? Ich kannte mal einen Jungen in Ann Arbor, der in einem Kombi gewohnt hatte. Völlig abwegig war es also nicht.

Bevor ich die Hütte verließ, legte ich Mom noch einen Zettel auf die Tastatur: *Negatives Denken führt zu negativen Ergebnissen*. Dann machte ich mich auf den Weg zum Schwarzbären, um nach meinem Rucksack zu suchen.

Das Bärenjunge aus Holz war dunkel und feucht vom Regen. Ich gab ihm ein High-Five, sprang auf die Veranda und rüttelte an der Fliegengittertür. Als sie endlich nachgab und aufschwang, tastete ich nach dem Schlüssel für die Haustür. Er war nicht da. Ich gab der Tür einen Schubs mit dem Knie. Knarzend öffnete sie sich.

»Ha-jaaaa!«

Ich taumelte rückwärts und landete mit dem Hintern auf dem Boden. Hastig rappelte ich mich auf, um so schnell ich konnte zum Kanadareiher zurückzurennen. Doch dann entdeckte ich DJ, der in einer Reihe von Karate-Moves wild mit Armen und Beinen ruderte. Als er merkte, dass ich es war, blieb er stehen.

»Oh! Hi, Flosse. Ich dachte, du wärst ein Geist oder so was.«

»Und wie ein Bekloppter um sich zu schlagen, verjagt Geister?«

»Einen Versuch ist es wert.«

Ich sparte mir die mindestens sieben genervten Kommentare, die mir auf der Zunge lagen, und klopfte mir den Dreck ab. DJ machte sich wieder daran, Steine zu ordnen. Er war gerade dabei, seine vollständige Sammlung aus dem Schlafzimmer in die Küche zu verfrachten und sie auf Arbeitsplatte, Tisch und Regalen zu verteilen.

»Hier lassen sie sich viel besser sortieren«, erklärte er. »Jetzt, wo es nicht mehr so schlimm riecht.«

Ich griff nach einem rosafarbenen Stein mit schmalem lila Streifen.

DJ nahm ihn mir wieder weg und legte ihn zurück auf den Tisch. »Das ist Baraboo-Quarzit«, sagte er. »Er ist metamorph.«

»Wie Mystique?«

»Was?«

»Mystique. Von den X-Men. Sie kann die Zellen ihres Körpers verändern und sich in jede mögliche Person verwandeln.«

DJ zuckte die Achseln. »Ich hab die Filme nie gesehen.«

»Es waren zuerst Comics«, erwiderte ich. Wäre Maddy jetzt hier, hätte sie ihm aber gehörig den Kopf gewaschen.

»Das hier ist mein bester.« Aus seiner Hosentasche holte er einen rötlichen Stein. »Meine Eltern und ich haben ihn beim Zelten am Devil's Lake gefunden«, sagte er. »Er ist uralt – einige Tausend Millionen Jahre. Siehst du diese Rippelmarken hier?«

DJ reichte mir den Stein. Er war von einem satten Rotbraun, hatte eine scharfe Kante und fünf dunkelviolette Streifen, die ihn vollständig umrundeten. Er war wunderschön. Ein Teil war tatsächlich wellenförmig, wie die Oberfläche des Sees, wenn Charlotte Boulay hineinsprang.

»Die Rippelmarken zeigen, dass er von Unterwasser-Sandstein stammt. Sandstein ist nicht besonders fest, aber wenn Gletscher viel Druck darauf ausüben, werden die Sandkörner zusammengepresst und so durch Metamorphose zu Quarzit. Und der ist so hart und beständig, dass man in der Steinzeit sogar Werkzeuge wie Äxte und Schlagsteine daraus gemacht hat.«

Ich fuhr mit dem Daumen an der Kante entlang. Sie war scharf. Man konnte sich gut vorstellen, wie die Menschen damit früher Brennholz gehackt hatten.

»In Baraboo-Quarzit ist außerdem Eisen verschmolzen, deswegen ist er an manchen Stellen lila.«

»Also ist er eher Wolverine statt Mystique«, sagte ich.

»Wer?«

»Machst du Witze?« Lebte dieser Junge etwa hinter dem Mond? »Wolverine! Aus X-Men. Wissenschaftler wollten ihn als Waffe missbrauchen und haben seine Knochen dafür mit Metall ummantelt.«

»Dann passt der Vergleich wohl.« DJ nahm den Quarzit wieder an sich und steckte ihn zurück in seine Tasche. »Mein Dad meinte, ich sollte ihn als Glücksbringer bei mir tragen. Nur hilft er nicht wirklich.«

»Warum trägst du ihn dann mit dir rum?«

»Es ist wie mit dem Geisterkarate«, sagte er. »Einen Versuch ist es wert.«

»Na dann, viel Glück.«

Ich ging ins Schlafzimmer.

»Hey, DJ!«, rief ich. »Wo hast du meinen Rucksack hingetan?«

»Ich dachte, du hättest ihn mitgenommen«, rief er zurück.

»Ich habe ihn auf dem Bett liegen lassen, aber er ist nicht mehr hier.«

Ich hörte Steine kullern. Im nächsten Moment stand DJ im Türrahmen. Er hatte erstaunt die Augenbrauen hochgezogen und pfiff durch die Zähne.

»Das ist nicht lustig«, sagte ich. »Ich brauche ihn. Wo ist er?«

»Das war kein Scherz, Flosse. Ich habe ihn nicht gesehen.«

Wir suchten überall – unterm Bett, im Schrank, im Wohnzimmer, in der Küche –, sogar im Bad und auf dem Schlafboden.

»Glaubst du, ein Geist hat ihn mitgenommen?«, fragte DJ.

Ich setzte mich an den Picknicktisch. Zwei kleine regenbogenfarbige Lichtstreifen tanzten über DJs Steine. Ich blickte auf. Am Fenster über der Spüle baumelten zwei Kristallschmetterlinge. »Hast du die da hingehängt?«, fragte ich und deutete darauf.

DJ schüttelte den Kopf.

»Aber vorher waren sie auch noch nicht da, oder?«

»Nein!«

Auf einmal hatte ich das seltsame Gefühl, beobachtet zu werden. Langsam drehte ich mich um. Doch da war niemand.

»Tja, dann ... Willst du mitkommen?«, fragte ich.

»Wohin?«

»Zum Showschiff. Ich schätze mal, Charlotte Boulay hat meinen Rucksack.«

DJ sah mich mit offenem Mund an. »Was hast du vor? Sie einfach danach fragen?«

»Jep.«

»Für eine, die Angst vor Wasser hat, bist du ganz schön mutig«, meinte er.

»Ich habe keine Angst vor Wasser. Du wolltest sie doch eh immer schon mal sehen. Bist du dabei oder nicht?«

Ich versuchte, eine teilnahmslose Miene aufzusetzen, hoffte aber insgeheim, dass er mitkam. Mom hatte mich gebeten, nicht noch einmal allein zu Charlotte zu gehen. Ich war mir zwar nicht sicher, ob ein etwas abgedrehter Steinfanatiker mit Geisterkarate-Tricks ihren Sicherheitsanforderungen genügte, aber mit mehr konnte ich gerade nicht dienen.

Als ich Charlotte Boulay das letzte Mal gesehen hatte, hatte sie auf dem Steg gesessen und sich die Augen aus dem Kopf geweint. Das Mal davor hatte sie sich in der Dunkelheit praktisch in Luft aufgelöst. Wer konnte da schon ahnen, was uns dieses Mal erwartete?

DJ zögerte. Dann verzog sich sein Gesicht zu einer finsteren Grimasse und er stieß ein lautes, gepresstes »Aaah!« aus, als hätte man ihn gerade erdolcht.

»Alles klar bei dir?«

Er schüttelte Schultern und Arme aus und stellte sich breitbeinig in Position.

»Okay. Ich bin bereit. Aber wenn ich ›Gonzo!‹ schreie, rennen wir weg.«

21

Die Last der Vergangenheit

Auf dem Rasen vor dem Showschiff stand Charlotte Boulay und fuchtelte mit einem Staubwedel herum.

DJ lief langsamer. »Wetten, sie weiß es?«, flüsterte er. »Dass wir in ihre Hütte eingebrochen sind und den Boden vollgekotzt haben?«

»Woher soll sie denn das mit dem Kotzen wissen?« Ich zog ihn am Ärmel hinter mir her.

»Was macht sie da?«

Gute Frage. Die Wiese war übersät mit leeren Kartons. Mittendrin tänzelte Charlotte Boulay in einem Zimmermädchenkostüm umher. Allerdings trug sie statt einer schlichten weißen Schürze eine mit Schmetterlingen in leuchtenden Pink- und Blautönen. Ihre Haare hatte sie unter ein passendes Schmetterlingshäubchen gezwängt.

Als wir näher kamen, vernahmen wir Musik, die aus den Fenstern des Hotels nach draußen schallte. Sie klang wie aus einer anderen Zeit. Elegant umtanzte Charlotte die Kisten, schwang die Hüfte, warf ab und an die Beine in die Luft. Um sie herum lagen unordentlich aufgetürmte Stapel von Bilderrahmen. Charlotte bückte sich, hob einen auf und vollführte kunstvolle Schwünge mit dem Staubwedel. Weder putzte noch tanzte sie richtig.

Sie spitzte die Lippen: »Wenn das nicht meine fleißigen Bienchen sind«, sagte sie in einem gezierten Tonfall. »Ihr zwei putzigen

Putzer habt ja einen tipptopp Reinigungsjob erledigt.« Sie strich sich die Schürze glatt, trippelte auf uns zu und streckte DJ ihre behandschuhte Hand hin. »Dana Johnson, nehme ich an. Ich denke nicht, dass wir uns bereits begegnet sind. *Offiziell*, meine ich.«

DJ verzog das Gesicht und stieß mir seinen Gips in die Rippen – ungefähr dreimal so fest, wie nötig gewesen wäre.

»Aua!«

»Woher weiß sie, wer ich bin?«, zischte er.

»Pscht.« Jetzt stieß ich *ihn* an.

Charlotte tat währenddessen, als hörte sie nichts. Sie verharrte einfach mit ausgestrecktem Arm, bis DJ endlich vortrat.

»Man nennt mich DJ«, murmelte er.

Doch bevor er ihre Hand schütteln konnte, holte Charlotte blitzschnell einen Ministaubwedel aus ihrer Schürzentasche, den sie ihm überreichte.

»Aber, aber, was für ein wohlerzogener junger Mann«, sagte sie wieder in ihrem gestelzten Tonfall. »*Natürlich* würde ich mich über ein bisschen Hilfe freuen.« Sie deutete auf die im Gras liegenden Bilderrahmen. »Ab mit dem Staub und ab in die Kiste. Ratzfatz, Pipifax.«

Mit offenem Mund wandte DJ sich mir zu. Als wüsste *ich*, was zu tun wäre.

»Wir sind hier, um zu fragen, ob im Hotel irgendwo Fundsachen aufbewahrt werden«, erklärte ich. »Ich habe meinen Rucksack verlegt.«

»Ja, das hast du wohl.«

DJ stieß mir schon wieder einen Ellbogen in die Rippen, und mir stieg die Röte in die Wangen.

Das hast du wohl. Was sollte das heißen? Wusste sie, wo er war? Hatte sie ihn? Ich brauchte diesen Rucksack unbedingt zurück.

Völlig unvermittelt zog Charlotte noch einen Staubwedel aus ihrer Schürze und warf ihn mir zu. Ich hatte zwei Möglichkeiten: Auffangen oder Fallenlassen. Ich entschied mich für die erste.

»Nur nicht so schüchtern. Ich weiß schließlich, dass ihr ein Talent zum Saubermachen habt.«

Sie hob einen der Bilderrahmen auf und drückte ihn DJ in die Hand.

»Was ist das? Ein Feuerwehrhund?«, fragte er.

Das Bild in dem Rahmen zeigte einen Hund mit einem winzigen Feuerwehrhelm, der hoch oben auf einer Leiter balancierte und einen Schlauch im Maul hielt.

»Allmächtiger«, Charlotte griff sich übertrieben an die Brust. »Lasst euch eins gesagt sein, tretet *niemals* nach einer Tiernummer auf. Da kann man nur verlieren.«

DJ kniete sich auf den Boden. Er legte das Hundebild weg und nahm stattdessen ein anderes Foto in Augenschein. Darauf waren sieben Mädchen in Feder-Tutus abgebildet. An der Rückseite klebten Gras und Dreck.

»Tanzende Schwestern«, schnaubte Charlotte. »Geht es noch kitschiger?«

»Was ist das alles?«, fragte DJ. »Sieht ziemlich abgedreht aus.« Er reichte mir das Bild von einem Mann im Froschkostüm, der sich die eigenen Beine um den Hals gewickelt hatte.

»Hm. Ich war mal in einen Schlangenmenschen verliebt …« Gedankenverloren richtete Charlotte ihren Blick gen Himmel.

Während ich das Foto genauer betrachtete, krabbelte eine Ameise vom Rahmen auf meinen Daumen.

Ich wurde ungeduldig. Charlotte wich nicht nur meiner Frage nach dem Rucksack aus. Auch ihre Putzaktion kam mir ziemlich sinnlos vor. Wenn sie ein paar alte Fotos abstauben wollte, wieso brachte sie sie dann nach draußen, wo sie noch dreckiger wurden als ohnehin schon?

»Warum machen Sie das nicht drinnen?«, fragte ich sie.

»Schau dich doch mal um.« Theatralisch breitete Charlotte die Arme aus und deutete auf die Sonne, den blauen Himmel und den Thunder Lake, der zwischen den Bäumen hindurchschimmerte. »Es ist ein herrlicher Tag. Sonst noch irgendwelche Fragen?«

»Ja. Mein Rucksack«, beharrte ich. »Haben Sie ihn gesehen?«

»Ähem.« Charlotte räusperte sich. »Heute ist Großreinemachen angesagt. Den ganzen Klimbim loswerden. Alles Schnickschnack. Krimskrams. Packt mit an oder packt euch. Ihr habt die Wahl.«

DJ nahm ein weiteres Bild in die Hand, legte es auf seinem Gips ab und fing an, es abzustauben. »Könnte ganz okay werden«, flüsterte er mir zu. »Das Zeug ist cool.«

»Zeig mal her.« Ich schnappte mir das Bild. Lady Alice und ihre Kanalratten. Keine Ahnung, warum, aber mitzukriegen, dass auch sie in eine Kiste verbannt werden sollten, brachte mich noch mehr auf. Ich wedelte mit dem Rahmen vor Charlottes Nase herum.

»Warum nehmen Sie all die Fotos ab?«

Charlotte legte sich melodramatisch den Handrücken an die Stirn und seufzte, als würde sie jeden Moment dahingerafft. So hielt sie eine Weile inne, dann rief sie aus vollem Hals: »Grundgütiger, wie schwer wiegt doch die Last der Vergangenheit!«

DJ wirkte beunruhigt.

Charlotte strich ihr Kostüm glatt und sah mir durchdringend in die Augen. »Mein Leben lang bin ich in Erinnerungen ertrunken«, sagte sie, plötzlich in normalem Tonfall. »Ich bin es leid, erinnert zu werden. Die Vergangenheit ist vergangen. Es ist an der Zeit, sie ruhen zu lassen.«

Aus den Fenstern des Showschiffs drang ein neues Lied, und

Charlotte begann wieder zu tanzen, schwang elegant den Staubwedel, wie bei einem Schleiertanz. Mit hoher, leicht näselnder Stimme stimmte sie in den Gesang ein.

»Lache und die Welt lacht mit dir …«

Sie wirbelte zu uns herum, legte die Hände auf die Wangen und zog ihre Augenlider nach unten, wodurch sie aussah wie ein Zombie.

»Weine und du weinst allein«, brummte sie mit rauer, tiefer Männerstimme.

Dann stellte Charlotte sich auf die Zehenspitzen. »Nein, nein, lache!«, sagte sie schockiert mit der hohen Frauenstimme.

»Weine, weine, weine!«, knurrte der Zombiemann wieder.

Das war vermutlich die abgedrehteste Show, die ich je gesehen hatte. Immer, wenn sie von einer Figur zur anderen wechselte, veränderte sie ihre Stimme und Körperhaltung so sehr – wir vergaßen fast, dass Charlotte Boulay vor uns stand.

DJ schnaubte. Dann fing er an zu kichern. Das stachelte Charlotte erst richtig an. Ihre Figuren stritten heftiger und schneller. Bald verlor ihr weiblicher Charakter den Faden. »Weine! Nein, lache! Weine!« Die hohe Stimme verhaspelte sich, bis sie quietschte: »Du schofliger Schuft!« Dabei gab sie sich selbst mit dem Staubwedel einen Klaps auf den Hintern.

DJ konnte nicht mehr. Er sank vor Lachen auf die Knie, und obwohl ich langsam ungeduldig wurde, prustete auch ich los. Da saßen wir nun, auf einer mit Unkraut übersäten Wiese vor einem Hotel in Schiffsform, und lachten uns halb tot. Die ganze Situation war so schräg, uns blieb gar nichts anderes übrig.

Charlotte grinste und verbeugte sich. »Davon habe ich noch Millionen auf Lager.« Dann zeigte sie auf die Bilder. »Hopphopp. Diese Erinnerungen verstauen sich nicht von allein.«

Foto um Foto legten wir in die Kisten, und jedes Mal, wenn wir dachten, das wäre es jetzt, ging Charlotte ins Showschiff und kam mit Nachschub zurück. Abgesehen davon packte sie selbst nicht ganz so viel mit an. Sie tippelte und tänzelte, sah uns über die Schulter und beantwortete DJs nicht enden wollende Fragen.

»Haben Sie all diese Leute gekannt? Waren das Ihre Freunde?«

»Na sicher. Beste Freunde – für eine Woche. Bis sie zu ihrem nächsten Auftritt weiterziehen mussten und ich sie nie wiedersah. Glaubt mir, alle versprechen, sie würden euch besuchen oder schreiben, aber niemand hält sich je daran.« Sie sah mich vielsagend an. »Ist es nicht so, Anthoni?«

Ja, so war es. Aber woher wusste sie, dass *ich* das wusste?

»Kannten Sie Houdini?«, fragte DJ und streckte ihr das Foto eines Mannes entgegen, dessen Arme und Beine mit Ketten gefesselt waren.

Sie kam näher und flüsterte: »Vor jeder Nummer hat er seine Frau zum Abschied geküsst, und sie gab ihm dabei mit dem Mund den Schlüssel weiter. So konnte er sich immer befreien.«

»Bäh, wie eklig! Und warum steht hier: ›Frankie, alter Knabe, wir sehen uns im Knast‹?«

Charlotte hielt einen Moment inne. »Nun«, sagte sie schließlich, »mein Vater hat dort eine Menge Zeit verbracht.«

DJ und ich warfen uns einen Blick zu.

»Weil er jemanden besucht hat?«, fragte er hoffnungsvoll.

»Nein, weil er hinter Gittern saß.«

Noch nie hatte ich mir Gedanken darüber gemacht, dass auch Bankräuber und Mörder Kinder haben konnten.

»Was hat er verbrochen?«, fragte ich, obwohl ich mir nicht sicher war, ob ich die Antwort hören wollte.

Charlotte ließ uns eine Weile zappeln, dann lachte sie los. »Ihr zwei seht aus, als würde ich euch jeden Moment auffressen. Möchtet ihr wirklich die ganze garstige Geschichte hören?«

Wir nickten.

»Tja, ihr habt es so gewollt. Als ich klein war, waren meine Familie und ich ständig auf Tournee. Jede Woche traten wir in einer anderen Stadt auf, manchmal hatten wir bis zu fünf Vorstellungen am Tag. Die Nummern waren gut, aber irgendein Anwalt entschied, ich sei zu jung, um so hart zu arbeiten, und faselte was von Jugendschutz. Also wurde mein Vater nach jedem Auftritt eingesperrt oder musste eine Geldstrafe zahlen. Das ist alles.«

»Aber wenn es doch gegen das Gesetz war, warum mussten Sie dann weitermachen?«, fragte ich.

»Ja, warum haben Sie nicht aufgehört?«, ergänzte DJ.

»Und das Showgeschäft an den Nagel gehängt? Eine Boulay? Niemals!«, entgegnete Charlotte. »Meine Eltern hätten mich eher an Piraten verkauft, als die Nummer aufzugeben. Abgesehen davon war sie wirklich Gold wert. Es war günstiger, die Strafe zu zahlen oder eine Nacht im Gefängnis zu verbringen, als auf die Einnahmen zu verzichten.«

Ihre Stimme klang noch immer, als würde sie eine lustige Anekdote erzählen, aber ihr Lächeln war verschwunden. Sie lachte kurz und bitter auf. »So sind sie, die Boulays – riskieren alles für ein paar Moneten und ein bisschen billigen Applaus.«

Ich schloss die letzte Kiste, und Charlotte betrachtete sie versonnen. Dann klatschte sie in die Hände, als müsste sie sich selbst in die Gegenwart zurückholen, breitete die Arme aus und wirbelte im Kreis. Das schien ihre Laune zu heben. Sie fasste mich an der Schulter und drehte auch mich, wieder und wieder, bis vor meinen Augen alles verschwamm. Die Bäume sausten als grüne Schlieren an mir vorbei, und meine Haare wehten federleicht hinter mir her. Noch nachdem sie mich losgelassen hatte, kreiselte ich weiter, bis DJ mich stoppte und aufforderte, eine gerade Linie zu gehen. Ganze drei Schritte schaffte ich, bevor ich taumelte und lachend hinfiel. Hinter meinen Augenlidern drehte die Welt sich weiter.

»Was haltet ihr von einem Päuschen?«, fragte Charlotte. »Eis und ein Gläschen Limonade wären doch jetzt genau das Richtige, nicht wahr?«

22

Die Teeparty

Charlotte Boulay stellte ein rosa geblümtes Teeservice auf den Tisch und goss uns beiden je eine Tasse dampfenden Schwarztee ein. »Möchte jemand einen Cracker?«

Ich nahm einen faden Bissen. DJ machte ein Gesicht, als hätte man ihn bestohlen.

»Jetzt habt euch mal nicht so«, fuhr Charlotte fort, »ich sagte, Eis und Limonade *wären* jetzt genau das Richtige. Davon, dass ich beides im Haus hätte, war nie die Rede. Oh, Zucker!« Sie schnipste mit den Fingern und verschwand in der Küche.

DJ hob die Tasse an ihrem zierlichen Griff zur Nase und schnupperte. Als er sie wieder abstellte, schwappte Tee auf die Untertasse. »Meinst du, den kann man gefahrlos trinken?«

Summend kam Charlotte zurück und stellte ein kleines Schälchen mit Zuckerwürfeln vor uns ab. »Ein oder zwei Stück?«

»Vier, bitte«, antwortete DJ.

Wir hatten die Kartons mit den Bildern draußen auf der Wiese gelassen und waren Charlotte an die Rezeption gefolgt. Fast hätte ich den Raum nicht wiedererkannt. Hunderte von Nägeln, die vormals Bilderrahmen gehalten hatten, zierten die ansonsten nackten Wände. Ohne die Fotos wirkte der Raum größer, aber auch verlassener. Die Meerjungfrauenlampe schien neben dem Bücherregal in sich zusammengesunken zu sein, und der Truhentresen sah aus, als kauerte er in der Ecke. Charlotte schien das nicht weiter zu stören. Schnurstracks marschierte sie auf die Meerjungfrau zu und drückte gegen das Regal dahinter. Leise schwang es nach innen, wie eine Drehtür, und gab den Weg ins Hotel frei.

»Krass!«, sagte DJ. »So was wollte ich schon immer mal sehen!«

Charlotte zwinkerte mir zu.

»*So* schleichen Sie sich also rein und raus«, stellte ich fest.

»Du hast doch sicher nicht angenommen, ich könnte durch Wände gehen, oder?«

Und so waren wir ihr durch die Geheimtür gefolgt und in die Lounge des Hotels gelangt. Hier drinnen gaben einem die Bullaugenfenster wirklich das Gefühl, man befände sich im Rumpf eines Schiffs. Sie lagen so weit oben, dass man von der Wiese nichts sah, sondern nur ein paar Bäume und dahinter den See. Um das Bild abzurunden, thronte ein großes hölzernes Steuerrad in der Mitte des Raumes. Fast konnte man sich einbilden, seekrank zu werden.

Die Lounge wirkte altmodisch und heruntergekommen, aber gleichzeitig irgendwie elegant. Dazu trugen auch die im Raum verteilten halbrunden Sitzgruppen bei. DJ und ich sanken tief in die plüschigen Polster eines der Sofas, während vor uns der Tee dampfte. Alle Sitzgruppen waren so angeordnet, dass man freie Sicht auf eine riesige Bühne und eine Strandbar daneben hatte. Die Bar schien direkt einem Werbespot für Urlaub auf Hawaii entsprungen und über der Bühne hing ein großes Holzschild mit der Aufschrift: *Das Showschiff-Theater präsentiert: Vaudeville in der Wildnis.*

»So«, sagte Charlotte. Sie rutschte mit auf die Couch und klemmte DJ zwischen uns ein. Dann schlürfte sie seelenruhig ihren Tee. »Jetzt aber mal Tacheles.«

Sie griff unter den Tisch und zog meinen Rucksack hervor. DJ zuckte zusammen und verschüttete schon wieder Tee. Er hatte noch keinen Schluck getrunken, und seine Tasse war bereits halb leer.

»Ich kann das erklären«, setzte ich an, aber Charlotte brachte mich mit einer Geste zum Schweigen. »Trinkt ihr mal euren Tee und überlasst mir das Reden.«

DJ beugte sich zu mir und flüsterte: »Wahrscheinlich ist der Tee in Ordnung. Ihrer ist aus der gleichen Kanne, und sie hat auch davon getrunken.«

Charlotte warf ihm über ihre spitze Nase einen strengen Blick zu. »Junger Mann, hättest du mehr Filme gesehen, wüsstest du, dass ich mit Leichtigkeit über Jahrzehnte hinweg eine Immunität gegen ein ganzes Giftarsenal hätte aufbauen können. Und zwar lange bevor du überhaupt geboren wurdest.« Ihre Mundwinkel hoben sich. »Aber du hast recht. Der Tee ist ungefährlich.« Und sie nahm einen weiteren Schluck.

Mit zu Tode erschrockener Miene verpasste DJ mir unter dem Tisch einen Tritt, und für den Fall, dass das noch nicht deutlich genug gewesen wäre, formte er mit den Lippen lautlos die Worte: »Nicht trinken!«

Charlotte beachtete ihn nicht. »Wie dem auch sei, der Mann von der Müllabfuhr hat mich jedenfalls darüber in Kenntnis gesetzt, dass die Tonne vor dem Schwarzbären diese Woche voll gewesen ist. Als ich antwortete, das sei sehr unwahrscheinlich, konnte er Beweise in Form schnöder Mülltüten erbringen und so weiter und so fort. Und damit kommen wir … hierzu.«

Bei ihren letzten Worten öffnete sie den Rucksack, griff hinein und holte das Meerjungfrauenfoto hervor.

»Gemeinhin gelten Einbruch und das Stehlen fremden Eigentums als verwerflich.«

»Ich wollte es nicht stehlen«, wandte ich ein. »Ich wollte es mir nur ausleihen.«

Charlotte hob wieder die Hand, um mich zum Schweigen zu bringen, aber diesmal zitterten ihre Finger. Ihr Blick ruhte auf der Fotografie.

»Ihr seid offensichtlich keine jugendlichen Vandalen«, fuhr sie leise fort und wandte den Blick nicht von dem Portrait der fröhlichen Familie. »Genau genommen hat dem Schwarzbären die gründliche Reinigung wohl kaum geschadet. Es lohnt also nicht, über verschüttete Milch zu klagen.«

Sie legte das Bild mit der Rückseite zuoberst neben die Teekanne und straffte die Schultern. »Wem von euch gehört die Steinsammlung?«

Zögerlich hob DJ die Hand. Sein Gesicht war schon wieder flammend rot. Wenn das so weiterging, fingen gleich seine Haare Feuer.

»Du hast die Erlaubnis, deine Steine weiterhin in meiner Hütte aufzubewahren. Mietfrei. Mein Vater war auch eine Art Sammler ...«

»Nun zu dir.« Sie deutete mit der Teetasse in meine Richtung und nahm einen weiteren Schluck, bevor sie wieder in meinem Rucksack herumkramte und mit hochgezogenen Augenbrauen einen von Joshs Schwimmflügeln herausfischte. Ich verzog das Gesicht. Als Nächstes folgte mein Notizbuch.

»Das gehört mir!«, rief ich aufgebracht. »Es ist privat!«

Charlotte zog ihre Brauen noch höher. »Ach ja? Meine Hütte auch. Durchwühlst du meine Sachen, durchwühle ich deine. Das ist nur fair.« Sie blätterte durch das Büchlein. »Vielversprechende Kandidatinnen ... Kriterien ... ah, hier ist es ja.«

Sie hatte die Seite mit dem AKTIONSPLAN aufgeschlagen.

Über den Tisch hinweg versuchte ich, mir das Heft zu schnappen, aber Charlotte zog es blitzschnell außer Reichweite.

»Du musst wissen, dass so was gar nicht existiert.« Sie tippte auf das Papier. »Und selbst wenn, *so* klappt es auf keinen Fall.«

»Was klappt auf keinen Fall?«, fragte DJ.

»Nichts«, antwortete ich hastig, und an Charlotte gerichtet: »Könnten Sie es bitte wegpacken?«

Charlotte dachte einen Augenblick nach, dann wandte sie sich an DJ. »Ich versuche lediglich, deiner Komplizin zu erklären, dass es so etwas wie wahre Freundschaft nicht gibt.«

Ich biss mir so fest in die Wange, dass es wehtat.

»Oh, vielleicht für eine Stunde, einen Tag oder einen Monat«, fuhr sie fort. »Aber Menschen ändern sich. Sie denken immer zuerst an sich selbst. Sogar diejenigen, die dir am nächsten stehen, werden sich in dunklen Momenten gegen dich wenden. Oder, noch schlimmer, du wendest dich gegen sie.«

»Das ist nicht wahr.« Ich zupfte DJ am Ärmel. »Wir sollten gehen.«

»Kindchen, ich bin kein herzloses Monster. Ich möchte dir nur einiges an Leid ersparen.«

Charlotte berührte die Rückseite des Meerjungfrauenbildes. Langsam, als wäre es bleischwer, drehte sie es um.

»Dieses Foto habe ich vor Ewigkeiten zuletzt gesehen. Meine Mutter hätte Filmstar werden sollen, meint ihr nicht auch?«

DJ rückte näher, um besser sehen zu können, und warf dabei die Teekanne um. Charlotte stieß einen leisen Schrei aus und hob reflexartig das Foto hoch, damit es nicht nass wurde. »Halt das mal.« Sie drückte es mir in die Hand und begann die Lache mit ihrer Serviette aufzutupfen.

»Tut mir leid«, sagte DJ kleinlaut. Mit seiner eigenen Serviette wollte er helfen, wobei er allerdings auch noch Charlottes Tasse umwarf, deren Inhalt sich fröhlich zu der Pfütze gesellte.

Charlotte rannte in die Küche, um einen Lappen zu holen.

»Du könntest ruhig auch mal mit anfassen.« Hektisch fuhrwerkte er mit seiner durchweichten Serviette herum. Die rote Gesichtsfarbe hatte sich bis auf den Hals ausgebreitet.

»Augenblick noch.« Etwas an dem Foto hatte meine Aufmerksamkeit erregt. Die Spange im Pony der Boulay-Meerjungfrau. Ein Stern, in dessen Innerem eine Meerjungfrau zu erkennen war.

Als Charlotte mit einem Stapel Trockentücher zurückkam, hielt ich das Bild in die Höhe.

»Das habe ich schon mal gesehen.«

»So viel ist mir klar«, antwortete sie. Sie drückte DJ ein Tuch in die Hand und zeigte auf den Boden, wo sich die Teepfütze ausbreitete.

Pflichtschuldig krabbelte DJ unter den Tisch.

»Nicht das Bild. Die Haarspange. Eine Freundin von mir hat genau die gleiche.«

Charlotte erstarrte. Dann begann sie, die leeren Teetassen auf einem Tablett zu stapeln. »Unmöglich«, sagte sie. »Das war eine Spezialanfertigung für meine Mutter. Sie ist einzigartig.«

Unter dem Tisch stieß DJ mir den Zeigefinger in die Wade.

»Wo ist die Spange jetzt?«, fragte ich.

Charlotte wandte den Kopf zu einem der Bullaugenfenster und sah auf den Thunder Lake hinaus. Ihre Augen waren rot gerändert. »Ich war ein dummes kleines Mädchen«, erklärte sie. »In einem dunklen Moment habe ich sie fortgeworfen. Es gibt kaum etwas, das ich mehr bereue.«

DJ pikste mich schon wieder ins Bein. Ungeduldig zog ich es weg.

»Haben Sie deshalb geweint?«

Charlotte setzte die letzte Tasse ab und sah mich durchdringend an.

»Ich habe Sie heute Morgen gesehen, beim Schwimmen. Und Sie haben geweint.«

Charlotte verengte die blauen Augen. »Ach wirklich?«

»Anthoni«, kam es unter dem Tisch hervor, doch ich starrte weiter Charlotte Boulay an. Maddys blutrünstige Meerjungfrau kam mir in den Sinn. Ich wollte den Blick abwenden, aber ich konnte nicht.

»Sie können sehr lange unter Wasser bleiben. Wie machen Sie das?«

»Magie« war die prompte Antwort.

»Nein, ich will die Wahrheit wissen.«

»Ich habe Kiemen.«

Ich hielt die Luft an. Meinte sie das ernst?

Zweimal öffnete Charlotte den Mund und schloss ihn wieder. Dann zuckte sie mit den Achseln und sagte: »Kindchen, was willst du hören? Dass ich Luftschläuche benutze?«

DJ rüttelte an meinem Bein. »GONZO!«

»Was für 'n Zoo?«, fragte Charlotte.

»DJ!« Ich beugte mich unter den Tisch.

»Anthoni«, wimmerte er, »ich stecke fest!«

23

Schwimmkurs – Klappe, die zweite

Okay, Anthoni«, sagte Mom. »Du hast ein Ziel. Und jetzt stell dir vor, wie du es erreichst.«

Ich ließ meinen Blick über den Strand schweifen. Beobachtete uns jemand? Die Glitzerbadeanzug-Fraktion sonnte sich, Eltern und Kleinkinder waren mit ihren Sandburgen beschäftigt, und alle anderen nahmen in Ufernähe an einer weiteren legendären Wasserschlacht teil. Julie und Maddy liefen Hand in Hand vor Kurt davon und quietschten laut, als er sie einholte und ihnen einen Eimer Wasser über den Kopf schüttete. Auf der anderen Seite war DJ umringt von einem Haufen Kaulquappen. Seinen Gips zierte heute eine schwarze Plastiktüte, und jedes Mal, wenn ihn die Kleinen nass spritzten, hüpfte er kreischend herum wie ein Orang-Utan und kratzte sich mit der heilen Hand unter den Achseln. Je lächerlicher er sich aufführte, desto wilder tobten und lachten die Kinder.

Uns beachtete niemand. Ich grub meine Füße in den Sand, schloss die Augen und stellte mir vor, wie ich losschwamm. Wie ich gleichmäßig und rhythmisch die Arme bewegte, sodass kleine Fontänen aufstoben, und den Kopf drehte, um Luft zu holen. Ich stellte mir vor, durch den See zu gleiten wie eine olympische Schwimmerin. Aber was, wenn es eine gefährliche Strömung gab? Was, wenn sie mich unter Wasser zog und ich nicht zurück ans

Ufer gelangte? Vor meinem inneren Auge sah ich, wie meine Arme sich weiter bewegten, doch die Beine waren schwer und zogen mich in die Tiefe. Stehen konnte ich nicht mehr, und sosehr ich auch strampelte, ich schaffte es nicht, den Kopf über Wasser zu halten. Ich wandte ihn zur Seite, wollte Atem holen, aber da war keine Luft. Stattdessen: funkelnde Schuppen, eine wilde Mähne und ... Reißzähne!

»Es geht nicht. Ich sehe es nicht vor mir.«

»Geht nicht, gibts nicht. Schwierigkeiten sind in Wahrheit bloß Herausforderungen«, sagte Mom. »Mach einen Schritt nach dem anderen. Kannst du dir vorstellen, deine Zehen ins Wasser zu tauchen?«

Ich nickte.

»Und deine Knöchel? Und Schienbeine?«

»Klar, aber das ist ja kein Schwimmen.«

»Wenn ich heute nur ein Gespräch führe, ist das dann mein Bestäubungsziel für den ganzen Monat?«

»Nein«, antwortete ich, »aber das ist was anderes. Du schaffst erst einmal eine Basis.«

»Ganz genau!« Mom strich mir eine Haarsträhne hinters Ohr. »Schaff heute eine solide Basis, und du bist morgen deinem Ziel ein gutes Stück näher.«

Ich holte die Strähne wieder nach vorne. Mir war klar, dass sie mich aufmuntern wollte, aber sie verstand nicht, worum es ging. Für sie war Schwimmen etwas Großartiges. Ihren Kopf in den Thunder Lake zu stecken, war für sie das pure Vergnügen. Abgesehen davon brachte uns *ihre* Basis unserem Ziel auch kein bisschen näher. Sie hatte ein paar vielversprechende Kandidatinnen auf ihrem Whiteboard ergänzt, doch die Verkaufszahlen blieben unverändert niedrig. Vermutlich, weil sie sich nicht an ihre eigenen Regeln hielt. Sie war das ganze Wochenende pessimistisch gewesen und hatte sich nicht auf die morgige BienenBeauty-Party vorbereitet, zu der ich sie auch schon praktisch hatte zwingen müssen.

»Apropos Ziele«, sagte ich. »Wie kommts, dass Maddys Mom nicht auf deiner Liste steht? Sie ist eine der vielversprechendsten Kandidatinnen, meinst du nicht?«

»Das ist kompliziert.«

»Eigentlich gar nicht.« An der Sache war überhaupt nichts kompliziert. Wenn sie nicht genug Arbeitsbienen anwarb, um zur Bienenkönigin befördert zu werden, war das ihre Sache. Aber beim Monatsendbonus ging es nicht um sie. Da ging es um die Miete. Für den armen Mr Li könnte sie sich ruhig ein kleines bisschen mehr Mühe geben. Und für mich auch.

»Kommt sie denn morgen zur Beauty-Party?«, fragte ich. »Hast du sie wenigstens eingeladen?«

Da ertönte Mrs Nesskis Trillerpfeife. Mom wirkte erleichtert.

»Du solltest dich beeilen, mein Bienchen. Viel Erfolg!«

Shari verteilte weiße Schwimmbretter an uns Kaulquappen und wir verbrachten die Stunde damit, Beinschläge zu üben. Es fiel mir erstaunlich leicht. Das Schwimmbrett hielt mich weit genug aus dem Wasser, sodass ich nicht mit dem Gesicht unterzutauchen brauchte, und ich musste nur die Beine an die Oberfläche treiben lassen und strampeln. Je gerader man die Beine hielt, desto kraftvoller wurden die Tritte.

Beim anschließenden Wettschwimmen traten Josh und ich gegeneinander an. Ich gab alles und sauste vorwärts wie Namor, der Prinz von Atlantis, in einer X-Men-Schlacht. DJ feuerte mich vom Strand aus an. Ich grinste. Ja, vielleicht gewann ich bloß gegen ein Kindergartenkind. Und wennschon! Ich fühlte mich stark und schwerelos.

»Tolle Leistung, Leute«, lobte Shari uns, als wir unsere Schwimmbretter zurückgaben. »Nächste Woche kombinieren wir diese Übung mit unserer Atemtechnik. Ungefähr so.« Sie hielt ein Brett am langen Arm vor sich und strampelte los, das Gesicht im See. Zwischendurch drehte sie den Kopf zur Seite, um Luft zu holen, dann tauchte sie wieder unter. Ich stöhnte. Es war aussichtslos. Niemals wäre ich in der Lage, das nachzumachen.

Als ich aus dem Wasser kam, wurde ich fast von DJ über den Haufen gerannt. Er warf mir mein Handtuch ins Gesicht. »Das hab ich deiner Mom abgeluchst. Du warst gut heute!«

»Danke.«

Ich wickelte mich in den Frotteestoff und versuchte, mein Zittern unter Kontrolle zu bringen. DJ knibbelte derweil etwas Schorf von seinem Knie.

»Also dann ... wir sehen uns auf der anderen Seite!«

»Okay«, sagte ich, dabei hatte ich keine Ahnung, was genau er damit meinte. Julie hatte schon recht, DJ war ein komischer Kauz.

Den halben Weg bis zur Straße hatte er bereits geschafft, da stolperte er über eine Sandburg und landete auf der Nase. »Nichts passiert!«, rief er, klopfte sich ab und stürmte auf das Auto seiner Tante zu, den Gips voran wie ein gezücktes Schwert.

DJ war mit Abstand der tollpatschigste Mensch, den ich kannte. Charlotte und ich hatten zehn Minuten gebraucht, um ihn unter dem Tisch im Showschiff hervorzuholen. Irgendwie hatte sich sein Fuß unter dem Sofa verkeilt, und da er den Gipsarm nicht belasten konnte, hatte er versucht, ins Freie zu robben. Dabei war er mit dem Kopf zwischen Tischbein und Sitzbank stecken geblieben.

»Der Typ ist echt eine wandelnde Katastrophe.«

Ich drehte mich um und sah mich Maddy, Kurt und Julie gegenüber. Julie tupfte vorsichtig den blasigen Giftefeuausschlag auf ihrem Arm trocken, während Kurt tat, als würde er stolpern und hinfallen. »Nichts passiert!«, äffte er DJ nach. Die beiden Mädchen lachten.

Ich funkelte ihn böse an.

Maddy trug heute einen schwarzen Bikini und hatte sich das Wolverine-Handtuch um die Hüfte geschlungen. Ihr Gesichtsausdruck verhieß nichts Gutes. Anscheinend hatte sie vergessen, dass wir gemeinsam gelacht, Comics gelesen und uns Geheimnisse anvertraut hatten.

»Du kennst DJ?« Ihr Ton machte deutlich, dass leugnen die bessere Wahl wäre, aber ich nickte.

»Ja, er wohnt ja in der Nähe vom Showschiff.«

»Der ist völlig gaga«, sagte Kurt. »Liegt wohl in der Familie. Hab gehört, sein Vater ist in der Klapse.«

Ich bedachte ihn mit einem weiteren finsteren Blick. Klar, irgendwie war DJ ja schon eine wandelnde Katastrophe, und auf jeden Fall eines der seltsamsten Kinder, die ich kannte, aber immerhin war er kein Fiesling.

»Na und?«, fragte ich. »War aus deiner Familie noch nie jemand im Krankenhaus?«

Mit einem schuldbewussten Seitenblick zu Maddy sagte Julie: »Ich finde es cool, dass du mit DJ befreundet bist. Er ist irgendwie abgedreht, aber das ist schon okay. Für manche Leute ist es bestimmt total schwer, die ganze Zeit normal zu sein, und auch abgedrehte Leute brauchen Freunde, also voll gut, dass du das übernimmst. Wenn du am vierten Juli zu Maddy kommst, um mit uns das Feuerwerk anzugucken, kannst du ihn ja vielleicht mitbringen.«

Kurt stöhnte. »Echt jetzt, Julie? *DJ*?«

»Keine Sorge«, schaltete sich Maddy ein. »Schnüffler, Diebe und Randalierer sind nicht eingeladen.«

Julie pfiff durch ihre Zahnspange. »Ist DJ ein Randalierer?«

»Ich ...« Wie sollte ich anfangen? Diesen Seitenhieb hatte ich verdient. Dass ich in Maddys Schrank herumgeschnüffelt und fast ihren Delfin entführt hatte, konnte ich nicht ungeschehen machen. Aber vielleicht konnte ich ihr ins Gedächtnis rufen, wie viel Spaß wir zusammen gehabt hatten. Und dann würde die richtige Maddy zurückkommen. Die lächelnde, lustige Maddy. Also zermarterte ich mir das Hirn auf der Suche nach einem cleveren Kommentar, einem Insider, der sie daran erinnern würde, dass wir dazu bestimmt waren, Freundinnen zu werden.

Doch alles, was ich herausbrachte, war: »Ich hätte nicht allein in dein Schrankzimmer gehen dürfen und ich wollte ganz bestimmt nicht deine Kuscheldelfine runterwerfen. Es tut mir wirklich leid!« Sie ahnte ja gar nicht, wie leid.

Maddys Miene versteinerte sich. Julie sah aus, als hätte ihr jemand ein Messer ins Herz gerammt. »Du hast Anthoni dein Atelier gezeigt?«

Fast wurden ihre Worte von Kurts Lachanfall übertönt. »*Kuscheldelfine*?« Er konnte sich kaum halten. »Quinn, warum weiß ich nichts davon?«

Maddy blitzte ihn böse an, und Kurt riss sich mühsam zusammen, konnte aber ein Grinsen nicht vollständig unterdrücken. »Du hast nicht im Ernst eine Plüschdelfinsammlung, oder?«

»Wenigstens bin ich keine Diebin. Oder Lügnerin«, entgegnete Maddy.

Das lief ganz und gar nicht gut. Ich versuchte mir Maddys Lächeln vorzustellen. Wenn ich mich nur genug konzentrierte, würde es vielleicht wiederkommen und die Böse Maddy verschwinden. Das hier war nämlich nicht ihr wahres Ich. Das war unmöglich.

»Ich wollte einfach noch ein paar von deinen Lexie-Comics sehen«, sagte ich. »Die sind so gut.«

»Malst du immer noch Bilder von dieser gruseligen Meerjungfrau?«, fragte Julie ungläubig. Maddy mied ihren Blick.

Meerjungfrau. Das war sie. Meine letzte Hoffnung.

»Das mit der Meerjungfrau war übrigens nicht gelogen.«

Bei Maddy zu Hause davon zu sprechen, war mir schon sehr gewagt vorgekommen, aber hier war es noch heikler. An einem öffentlichen Badestrand. Vor Julie und Kurt. Doch in diesem Artikel, den Mom und ich über das Vaudeville und die Meerjungfrauennummer gelesen hatten, wurde schließlich erwähnt, die Leute hätten sie für echt gehalten, weil sie so realistisch gewirkt habe. Was, wenn diese Leute recht hatten? Was, wenn es Charlotte ernst gewesen war, als sie von »Magie« und »Kiemen« gesprochen hatte, die ihr beim Atmen unter Wasser halfen? Und obwohl ich es besser wissen müsste, spukte mir doch ein kleines Wörtchen im Hinterkopf herum: *vielleicht*.

Vor allem jedoch musste ich ständig daran denken, wie ich mich auf der *Ski Nautique* gefühlt hatte, als Maddy und ich geprustet und gequietscht hatten, bis mir das Zwerchfell wehtat. Oder in ihrem Zimmer, beim Um-die-Wette-Strahlen. Ganz warm und wohlig. Glücklich. Moms Worte aus dem Newsletter hallten in meinem Kopf nach wie ein Mantra: *Bringen Sie ihren Herzenswunsch in Erfahrung. Tun Sie, was zu tun ist.*

»Ich kann dir die Meerjungfrau sogar zeigen.«

Das war zu viel für Kurt. Er platzte los und musste sich vor Lachen den Bauch halten. »Kein Wunder, dass DJ sie mag. Die beiden sind ja wie füreinander geschaffen. Passt auf, das gibt noch 'ne Freak-Hochzeit!«

»Eine was? Wie kann man nur so …« Ich seufzte. »Das ist echt einfach nur uncool, Kurt.«

»Klingt, als hättet ihr bei Maddy echt Spaß gehabt«, bemerkte Julie und kratzte wie verrückt über den Schorf auf ihrem Arm. »Freut mich, dass ihr euch so prima verstanden habt, während ich damit beschäftigt war, mich vor Schmerzen zu winden. Wisst ihr, Leute können an Giftefeu sterben, wenn es sie schlimm genug erwischt. Aber ich bin froh, dass ihr euch keine Sorgen um mich gemacht habt. Das hätte euch sicher die Laune verdorben.«

Der Strand, Julies Ausschlag, Kurts Lachen – ich versuchte all das auszublenden. Ich musste mich konzentrieren. Positives Denken führt zu positiven Ergebnissen. *Maddys Lächeln,* dachte ich. *Maddys Lächeln, Maddys Lächeln.* Und plötzlich, wie durch ein Wunder, veränderte sich Maddys Miene tatsächlich. Ihre Züge wurden weicher und sie sah schon viel freundlicher aus.

»Okay, ich will sie sehen«, sagte sie und schenkte mir genau das Lächeln, das ich mir herbeigesehnt hatte. Mir wurde beinahe schwindelig, als wäre ich in so einem Anti-Schwerkraft-Simulator gewesen und wüsste nun nicht mehr, wohin mit meinen Füßen.

Julie hörte auf, sich zu kratzen. Argwöhnisch sah sie zuerst Maddy an, dann mich. »Plant ihr das jetzt echt? Aber nicht ohne mich, okay? Ich will mitkommen! Bitte?«

Kurt feixte. »Na, das kann ja was werden. Ich bin dabei.«

»Cool.« Meine Stimme klang fremd. In meinem Kopf kämpften Erleichterung und Panik um die Vorherrschaft, und je nachdem, wer gewann, würde ich gleich entweder vor Freude Flickflacks machen oder mir die Seele aus dem Leib kotzen. Ich holte tief Luft. Ich musste mich zusammenreißen. Schließlich hatte ich eine Meerjungfrau aus dem Ärmel zu zaubern.

24

Wahr oder falsch

Mom bereitete Limonade zu, während ich den Blütenzauber-Schimmerlidschatten in sechzehn Farbnuancen auf dem Küchentisch anordnete. Sie trug immer noch ihren Badeanzug, obwohl in weniger als einer Stunde die Gäste kommen würden.

»Warum haben wir so viel Lidschatten?«, fragte ich. »Das sind ja zwölf Paletten.«

»Ich musste letzten Monat noch ein bisschen was dazukaufen, damit die Verkaufszahlen stimmen.«

Mom winkte ab, als wäre das keine große Sache, aber ich runzelte die Stirn. Womit hatte sie das bezahlt? Mit dem Geld für die Miete? Oder mit der Kreditkarte?

»Keine Sorge, den kriegen wir schon verkauft«, beruhigte sie mich und drehte die Musik auf. Trotzdem hörte ich, wie sie hinzufügte: »Irgendwann.«

Ständig grübelte ich darüber nach, was Mom hätte anders machen sollen. Im April hatte sie keine Pröbchenpakete verschickt. Im Mai hatte sie den Versand der Werbepostkarten schleifen lassen. Aber wenn man Erfolg haben wollte, musste man jeden einzelnen Schritt eines Aktionsplans befolgen. So funktionierte das nun mal. Alles andere hieß aufzugeben. Uns blieb nicht mal mehr eine Woche bis zum Monatsende. Wenn wir diesen Bonus wollten, musste die Party ein Knaller werden. Fünf einfache Arbeitsbienen oder eine Premiumberaterin rekrutierten sich schließlich nicht von alleine.

Beinahe hätte ich das Klopfen an der Tür überhört, aber Mom drehte die Musik ab und warf mir einen panischen Blick zu. Klar, die Frauen vom Strand freuten sich bestimmt auf die Party, aber deswegen kamen sie doch nicht eine Stunde zu früh?

Ich funkelte Mom an. »Ich hab dir doch gesagt, dass für eine zweite Runde Schwimmen keine Zeit mehr ist.«

Mom schnappte sich ein Handtuch, um ihre Blöße zu bedecken, und scheuchte mich in Richtung Tür.

»Ich zieh mir was an. Sei so gut und unterhalte sie in der Zwischenzeit.«

Als ich die Haustür öffnete, erspähte ich durchs Fliegengitter Maddy Quinn, die Hände auf dem Lenker eines orangefarbenen Mountainbikes. Was machte sie hier?

»Meine Mom lässt ausrichten, dass sie sich über die Einladung gefreut hat, aber nicht kommt. Das ist nicht so ihr Ding.«

»Okay.« Ich versuchte, so zu tun, als wäre das kein Drama, aber Mrs Quinn war unsere einzige Kandidatin für die Premiumberaterin. Woher wollte sie denn wissen, dass es nichts für sie war, wenn sie es noch nie ausprobiert hatte? Jetzt musste Mom fünf Arbeitsbienen anwerben oder Maddys Mom irgendwie davon überzeugen, dass sie etwas verpasste.

Maddy selbst hatte sich nicht vom Fleck gerührt.

»Ähm ... möchtest du reinkommen?«

»Nein, ich hab gleich Wasserski-Training.«

»Ah, cool.«

Maddy fischte ein zusammengefaltetes Stück Papier aus der Hosentasche. Eine Botschaft? Hatte Maddy Quinn mir einen Brief geschrieben? Sie warf mir den Zettel vor die Füße.

»Das ist für dich.« Dann schwang sie sich aufs Rad und fuhr davon.

In einem sonnengelben Kleid kam Mom aus dem Schlafzimmer gerannt und zog ein Blech Honigmuffins aus dem Ofen.

»Und?«, fragte sie.

»Das war Maddy.« Ich steckte den Zettel ein. »Brauchst du noch Hilfe? Ich würde ganz gern ein bisschen rausgehen.«

»Ja, du könntest noch …« Sie bemerkte meinen Gesichtsausdruck und sah sich rasch im Zimmer um. »Ach, weißt du, was, überlass das mir. Und du, Schätzchen, zieh los und hab Spaß mit deiner Freundin.«

Ich warf mir nur schnell den Rucksack über die Schulter und schlüpfte in meine Sandalen, dann machte ich mich auf den Weg in den Wald. Im Gehen faltete ich das Stück Papier auseinander. Es war ein handgezeichneter Comic:

Flosse: Das Mysterium
Von Maddy H. Quinn

Das erste Panel zeigte einen Fisch mit einem Delfin im Maul. Der Text dazu lautete: *Delfin-Diebin? Erwiesen.*

Im zweiten Panel las der Fisch einen Comic. *Marvel-Fan? Behauptet sie.*

Das dritte Panel zeigte *zwei* Fische in Windeln und mit rosa Schleifchen auf dem Kopf. Sie lächelten breit. *Beste Freundin? Es war einmal …*

Das letzte Panel war zweigeteilt. In der einen Hälfte trug der Fisch einen Heiligenschein und hatte ein großes Herz aus Gold. Blockbuchstaben schrien mir entgegen: *IST FLOSSE EINE WAHRE FREUNDIN?* In der anderen Hälfte wurde das Fischherz von Lexie verspeist: *ODER EINE FALSCHE?* Vom Kinn der Meerjungfrau tropfte Blut und bildete die Worte: *Fortsetzung folgt …*

Ich konnte den Blick nicht von den fröhlichen Babyfischen losreißen. *Beste Freundin? Es war einmal ...*

Maddy hatte mich nicht vergessen! Und noch dazu schien ich für sie nicht irgendeine x-beliebige Kindergartenbekanntschaft gewesen zu sein, sondern ihre *beste Freundin*. Wahre Freundschaft war zum Greifen nah. So dicht dran war ich noch nie gewesen. Auf keinen Fall durfte ich das vermasseln.

Lautes Rascheln und das Knacken von Zweigen schreckte mich aus meinen Gedanken. Es klang, als wütete ein Bär im Unterholz. Bevor ich wusste, wie mir geschah, landete ich auf meinen vier Buchstaben.

»Sorry, Flosse!« DJ lief leuchtend rot an. »Ich hab versucht zu bremsen. Aber diese Kiefernnadeln sind ziemlich rutschig.«

Ich stopfte den Zettel in die Tasche und klopfte den Dreck von meinem Rucksack.

»Passt du auch manchmal auf, wo du hinläufst?«, fragte ich.

»Hm ... eigentlich nicht«, antwortete DJ. »Ich hab nach dir gesucht. Und hey, ich hab dich gefunden.«

Die Küche des Schwarzbären war mittlerweile vollends zum Steinkundemuseum umfunktioniert worden. Ich nahm ein Stück Baraboo-Quarzit in die Hand und rieb ihn zwischen den Handflächen, in der Hoffnung, ein bisschen von Wolverine und dem ganzen Härter-unter-Druck-Ding würde auf mich abfärben. So, wie der Sommer bisher lief, war ich auf jede Hilfe angewiesen, die ich kriegen konnte.

»Hier, sieh dir das an.« DJ reichte mir eine schwere hölzerne Schmuckschatulle.

Ich legte den Quarzit beiseite. In den Deckel des Kästchens hatte man folgende Worte eingraviert:

100 % ZERTIFIZIERTE AUTHENTIZITÄT
Garantiert echte Edelsteine
aus der Unterwasserstadt Atlantis
EIGENTUM VON HERACLITUS BARNABUS BOULAY

Ich öffnete die Schatulle und hob ein Stück lilafarbenen Samt an. Darunter lagen drei Steine. Der erste sah aus wie ein unebenes graues Riesenei. Auf einem Schildchen daneben stand: *Gefunden am großen Steinportal zur Unterwasserwelt.* Der zweite glich einem fingerlangen Stückchen Koralle und funkelte je nach Lichteinfall mal lila, mal blau und dann wieder grün. *Gefunden bei den atemberaubenden Felsformationen der Westlichen Gefilde.*

Der dritte Stein war so winzig wie ein Daumennagel, golden, und vollkommen rund. *Ein unvergleichliches Geschenk aus dem Dreizack von König Triton höchstpersönlich.*

»Wo hast du das her?«

»Das lag auf der Arbeitsplatte in der Küche.«

DJ hielt einen Zettel hoch, auf dem stand: *Für DJ. Gezeichnet CB.*

»Für dich hat sie auch was hiergelassen.« Er reichte mir eine Papiertüte mit einem riesigen »A«. Darin entdeckte ich zwei gerahmte Bilder. Eines war das Foto der Boulay-Meerjungfrau, das ich in meinen Rucksack geschmuggelt hatte. Das zweite war das von Alice und ihren Ratten.

»Warum will sie die wohl nicht mehr haben?«, fragte ich.

»Wer weiß? Warum hat sie eine Geheimtür? Warum spricht sie so seltsam? Warum wechselt sie beim Tanzen zwischen zwei Persönlichkeiten hin und her?«

»Okay, okay, ich habs verstanden.«

Ich betrachtete das Gesicht der Meerjungfrau genauer. Sie lächelte verschmitzt und zog dabei einen Mundwinkel höher als den anderen. Zwischen ihren Lippen lugte vorwitzig ein schiefer Zahn hervor. Dieses Lächeln war Charlotte Boulay, wie sie leibte und lebte.

»Ich glaube immer noch, da könnte was Wahres dran sein«, sagte ich. Und das nicht bloß, weil ich es unbedingt wahrhaben *wollte* – ich meinte es ernst. Aber ich war überrascht, dass ich es laut ausgesprochen hatte.

»Woran?«

Ich drehte ihm das Foto hin. Auf DJs Gesicht breitete sich ein dämliches Grinsen aus.

»Du denkst, ich bin zu leichtgläubig«, sagte ich empört.

»Ja«, sagte er und grinste sich immer noch die Sommersprossen vom Gesicht, »und ich finds super!«

»Dass ich so leichtgläubig bin, findest du super?«

DJ nickte. »Irgendwie schon. Normalerweise sagen die Leute, *ich* wäre nicht ganz dicht. Nett, zur Abwechslung mal auf der anderen Seite zu stehen.«

»Na, vielen Dank auch.«

Zaghaft klopfte DJ mir mit dem Gips auf die Schulter. »Ich meine das total positiv.« Er machte Platz auf dem Tisch. »So. Und jetzt hol mal dein Notizbuch raus.«

»Warum?«

»Wir gehen der Sache auf den Grund. Auf Geologenart. Wir erstellen eine Liste mit Eigenschaften und finden heraus, wie sie zusammenpassen.«

Ich war mir nicht hundertprozentig sicher, ob das ein ernst gemeinter Vorschlag war oder ob er sich bloß über mich lustig machte, aber die Idee war nicht schlecht. Warum war ich nicht selbst darauf gekommen? Ich kramte mein Büchlein aus dem Rucksack.

»Okay«, legte DJ los, »zuerst die äußere Beschaffenheit. Hat sie einen Fischschwanz?«

»Eigentlich nicht, aber …« Ich schielte zu dem Bild der Boulay-Meerjungfrau.

»Schreib *nicht abschließend geklärt*«, schlug DJ vor. »Könnte ja sein, dass sie unter dem Einfluss eines Zauberbanns steht und ihr erst ein Fischschwanz wächst, sobald sie im Wasser ist. Weiß man's?«

Ich schaute ihn misstrauisch an, aber er schien das Ganze echt ernst zu nehmen, also schrieb ich auf: *Fischschwanz – nicht abschließend geklärt.*

»Jetzt zu den Eigenschaften. Du meintest, sie kann sehr weit schwimmen?«

»Ich habe gesehen, wie sie bis zum Rand der Bucht geschwommen ist, ohne ein einziges Mal Luft zu holen.«

DJ nickte. »Vielversprechend.«

»Was soll ich aufschreiben? Kann unter Wasser atmen?« Ich setzte den Stift an, aber DJ hielt mich zurück.

»Sicher ist bisher nur, dass sie sehr weit schwimmen kann, ohne Luft zu holen. Hat sie nicht Luftschläuche erwähnt?«

»Ja, genau wie die Worte ›Kiemen‹ und ›Magie‹.«

»Auch wieder wahr. Außerdem müsste der Schlauch sehr lang sein, und das würde nicht funktionieren. Sie würde Sauerstoff ausatmen und Kohlendioxid einatmen. Es sei denn, sie hätte eine Art Atemluftkompressor oder meint eigentlich einen Schnorchel. Hm, was ist mit einer Tauchflasche?«

»Nein, sie hatte nichts davon bei sich, als sie ins Wasser gesprungen ist.«

»Hm.« DJ dachte nach. Seltsames Verhalten hin oder her, er war viel logischer und organisierter, als ich es ihm zugetraut hätte.

»*Methode ungewiss*«, entschied er schließlich.

Letztendlich sah unsere Liste wie folgt aus:

– Fischschwanz – nicht abschließend geklärt
– Schwimmt sehr weit
– Kann unter Wasser atmen – Methode ungewiss
– Hang zu ungewöhnlichem Verhalten
– Merkwürdiger Sinn für Humor
– Boulay-Foto – wirkt echt, könnte Fälschung sein
– Steine aus Atlantis – wirken wie Fälschung, könnten echt sein

»Puh, wir haben nicht besonders viel in der Hand«, sagte ich. »Ich fürchte, das überzeugt sie nicht.«

»Wen überzeugt?«

»Maddy.«

»Maddy Quinn? Wieso interessiert dich, was die denkt?«

»Sie ist viel netter, als sie aussieht. Glaube ich.«

»Wenn du meinst … Ich würde ihr trotzdem nicht von der Meerjungfrau erzählen.«

Ich tat, als würde ich die Schatulle mit den Edelsteinen einer genaueren Betrachtung unterziehen. »Warum nicht?«

»Maddy steht gern im Mittelpunkt. Wenn du ihr irgendeinen Anlass gibst, dich runterzumachen, wird sie es tun. Und das willst du nicht, glaub mir.«

»Du kennst sie doch gar nicht.« Ich wurde wütend. »Du wohnst doch erst seit einem Jahr hier.«

»Ach ja? Und du seit zwei Wochen! Glaub, was du glauben willst, aber dadurch wird es noch lange nicht wahr.«

Ich schnappte mir mein Notizbuch und stopfte es in den Rucksack. Was wusste DJ schon? Ihm schien es zu reichen, mit Kindergartenkindern zu spielen. Oder mit Steinen. Er würde nicht verstehen, was es bedeutete, wahre Freunde zu haben. Menschen mit den gleichen Interessen, die einem nie in den Rücken fielen, egal was passierte oder wie weit weg man war. Die einen zu Pyjamapartys einluden und einem das Gefühl gaben dazuzugehören. Ich steckte Alice und ihre Kanalratten zu dem Notizbuch.

»Hey«, sagte DJ, »ich wollte nicht …«

Im selben Moment wie ich griff er nach dem Foto der Boulay-Meerjungfrau, und wie in Zeitlupe sahen wir, wie es uns aus den Fingern glitt und auf den Tisch, die Bank und schließlich auf den Küchenboden prallte. Das Foto hatte keinen so robusten Rahmen wie Alice und der Rest der Bande von den Wänden des Showschiffs. Er war filigran und verschnörkelt und zerbrach mit einem hellen Klirren.

Erschrocken starrten wir auf die Bruchstücke.

»Oh nein, Flosse, tut mir leid!«, sagte DJ gequält. »Ich bin so ei …«

»Warte mal!« Ich schnitt ihm das Wort ab. »Was ist denn das hier?«

Unter dem gesplitterten Glas lächelten der Mann, die Frau und die kleine Meerjungfrau weiter, als wäre nichts geschehen. Hinter dem Foto jedoch, dort, wo der Rahmen zerbrochen war, lugte die Ecke eines rosafarbenen Umschlags hervor.

Er war nicht zugeklebt. Und darin befanden sich nicht etwa Liebesbriefe oder Geheimbotschaften, sondern mehrere sorgfältig ausgeschnittene und gefaltete Zeitungsartikel. Nachrufe, um genau zu sein. Der erste stammte aus dem *Milwaukee Sentinel* vom 6. Juli 1942 und zeigte ein Foto der lächelnden Frau aus dem Meerjungfrauenbild.

Selina Boulay, eine der letzten großen Vaudeville-Künstlerinnen, stirbt im Alter von 34 Jahren

EAGLE WATERS, WISCONSIN – Selina Boulay, Tochter der berühmten Schauspielerin Alice van Ellsburgh und Schwiegertochter des Vaudeville-Veteranen Barnabus Boulay, kam gestern bei einem tragischen Unfall im Showschiff-Resort in Eagle Waters, Wisconsin, ums Leben. Größte Bekanntheit erreichte die geborene Vaudeville-Darstellerin durch die beliebte Familiennummer »Die berühmten Boulays präsentieren: Die bezaubernde Boulay-Meerjungfrau«. Selina Boulay hinterlässt einen Ehemann, Frank Boulay, 36, und ihre zwölfjährige Tochter Charlotte.

Ein tragischer Unfall? Mein Blick huschte zurück zur letzten Zeile: »hinterlässt ... ihre zwölfjährige Tochter Charlotte.« Mom war gerade vierunddreißig. Und ich fast zwölf. Auch wenn ich in letzter Zeit oft wütend auf sie gewesen war, konnte ich mir ein Leben ohne sie nicht vorstellen. Wer würde über meine Roboter-Tänze lachen oder mich nach einem harten Tag in den Arm nehmen? Wer würde mich mit grünen Smoothies für fabelhafte Floss-Mädels aufmuntern und zusammen mit mir Lieder aus dem Radio schmettern, bis wir heiser wären? Wenn Mom irgendetwas zustoßen würde, wäre ich mehr als verloren. Ich wäre mutterseelenallein.

»Die arme Charlotte«, sagte ich.

Sorgfältig verstaute DJ die Artikel wieder im Umschlag. Sein Gesicht war nicht mehr rot, es war aschfahl. Ohne ein weiteres Wort stand er auf und verließ die Hütte.

Krachend schlug die Fliegengittertür hinter ihm zu.

25
Schwerkraft

Ich fand DJ auf den Holztribünen am Steg. Völlig reglos saß er da und starrte auf den Thunder Lake hinaus.

»Alles okay bei dir?«, fragte ich.

»Schhh.« Mit erhobenem Gipsarm brachte DJ mich zum Schweigen.

Ich ließ den Blick schweifen und versuchte zu entdecken, was ihn so in den Bann zog. »Was denn?«, flüsterte ich. »Was ist da?«

DJ deutete auf eine flache, mit Algen durchzogene Stelle links vom Steg. »Ein Kanadareiher.«

Das grau-blaue Federkleid verschmolz beinahe mit dem Hintergrund, sodass ich das Tier fast übersehen hätte. Bewegungslos stand es im seichten Wasser und balancierte auf seinen dürren Beinchen.

Bewusst leise setzte ich mich neben DJ. Der Reiher hatte den Hals lang ausgestreckt, als würde er angestrengt lauschen und nach etwas Ausschau halten. Ein sanfter Wind zerzauste seine Federn. Er sah exotisch aus, fast wie ein prähistorischer Mini-Velociraptor, der das Aussterben der Dinosaurier überlebt hatte. Plötzlich stieß er durch die Wasseroberfläche und richtete sich mit einem riesigen Frosch im Schnabel wieder auf.

»Wie hinterhältig!«, zischte DJ.

Der Frosch zappelte und strampelte und wäre auch fast entkommen, doch der Reiher senkte den Schnabel immer wieder zu

Boden, packte den Frosch fester und brachte ihn Stück für Stück in die richtige Position. Als er ihn so weit hatte, warf der Reiher den Kopf zurück und schluckte. Er würgte und würgte und schlang seine Mahlzeit schließlich hinunter.

Wir sahen einen Kloß den Hals hinabrutschen. Als er die Hälfte des Weges hinter sich gebracht hatte, packte DJ mich am Arm. Der Reiher war wie zur Salzsäule erstarrt. Es war nicht die lauernde Bewegungslosigkeit, die wir zuvor bei der Jagd auf den Frosch beobachtet hatten. Er schwankte leicht, seine Beine schienen unter ihm nachzugeben und er sah aus, als wäre ihm schwindelig.

Wir hielten den Atem an. DJs unversehrte Hand krallte sich noch fester in meinen Arm. Mit einem Ruck erwachte der Reiher wieder zum Leben, schluckte abermals und ließ den Kloß damit endgültig verschwinden. Er streckte die Flügel, zog den Kopf ein und entfernte sich mit langsamen, bedächtigen Schritten vom Steg.

DJ drehte sich zu mir, die Augen weit aufgerissen. »Ich dachte echt, er kippt um.« Er flüsterte noch immer.

»Hey DJ«, flüsterte ich zurück.

»Ja?«

»Du zerquetschst meinen Arm.«

DJ sah hinunter und schien sichtlich überrascht, dass er mein Handgelenk fest umklammert hielt. Eine dunkle Röte kroch ihm bis hinauf zu den Ohren.

»Tut mir leid.« Er ließ los. »Das war einfach krass.«

Schweigend saßen wir nebeneinander. Noch vor ein paar Tagen hatte ich Charlotte ihre Nachahmung des Kanadareihers nicht für eine Sekunde abgekauft. Ich hatte gedacht, sie würde bloß herumalbern. Wie viel von dem, was sie mir erzählt hatte, mochte wohl noch stimmen? Auf dem Foto mit ihren Eltern, auf dem sie alle wie

Filmstars in die Kamera lächelten, sah sie sehr glücklich aus. Keine sorgenvolle Falte auf der Stirn wie in dem Moment, als sie uns von ihrem Dad und dem Gefängnis berichtet oder den Kopf zurückgeworfen und gerufen hatte: »Die Last der Vergangenheit!« Dass sie so schwer wog, war kein Wunder. Wenn meiner Mom irgendetwas zustoßen würde, würde ich wahrscheinlich unter der Last zusammenbrechen.

Auch DJ wirkte, als bedrückte ihn etwas. Am Strand hatte Kurt gesagt, DJs Dad liege im Krankenhaus.

»Wie kommt es, dass du bei deiner Tante wohnst?«, fragte ich.

DJ hielt die Stimme weiterhin gesenkt, um den Reiher nicht aufzuschrecken, der noch immer am Ufer entlangstakste. Bei jedem Schritt wippte der Kopf vor und zurück. »Mein Dad hat irgend so ein chemisches Ding im Gehirn, das ihn depressiv macht. Ist keine große Sache. Die meiste Zeit geht es ihm gut, aber jetzt im Moment braucht er Hilfe, um wieder auf die Beine zu kommen. Er ist bestimmt bald wieder zu Hause.«

»Und deine Mom?«

DJ hob einen Kiefernzapfen auf und fing an, die einzelnen Schuppen abzuziehen und in den See zu werfen. »Sie ist vor einer Weile gestorben. Mein Dad vermisst sie sehr. Es ist schwer für ihn.«

»Und für dich?«

»Normalerweise nicht so, aber manchmal kommt einfach alles wieder hoch.« DJ warf mir einen Seitenblick zu. »Sie war cool. Rate mal, was sie von Beruf war.«

»Was denn?«

»Geologin.« Er grinste. »Sie hat Steine untersucht und dafür Geld bekommen. Irre, oder?«

Die einzelnen Schuppen des Kiefernzapfens landeten geräuschlos auf dem Wasser, drehten sich um sich selbst und drifteten davon. Einige stießen gegeneinander wie beim Autoscooter und bildeten Klumpen. Andere trieben allein hinaus auf den See. Als DJ den ganzen Zapfen auf dem Thunder Lake verteilt hatte, wischte er sich die Hand an der Hose ab.

»Wie kommt es, dass du dein Gesicht nicht ins Wasser halten willst, Flosse?«, fragte er.

»Keine Ahnung«, antwortete ich und ging auf seinen Themenwechsel ein. »Erst denke ich immer, ich bin mutig genug, aber dann kommt mir das Wasser so dunkel vor. Ich habe keine Ahnung, was da so im See rumschwimmt. Und woher weiß ich, wie tief er ist? Jedes Mal, wenn ich kurz davor bin, mit dem Kopf unterzutauchen, packt mich die Panik und ich kann nichts dagegen tun.«

DJ nickte, als wüsste er genau, wovon ich sprach. »Mich packt öfter mal die Schwerkraft«, sagte er und hielt den Gips hoch.

Ich lachte.

»Im Ernst. Ich liebe die Höhe. Wenn man auf einen Baum klettert, lässt man alle Probleme unter sich zurück.« Er zeigte auf den Reiher, der innegehalten und die Flügel ausgebreitet hatte. »Aber sobald ich runtergucke, holt die Schwerkraft mich wieder ein.«

Flatternd und spritzend erhob sich der Reiher, zog die Beine dicht an seinen Körper und segelte über die Bucht.

Ebenso plötzlich stand DJ auf. »Trotzdem klettere ich noch auf Bäume. Warte mal kurz hier!«

Er rannte die Stufen hinauf.

Während ich wartete, kramte ich in meinem Rucksack. Ich holte Joshs platte Schwimmflügel heraus und blies aus Langeweile einen auf. SpongeBob Schwammkopf wurde immer größer und breiter. Ich schlüpfte mit dem rechten Arm hindurch, kam aber nur bis zum Ellbogen. Ich ließ ein bisschen Luft heraus und schob den Schwimmflügel bis zu den Achseln hoch. Jetzt saß er wie angegossen.

Dann pustete ich auch den zweiten auf und streifte ihn über den linken Arm. Ich ballte die Hände zu Fäusten und winkelte die Arme an wie eine Kraftfrau im Zirkus.

»Schicker Bizeps«, sagte DJ, der gerade die Stufen wieder heruntergerast kam.

Ich machte noch ein paar Posen und ließ meine Muskeln spielen, um ihn zum Lachen zu bringen.

»Hier, probiers mal damit.« DJ reichte mir eine blaue Schwimmbrille.

»Nein, danke.«

»Nur mal versuchen.«

»Meine Mom hat gesagt, ich darf nicht schwimmen gehen, wenn kein Erwachsener dabei ist.«

»Das werden wir auch nicht.« DJ zog sich eine zweite Schwimmbrille über den Kopf.

»Du siehst aus wie ein Glupschaugenmutant«, sagte ich.

DJ führte einen Alientanz auf, um den Eindruck noch zu verstärken. Er tanzte den ganzen Weg bis zum Rand des Stegs und warf sich dort auf den Bauch. »Komm schon«, sagte er.

Ich legte mich neben ihn und setzte die blaue Brille auf.

»Coo.Ler.Look.Mu.Tant«, sagte er mit Roboterstimme.

»Mutanten reden nicht wie Roboter«, erwiderte ich. »Es sei denn, sie *sind* Roboter.«

DJ beugte sich weit über den Rand des Stegs. Wenige Zentimeter unter seiner Nase spiegelte sich die Wasseroberfläche. Mit einem leisen *Platsch* verschwand sein Kopf im See. Als er wieder hochkam, schüttelte er sich wie ein Hund.

»Auf keinen Fall«, sagte ich. »Das mache ich nicht.«

Er zuckte mit den Achseln. »Wenn du meinst. Aber denk mal drüber nach: So kannst du dir alles ganz genau anschauen, während dein Körper auf festem Boden liegt. Das ist ertrinksichere Forschung. Danach weißt du wenigstens, was da unten los ist.«

Neugierig war ich ja schon irgendwie.

»Außerdem trägst du doch schon diese todschicken Schwimmflügel. Wie sicher soll es noch werden?«

»Ich weiß nicht ...«

»Halt dir die Nase zu«, sagte er. »Das hilft.«

Mit einer Hand hielt ich mir die Nase zu, mit der anderen krallte ich mich am Steg fest und starrte in den Thunder Lake. *Positiv denken, positiv denken. Maddy, die nett zu mir ist. DJ, der auf einen Baum klettert.* Ich tauchte ab. Mein Kopf fühlte sich seltsam schwerelos an. Sofort setzte ich mich wieder auf und schnappte nach Luft.

»Alles in Ordnung?«, fragte DJ.

Ich nickte.

»Hast du was gesehen?«

Ich schüttelte den Kopf. »Ich habe vergessen, die Augen aufzumachen.« Ich spürte den Steg unter mir. Er gab mir Halt. »So schlimm war es gar nicht.«

Ich atmete tief ein und versuchte es noch einmal. Dieses Mal blieb ich länger unten und öffnete die Augen. Sehen konnte ich nichts. Nur trübes, braunes Wasser. Beim dritten Mal gewöhnte ich mich an die verschleierte Sicht. Ich entdeckte grüne Algen am Boden, und DJ deutete auf einen Schwarm kleiner Fische, die alle in die gleiche Richtung schwammen.

»Pfrillen«, sagte er, als wir unsere Köpfe wieder aus dem Wasser zogen.

Im Endeffekt gab es gar nicht viel zu sehen. Nur noch mehr Pfrillen. Mehr Algen. Sand. Und Steine. Es war nicht einmal annähernd so unheimlich, wie ich erwartet hatte. Jedes Mal, wenn ich den Kopf unter Wasser tauchte, fühlte ich mich ein bisschen unbeschwerter, glücklicher und stärker. Der Thunder Lake erschien mir recht harmlos. Bis ein dunkler Fisch, so groß wie mein Fuß, in Sicht kam. Ich erschreckte mich so sehr, dass ich Wasser schluckte und hustend wieder auftauchte.

»Das ist bloß ein Saugkarpfen«, sagte DJ.

»Beißt der?«

Er lachte. »Alle Fische in diesem See halten dich für ein riesiges Monster, das sie verschlingen will. Die werden dich nicht beißen. Guck mal.«

Wir tauchten wieder ab. DJ streckte den Arm in Richtung des Karpfens und winkte. Der Fisch schoss davon, um sich in einiger Entfernung hinter einem großen Steinhaufen in Sicherheit zu bringen. Im trüben Wasser war es schwer, etwas zu erkennen, doch der Haufen sah nicht aus, als läge er zufällig dort. Die grauen Steine kamen mir bekannt vor. Sie waren uneben, oval und ordentlich zu einem hüfthohen, runden Wall aufgeschichtet. Etwas Elastisches, Längliches, vielleicht eine Schnur oder ein Tau, schlängelte sich in der Nähe am Boden. Ich ließ meinen Blick darübergleiten, um herauszufinden, wohin es führte. Das Tau lief parallel zu einem langen, dünnen Schlauch, der aus dem Steinwall kam. Beide erstreckten sich bis in die tiefe Mitte des Sees, wo sie sich in der Dunkelheit verloren. Ich setzte mich auf.

»Ertrinksichere Forschung!«, rief DJ, zog sich die Schwimmbrille vom Kopf und fuchtelte mir damit vor der Nase herum. Ringförmige Abdrücke verliefen um seine Augen, wie bei einem Waschbären. »Ich bin ein Genie!«

»Du hast es also auch gesehen?«

»Wie schnell er weggeschwommen ist? Ja, ich hab dir doch gesagt, du bist ein Monster.«

»Nein, ich meine ... warte.« Eine Wolke schob sich vor die Sonne, eine kühle Brise fegte über den Thunder Lake. Ich zitterte, als ich ein letztes Mal abtauchte. Ohne den Sonnenschein war der See noch trüber als zuvor. Sosehr ich die Augen auch zusammenkniff, erkannte ich dieses Mal nur die wogenden Wasserpflanzen und einige Schemen.

»Was hast du gesehen?«, fragte DJ, als ich hochkam und nach Luft schnappte.

Ein Teil von mir hätte am liebsten »nichts« gesagt. Und das wäre nicht einmal gelogen gewesen, denn solange sich die Sonne hinter den Wolken versteckte, gab es da unten nichts zu sehen. Was bedeutete, dass doch noch alles wahr sein konnte. *Fischschwanz – nicht abschließend geklärt. Schwimmt weit. Kann unter Wasser atmen – Methode ungewiss.*

Vielleicht …

Doch obwohl es bedeuten würde, die Magie, das *Vielleicht* und womöglich sogar Maddy Quinn aufzugeben, konnte ich mir nicht weiter in die eigene Tasche lügen. Ich wusste, was ich gesehen hatte.

»Einen Luftschlauch«, sagte ich.

26

Floss-Mädels kennen kein Vielleicht

Ich stieß die Fliegengittertür auf und ließ meinen Rucksack auf den Boden fallen. Mann, war ich dumm! Schlimm genug, dass ich an die Boulay-Meerjungfrau *geglaubt* hatte! Doch was sollte ich jetzt am Montag tun? Beim Schwimmkurs auftauchen und sagen: *Hey, Leute. Wisst ihr noch, diese Sache mit der Meerjungfrau? Das war nur Spaß! Lustig, oder?* Das würde Maddy Quinn mir nie verzeihen. Da konnte ich genauso gut gleich einsehen, dass es keinen Zweck mehr hatte. Vermutlich war es einfacher, den Schwimmkurs zu schwänzen und mich ab jetzt in der Hütte zu verbarrikadieren, bis Mom genügend Geld gespart hatte, damit wir abreisen konnten.

»Anthoni Marie Floss! Wie lautet die einzige Regel, an die du dich diesen Sommer halten solltest?«

Meine Haare waren klitschnass und hatten inzwischen auch die Schultern meines T-Shirts durchtränkt. Kein Wunder, dass Mom so in die Luft ging.

»Mom, ich war nicht ...«

»... nicht im Wasser? Sondern hast geduscht, oder was?« Sie kochte vor Wut. »*Eine* Regel, Anthoni! Ich habe nur eine einzige Regel aufgestellt!«

Das brachte mich völlig aus dem Konzept. Mom rastete fast nie aus, und wenn doch, dann nicht meinetwegen. Schnell versuchte ich, es ihr zu erklären: »Ich war nicht ganz im Wasser. Nur mein

Kopf. Mit Schwimmbrille. Und Schwimmflügeln. Da konnte gar nichts passieren.«

Ich setzte mich an den Picknicktisch. Darauf verstreut, zwischen halb vollen Bechern Limonade, lagen angebrochene Paletten Lidschatten und der Papierkram von Moms BienenBeauty-Party.

»Guck mich an, wenn ich mit dir rede«, sagte Mom. »Dein Kopf? Im See? Und weiter?«

Während ich ihr von der Schwimmbrille und allem erzählte, schielte ich immer wieder auf das Bestellformular. Darauf standen ein Honigmäulchen-Lippenstift für zehn Dollar fünfzig und ein Honigpokus-Anti-Pickelstift für fünfzehn Dollar. Das machte zusammen satte fünfundzwanzig Dollar fünfzig. Wahrscheinlich deckten die nicht einmal die Kosten für die Pröbchen, die die Gäste mit nach Hause genommen hatten. Die Spalte für Arbeitsbienen-Interessentinnen war komplett leer.

»Anthoni, hörst du mir überhaupt zu?«

»Hörst du *mir* zu? Ich war mit dem Kopf unter Wasser! Ich dachte, du würdest dich für mich freuen.«

Mom sah aus, als wäre sie hin- und hergerissen und nicht sicher, ob sie mich nun anschreien sollte oder nicht.

»Ich freue mich ja, dass du deine Angst überwunden und den Kopf ins Wasser gehalten hast, Anthoni. Wirklich.« Sie biss sich auf die Lippe. »Aber ich muss mich darauf verlassen können, dass du das Richtige tust, auch wenn ich nicht bei dir bin.«

Ihre Wortwahl ließ mich aufhorchen. Natürlich meinte sie damit so etwas wie: »wenn ich nicht bei dir bin, weil ich gerade einkaufen bin«. Aber ich musste sofort an die Geschichte von DJs Mutter denken – und die von Charlotte Boulay.

»Es tut mir leid«, sagte ich.

Mom setzte sich neben mich auf die Bank. »Ich würde es nicht ertragen, wenn dir etwas zustoßen würde. Ganz besonders heute nicht.« Sie schloss die Augen und rieb sich die Stirn. Drei Tränen liefen ihr über die Wangen.

Ich war wie vom Donner gerührt. Mom weinte sonst nie, vergoss nie eine einzige Träne. Niemals.

»Im Ernst«, sagte ich. »Es tut mir leid.«

Noch eine Träne.

»Es geht mir gut. Mir ist nichts passiert, ich schwöre es. Guck.« Ich zappelte albern mit den Armen, um ihr zu zeigen, dass ich zu hundert Prozent funktionstüchtig war.

Mom rieb sich die Augen. »Es geht nicht nur darum.«

Ich warf noch einen Blick auf das Bestellformular. »Noch sind es drei Tage bis Monatsende. Wenn du hart genug arbeitest, könntest du Mrs Quinn doch überzeugen. Und das würde für den Bonus reichen.«

Mom legte mir eine Hand aufs Knie. »Das wird nicht klappen, Schätzchen.«

»Mom! Negatives Denken ...«

»Ich habe einen Anruf von einer der Wächterbienen erhalten«, sagte sie. »Wenn ich mein Team nicht wieder auf Kurs bringe, werde ich zur Arbeitsbiene degradiert.«

Degradiert. Ich hörte das Wort, ließ es aber nicht an mich heran. Es schwebte in sicherer Entfernung über meinem Kopf. Ich durfte gar nicht daran denken, ob die letzten fünf Jahre womöglich völlig umsonst gewesen sein könnten.

Mom wischte eine Träne fort und lächelte kläglich. »Ich muss meinen Job besser machen. Ich hätte mich weiter auf unser Ziel konzentrieren sollen, statt uns hierher zu bringen. Ich dachte, wir würden Zeit gewinnen. Aber du bist so unglücklich, und ich ...«

Sie hickste und schniefte und verlor nun vollends die Fassung.

»Ich bin nicht unglücklich«, sagte ich. »Mir gefällt es hier.« Überrascht stellte ich fest, dass es stimmte. Mir gefiel es wirklich. Ich mochte das Showschiff-Resort. Es war zwar ziemlich verwaist und ein bisschen unheimlich, aber auch faszinierend und aufregend. Mom hatte recht gehabt. Sogar ohne Magie und Meerjungfrauen herrschte hier eine ganz spezielle Atmosphäre. Wenn ich so darüber nachdachte, war es der erste Ort, der sich ein bisschen nach zu Hause anfühlte.

»Du musst das nicht sagen.« Sie schniefte. »Aber wie auch immer – am Donnerstag reisen wir ab, okay?«

Ich richtete mich kerzengerade auf. »Donnerstag? Das ist in zwei Tagen.«

»Ich weiß. Erst wollte ich morgen schon los, aber noch so eine Nacht-und-Nebel-Aktion verkrafte ich nicht.«

»Dann ist das ganze Geld futsch. Wir sind doch nicht mal drei Wochen hier gewesen.«

»Ich habe vorhin mit Charlotte gesprochen. Sie wird uns die Hälfte zurückzahlen. Dir zuliebe. Du scheinst einen ziemlich guten Eindruck hinterlassen zu haben, als du ihr die Pröbchen gebracht hast.«

Alles schien aus dem Ruder zu laufen. Die Mom, die ich kannte, würde drei Tage vor Monatsende das Handtuch werfen. Sie würde einen Plan fassen, ein paar Nachtschichten einlegen und tun, was zu tun war.

»Wir können nicht zu Mr Li zurück«, sagte ich. »Er könnte …« Ja, was könnte er tun? Uns anzeigen? Mom ins Gefängnis bringen, weil sie die Miete nicht bezahlt hatte? Auf einmal fiel mir das Atmen schwer – als würde ich immer mehr Wasser schlucken und könnte es nicht mehr ausspucken.

»Wir fahren nach Chicago«, sagte Mom. »Kimmy meinte, wir

könnten erst mal bei ihr bleiben. Meine fleißigsten Arbeitsbienen wohnen dort. Es ist die beste Gelegenheit, unser Team wieder auf den richtigen Weg zu bringen.«

Obwohl ich nicht weinen wollte, füllten sich meine Augen mit Tränen. Noch vor wenigen Minuten hatte ich mir vorgestellt, wie ich den Schwimmkurs schwänzen und mich in der Hütte verstecken würde, bis wir endlich hier wegkamen. Aber beim Gedanken, das Showschiff tatsächlich zu verlassen, legte sich bei mir ein Schalter um. Ich wollte bleiben. Unter allen Umständen.

»Du warst doch diejenige, die hierherkommen wollte«, sagte ich. Tränen lösten sich aus meinen Augenwinkeln – eine für jedes Versprechen, das sie mir gegeben und nicht gehalten hatte. »*Du* hast gesagt, dass das Showschiff ein magischer Ort ist. Dass wir nur positiv denken und uns an den Plan halten müssen.«

»Vielleicht ist nicht jeder Plan es wert, an ihm festzuhalten!«, sagte Mom gereizt. Sie stand auf und ging zum Fenster. »Vielleicht muss man einfach wissen, wann man aufgeben sollte.«

Aufgeben?

»Und was ist mit ›Floss-Mädels kennen kein Vielleicht‹? Du hast gesagt, du kriegst das alles wieder hin!«

»Anthoni, ich muss mich um mein Team kümmern.«

Einen Moment lang fühlte ich mich wie unter Wasser, mit DJs enger Schwimmbrille um den Kopf, mit Pfrillen und Algen und verschwommener Sicht. Das Blut rauschte und pochte in meinen Ohren, während ich den Atem anhielt. Hörte sie sich eigentlich selbst zu? Ihr *Team*?

»Und wer kümmert sich um *mich*?«, schrie ich. Heiße Tränen rannen mir übers Gesicht. »Vielleicht hast du es noch nicht gemerkt, aber ich habe keine Freunde! Null! Nicht mal mehr Opa habe ich, weil *du* ihn ins Heim gesteckt hast. Was ist, wenn dir etwas passiert? Ich hätte dann niemanden mehr. *Niemanden. Auf der ganzen Welt!* Hast du dir *darüber* mal Gedanken gemacht?«

Worte und Tränen strömten aus mir heraus, als hätte sich eine Schleuse geöffnet, und nun ließ sich die Flut nicht mehr stoppen. Ich spürte, wie meine Hand das Bestellformular zerknüllte und ich es nach ihr warf.

»Du hast Mr Li beklaut!«, schrie ich. »Von wegen Umweg und Zeit gewinnen. Du bist bloß eine gemeine Diebin!«

Mom zuckte zusammen, als hätte ich ihr eine Ohrfeige verpasst. Ich wandte mich ab, damit ich nicht mit ansehen musste, wie sehr sie das verletzt hatte. Allerdings brachte Geschrei bei Mom rein gar nichts. Es machte sie nur noch sturer. Sie strich sich die Haare zurecht und straffte die Schultern. Ihre Tränen waren versiegt.

»Anthoni, mein Entschluss steht fest«, sagte sie beherrscht. »Unser nächstes Ziel ist Chicago. Und jetzt ändere bitte deine Einstellung und fang an zu packen.«

Ich warf mir den Rucksack über die Schulter. Mein ganzes Leben hatte Mom ständig gesagt: Wenn man erfolgreich sein will, muss man sich einen Plan zurechtlegen und den Mumm haben, ihn durchzuziehen – ganz egal, wie schwer es ist. Aktuell schien sie selbst nicht mehr daran zu glauben. Oder ihr fehlte einfach der nötige Mut. Aber den hatte ich! Ich würde es anders machen. Ich war nicht den ganzen Weg hierhergekommen, um kurz vor Schluss aufzugeben.

Ich marschierte hinaus und knallte die Fliegengittertür hinter mir zu. Meerjungfrau hin oder her – ich hatte einen Plan und an den würde ich mich halten.

27

Willkommen im Showgeschäft

Ich ging zum Schwarzbären, weil ich hoffte, DJ würde gerade seine Steine sortieren, aber leider war niemand da. Der Holzbär wirkte untröstlich.

»Schon okay, Kumpel«, sagte ich und tätschelte ihm den Kopf. So standen wir eine Zeit lang da und beobachteten ein Eichhörnchen auf einem hohen Ast, das uns laut ankeckerte. Ich versuchte mir Chicago ins Gedächtnis zu rufen. Als wir das letzte Mal dort gewohnt hatten, war ich sieben gewesen. Alles, woran ich mich nun erinnerte, war die Lolli-Tapete in unserem Badezimmer. Ich fragte mich, wie unser neues Bad wohl aussehen würde und ob in unserem Wohnhaus Gleichaltrige wären. Dabei wurde ich allein bei dem Gedanken, eine neue Kandidatenliste schreiben zu müssen, müde.

Das Eichhörnchen begann, mich mit Eicheln zu bewerfen, und so überließ ich den Bären seinem Schicksal und machte mich auf den Weg über den Pfad zum Hotel.

Noch bevor ich aus dem Wald trat, hörte ich die Musik.

An der Rezeption war niemand. Doch hinter dem drehbaren Bücherregal schmetterte eine Frau: »I'm always chasing ra-a-a-ainbows.«

»Hallo?« Meine Stimme wurde durch das Lied übertönt.

Erst als ich das Zimmer schon halb durchquert hatte, fiel mir auf, dass sämtliche Bilderrahmen, die DJ und ich abgestaubt und in Kartons gepackt hatten, wieder an der Wand hingen. Froschmann, Stepptänzer und Hula-Mädchen – jedes Foto war an seinen alten Platz zurückgekehrt.

Die Gesangseinlage endete und ein Mann fing an zu sprechen. Ich drückte gegen das Bücherregal und trat durch die Drehtür in die noble Lounge des Showschiffs. Charlotte Boulay hatte es sich auf einer der Sitzgruppen in der Mitte bequem gemacht und starrte gebannt auf eine Leinwand über der Bühne, auf der in voller Lautstärke ein Schwarz-Weiß-Film lief.

»Hallo?«, brüllte ich. Charlotte legte einen Finger an die Lippen und winkte mich heran, ohne die Augen von der Leinwand abzuwenden. Ihre Füße verschwanden unter einem langen seidenen Bademantel und um ihr orangefarbenes Haar hatte sie einen Turban aus Seidentüchern gewickelt.

»Das ist meine Lieblingsstelle«, raunte sie vernehmlich, als ich neben ihr auf das halbmondförmige Sofa rutschte. Im Film saß ein älterer Herr an einem Klavier, daneben stand ein Mädchen im Teenageralter mit sorgfältig frisierten Löckchen. Um sie herum diskutierte eine blonde Frau mit zwei Männern.

»Das ist Judy Garland«, erklärte Charlotte, den Blick immer noch auf die Leinwand geheftet. »Sie ist jahrelang mit ihrem Vater auf Vaudeville-Bühnen aufgetreten und wünscht sich jetzt einen Solo-Auftritt in der großen Show ›Mädchen im Rampenlicht‹.«

Einem der Männer gefiel ihr Gesang offensichtlich nicht. Seiner Meinung nach wollte das Publikum etwas anderes hören.

»Und jetzt pass auf«, flüsterte Charlotte. »Sie wird es noch einmal singen, aber auf ihre Art, nicht auf die ihres Vaters.«

Das Mädchen hob erneut an, diesmal jedoch langsamer. Aus dem schwungvollen Lied über jemanden, der Regenbogen nachjagte, wurde ein sentimentales Lied – über Träume, die man verfolgte, die aber nie in Erfüllung gingen. Es klang wunderschön.

Als der Song zu Ende war, richtete Charlotte die Fernbedienung auf die Leinwand und drückte auf Pause. »Tolle Szene, oder?«, fragte sie entzückt.

»Ja.«

Charlotte beugte sich zu mir herüber und musterte mich. »Harten Tag gehabt? Du wirkst ein bisschen bedröppelt.«

So fühlte ich mich auch. Mir tat der Hals weh und meine Augen waren geschwollen und brannten.

»Ich war mit dem Kopf im See«, erwiderte ich. »Zum ersten Mal. Vorher hatte ich zu viel Angst davor. Panische Angst, um genau zu sein.« Es tat gut, es auszusprechen.

»Gut gemacht.« Charlotte nickte anerkennend.

»Danke.«

»Ich nehme an, du bist wegen der Geschenke gekommen?«

Fast hätte ich die Steine aus Atlantis und die Fotos vergessen. »Wollten Sie sie nicht behalten?«, fragte ich.

»Ihr beide seid ein tolles Publikum, Kleines. Bei dir sind die Bilder in guten Händen. Sieh es als eine Art Dankeschön.«

»Wofür?« DJ und ich hatten ihr nichts als Ärger bereitet. Wir waren in den Schwarzbären eingebrochen, hatten Tee auf ihrem Fußboden verschüttet und ihr erneut die Last der Vergangenheit aufgebürdet.

»Für eure Hilfe, ein bisschen Ordnung ins Chaos zu bringen.«

»Aber Sie haben doch alle Fotos wieder aufgehängt!«

»Stimmt«, sagte sie. »Ohne sie habe ich mich einsam gefühlt. Es ist schwierig, der Vergangenheit Lebewohl zu sagen, wenn sie alles ist, was einem bleibt.«

»Aber Sie haben doch das Hier und Jetzt, oder etwa nicht?«

Sie hob eine Augenbraue. »Theoretisch ja.«

Ich betrachtete die leeren Sitzgruppen in der Showschiff-Lounge und versuchte mir vorzustellen, wie es hier ausgesehen haben mochte, als Charlotte noch ein Kind gewesen war. Bestimmt hatten sich immer viele Menschen hier eingefunden, getanzt und Cocktails getrunken, während Selina Boulay auf der Bühne gesungen hatte. Damals hätte Charlotte wohl nie gedacht, dass sie eines Tages, Jahre später, allein hier sitzen würde.

»Haben Sie sich jemals mit Ihrer Mom angelegt?«, fragte ich.

»Was meinst du damit? Ob ich handgreiflich geworden bin? Für wen hältst du mich?«

»Nein. Ich meine, gestritten. Mit Worten. Haben Sie jemals schreckliche Dinge zu ihr gesagt, die Sie nicht mehr zurücknehmen konnten?« Meine Stimme klang dünn.

Charlotte seufzte schwer. Dann sagte sie so lange nichts, dass ich schon dachte, sie hätte mich vergessen. Doch plötzlich schlug sie mit der flachen Hand auf den Tisch und erschreckte mich fast zu Tode.

»Weißt du, was, Kleines? Ich verrate dir jetzt ein dunkles Geheimnis. Vorausgesetzt, du willst es hören?«

»Klar«, sagte ich und beugte mich weiter vor. Es war vollkommen abwegig, und trotzdem erwartete ich, sie würde gleich alles zugeben. Ich fragte mich, ob sie mir ihren Fischschwanz vorführen würde und ob er glitschig oder rau wie Schlangenhaut war.

Charlotte senkte den Blick. Selbst im schwachen Schein der Leinwand erkannte ich die Äderchen auf ihren Augenlidern.

»Als ich in deinem Alter war, bin ich aus der Show ausgestiegen. Ich habe meiner Mom gesagt, ich würde Vaudeville hassen – was nicht stimmte. Ich liebte es.«

»Oh.« Enttäuscht lehnte ich mich zurück.

»Das ist aber noch nicht das Geheimnis.«

Langsam rückte ich wieder näher und wartete. Ihre Hand zitterte. Sie presste sie an ihre Lippen. Natürlich war mir klar, dass sie womöglich nur schauspielerte. Sie konnte jeden Moment in lautes Gelächter ausbrechen oder rufen: »Ha, reingefallen!« Doch das tat sie nicht.

»Ich bin ausgestiegen, weil ich dachte, meine Mom liebt die Show mehr als mich«, sagte Charlotte. »Kannst du dir vorstellen, wie sich das anfühlt?«

Konnte ich.

»Im Streit habe ich ihre Haarspange in den See geworfen.«

Ich nickte. Eine Sternenspange mit einer Meerjungfrau in der Mitte. Genau wie die, die Maddy in ihrem Schrankzimmer aufbewahrte. Allerdings klang das alles noch nicht nach einem dunklen Geheimnis.

»Wir könnten danach suchen«, bot ich an. »Was, wenn sie an Land gespült wurde? Wenn irgendjemand sie gefunden hat und sie Ihnen zurückgeben könnte?« Jemand ganz Bestimmtes.

Charlotte schüttelte den Kopf. »Das ist lieb von dir, Kleines«, sagte sie. »Ich hätte sie wirklich gerne zurück, aber sie ist bloß ein *Gegenstand*. An jenem Tag habe ich weit mehr verloren als eine Haarspange.«

Ich hakte nicht nach, denn ich wusste, was sie meinte. Sie redete von Selina Boulay.

»Offiziell heißt es, meine Mutter sei während der Proben vom Kurs abgekommen und deswegen ertrunken«, erzählte Charlotte. »Aber ich kenne den wahren Grund. Sie hat nach der Spange gesucht. Es war meine Schuld! Und ich hatte nie die Chance, ihr zu sagen, wie leid es mir tut.«

Charlottes Augen füllten sich mit Tränen, aber sie weinte nicht.

Sie saß einfach nur da und sah ungeheuer traurig aus. Auch ich spürte schon wieder einen Kloß im Hals und bereute, dass ich weggerannt war. Dass ich Mom angeschrien hatte.

»Sie müssen sie sehr vermissen«, sagte ich.

Charlottes Augen wurden noch feuchter. Wenn sie jetzt anfing würde zu heulen, könnte auch ich mich nicht zurückhalten, also plapperte ich weiter.

»War sie gut?«, fragte ich. »Auf der Bühne?«

Charlotte schniefte und richtete den Blick zur Decke. »Sie war grandios«, erwiderte sie. »Ein echter Star. Das muss man erlebt haben! Die Stimmung, die Lacher aus dem Publikum, der Applaus. Vor jeder Show pflegte meine Mom zu sagen: ›Nur Mut, Charlie – wir reißen sie mit!‹«

»Ihre Mom hat dich Charlie genannt?«

»So wahr ich hier stehe.«

»Ich wünschte, ich hätte es sehen können. Vaudeville, meine ich.«

»Kleines, wir haben den Leuten Dinge gezeigt, die sie sich in ihren kühnsten Träumen nicht ausgemalt hätten.«

Charlottes Hand hatte aufgehört zu zittern und allmählich kehrte die Farbe in ihr Gesicht zurück. Da kam mir ein Gedanke.

»Was, wenn Sie alles noch einmal erleben könnten?«, fragte ich.

Sie gluckste. »Zusammen mit der Euphorie und Energie meiner Jugend? Im Austausch wogegen? Wünsche können gefährlich sein, Kleines.«

Die Ideen wirbelten nur so durch meinen Kopf und fügten sich zu einem Plan zusammen – einem enorm vielversprechenden Plan.

»Ich glaube, ich kann Ihnen Ihre Haarspange wiederbeschaffen«, sagte ich. »Auch wenn es nur ein *Gegenstand* ist, wäre es nicht toll, sie zurückzubekommen? Als Erinnerung an Ihre Mom?« Ich schlug mit der flachen Hand auf den Tisch, wie zuvor schon Charlotte. »Sie müssen nur Ihre Nummer noch mal bringen!«

Ihr Lächeln schwand. »Meine Nummer? Welche denn? Ich habe doch …«

»… Millionen davon auf Lager, ich weiß. Ich spreche von der Meerjungfrauennummer.«

Wir sahen uns an.

Charlotte schüttelte den Kopf und ließ die Füße vom Polster auf den Boden sinken. »Das wird nicht klappen. Die Requisiten wurden alle abgebaut.«

»Aber der Luftschlauch ist noch da. Und Sie können doch bis zur Mitte des Sees schwimmen, ohne aufzutauchen, oder?«

Charlotte verengte die Augen. »Und was genau hast *du* davon?«

»Da gibt es dieses Mädchen. Maddy«, sagte ich. »Ich habe versprochen, ihr eine Meerjungfrau zu zeigen, und wenn ich das schaffe, wird sie vielleicht meine wahre Freundin fürs Leben.« Laut ausgesprochen klang es irgendwie albern. Ich spürte, wie mein Gesicht DJ-rot anlief.

»Die Suche nach wahrer Freundschaft geht also in die nächste Runde, trotz meiner gut gemeinten Warnung.« Charlottes Mundwinkel zuckten. Nicht, als würde sie sich über mich lustig machen, sondern als wüsste sie, warum es mir so wichtig war – als könnte sie mich verstehen. »Also gut«, sagte sie. »Sprich weiter.«

»Wir ziehen ständig von Stadt zu Stadt«, sagte ich. »Und sobald ich einen Ort verlasse, ist es, als wäre ich nie da gewesen.«

Charlotte schwieg, also fuhr ich fort.

»Mir gefällt es hier, und selbst wenn das mit Maddy nicht funktionieren sollte, will ich wenigstens einen Abgang mit Knalleffekt. Damit mich niemand vergisst.«

»Ein Abgang mit Knalleffekt. Das klingt gut. Würde mir auch gefallen.«

Charlotte schloss die Augen. Dann schlug sie sie wieder auf und sagte: »Okay, und jetzt probiers noch mal.«

»Was?«

»Es mir zu verkaufen, als wäre es dir ernst damit. Einen Versuch hast du noch.« Sie zwinkerte mir zu.

Ich grinste, rutschte vom Sitz und stellte mich in den Schein des noch immer angehaltenen Films.

»Das hier«, hob ich an, »ist bei Weitem die wichtigste Entscheidung, die Sie in Ihrem Leben je treffen werden. Sie bekommen die einmalige Gelegenheit, die großartigste, atemberaubendste und nervenzerreißendste Show der Menschheitsgeschichte auf die Beine zu stellen!« Ich fuchtelte wild mit den Armen, während ich um Worte rang. »Wollen wir nicht alle ein bisschen Magie in die Welt hinaustragen?«

Dann kam mir ein wirklich genialer Einfall. »Nur Mut, Charlie!«, rief ich. »Wir reißen sie mit!«

Charlotte Boulay rieb sich die Hände. »In einer solchen Nummer steckt eine Menge Arbeit. Wir brauchen einen Ansager und einen Beleuchter. Kriegst du das hin?«

»Logisch.«

»Und du kommst auch zu den Proben?«

»Ja!«

»Und machst, was man dir sagt? Ohne Widerrede?«

Das klang bedeutend weniger verlockend, trotzdem stimmte ich zu.

»Ach, was solls! Ich bin dabei. Ein letztes Hurra. Eine letzte Zugabe. Wir werden sie so richtig vom Hocker reißen!« Sie streckte mir ihre Hand entgegen.

Ich ergriff sie. Ihre zarten, knochigen Finger schlossen sich um meine. Dann schüttelte sie so doll, dass sich mein ganzer Arm auf und ab bewegte.

»Willkommen im Showgeschäft, Kleines.«

Für etwa dreißig Sekunden schwebte ich wie auf Wolken. Dann allerdings fiel mir *Moms* Plan wieder ein: Auf zu neuen Abenteuern.

»Da ist noch etwas«, sagte ich. »Ich brauche Ihre … äh … deine …«

Charlotte nickte aufmunternd.

»… Hilfe. Um jemandem was zu verkaufen.«

28

Sieben spektakuläre Tage, die dein Leben verändern

Auf dem Weg zurück zum Kanadareiher hörte ich Mom nach mir rufen. Sie war unten am Steg, ließ den Blick übers Ufer schweifen und wusste nicht, wohin mit ihren Händen. Ich war nicht sicher, wie ich mich verhalten sollte. Ich hatte ein entsetzlich schlechtes Gewissen wegen allem, was ich ihr an den Kopf geworfen hatte. *Gemeine Diebin*. Ob sie noch sauer war? Ich setzte mich auf den obersten Absatz der Tribüne.

»Mom, ich bin hier.«

Sie sagte keinen Ton, kam nur auf mich zu und nahm mich in den Arm. »Ich habe dich überall gesucht. Weißt du, was für Sorgen ich mir gemacht habe?«, fragte sie und löste die Umarmung. Sie sah furchtbar aus. Ihre Augen waren ganz verquollen.

Ich zupfte ihr einen Zweig aus den Haaren. »Es tut mir leid.« Ich wusste nicht, was ich sonst hätte sagen sollen.

»Mir auch.«

In der Bucht, nah am Ufer, schwamm eine Entenfamilie und fischte mit den Schnäbeln im trüben Wasser. Ein Entenjunges strampelte angestrengt hinter den anderen her.

»Du hattest recht«, sagte Mom. »Ich habe Entscheidungen getroffen, die dir das Leben schwer gemacht haben. Mir war nicht klar, wie einsam du dich fühlen musst. Ich habe dir viel zugemutet. Mit BienenBeauty. Und mit Opa.«

Das Entenjunge tauchte den Kopf ins Wasser und kam mit einem Schnabel voller Algen wieder hoch.

»Das war dir gegenüber nicht fair. Ich sollte nicht die einzige Person in deinem Leben sein.«

»Ja. Aber ich bin froh, dass ich dich habe.«

Mom legte einen Arm um mich. »Vergiss den Spruch ›Floss-Mädels halten sich immer an den Plan‹. Wir kommen schon klar – solange wir zusammenhalten.«

Ich nickte. »Das tun wir Floss-Mädels immer.«

Sie zog mich an sich, und ich sank in ihre warmen, nach Honig duftenden Arme. Mein Zuhause.

Nach dem Abendessen reichte ich Mom einen Stapel Papiere. Obenauf stand: *Antrag auf sieben Tage Verlängerung, von Anthoni Floss.* Wenn es nach Charlotte gegangen wäre, hätte der Titel *Sieben spektakuläre Tage, die dein Leben verändern* gelautet. Ich aber war der Meinung, dass wir mit einem sachlicheren Ansatz mehr Glück haben würden. Den ganzen Nachmittag hatten wir daran gearbeitet. Ich hatte Schaubilder, Checklisten und Aktionspläne erstellt. Charlotte hatte Adjektive und ein paar »nebulöse Zahlen« ergänzt.

»Die Leute lieben Statistiken«, hatte sie behauptet. »Die sind von Natur aus vertrauenerweckend.«

Ich spülte das Geschirr, während Mom sich durch das Exposé blätterte. Ich ließ sie in Ruhe, damit sie sich konzentrieren konnte, dennoch verfolgte ich gebannt ihre Reaktionen. An einigen Stellen lächelte sie, an anderen rieb sie sich die Stirn und seufzte. Dann lachte sie auf einmal laut auf.

»Was ist so lustig?«, fragte ich. Ich erinnerte mich nicht daran, irgendetwas Witziges mit aufgenommen zu haben.

»Nichts«, erwiderte sie. »Ich wusste nur nicht, dass neunundachtzig Prozent der Menschen, die sich am vierten Juli das Feuerwerk ansehen, angeben, sich in bester körperlicher Verfassung zu befinden.« Sie glitt mit dem Finger über die Seite. »Oder dass eine von vier Personen, die kurz vor einem Nationalfeiertag umzieht, unter schwerer Akne leidet oder in seltenen Fällen sogar Läuse bekommt.«

Ich wurde rot. Einige von Charlottes Zahlen waren nebulöser als andere. »Das sind nur Richtwerte.«

»Verstehe«, sagte Mom und las weiter. Als sie fertig war, legte sie die Papiere auf den Tisch und klopfte auf den Platz neben sich. Ich setzte mich.

»Und?«, wollte ich wissen.

»Du hast dir ganz schön Arbeit damit gemacht«, sagte Mom.

Ich nickte.

»Das scheint dir sehr wichtig zu sein.«

Wieder nickte ich.

»Ich muss zugeben: Abgesehen von ein paar fragwürdigen Statistiken sind deine Argumente vernünftig. Mehr Schwimmunterricht würde dir guttun. Und eine Woche mehr oder weniger wird meine Karriere weder retten noch zerstören. Realistisch gesehen werde ich über die Feiertage wohl ohnehin nicht viele Leute erreichen.«

»Genau«, sagte ich zustimmend. »Hast du meine Kosten-Nutzen-Analyse gesehen? Wenn wir jetzt fahren, machen wir mehr Verlust, als wenn wir bleiben.«

»Natürlich habe ich sie gesehen, und sie ergibt auch Sinn.« Sie blätterte sich erneut durch die Seiten. »Anders als zum Beispiel dieser Satz hier: *In einigen Ländern gilt die vorzeitige Beendigung eines Urlaubs als Verbrechen.* Von welchen Ländern ist denn hier die Rede?«

»Ich … Dafür müsste ich die Quellen noch mal durchgehen.«

»Hier ist mein Vorschlag: Wir bleiben und sehen uns das Feuerwerk an. Ich nutze die Tage, um Meetings zu organisieren und To-do-Listen für Chicago zu schreiben. Aber nach dem vierten Juli fahren wir los, und daran wird auch kein weiterer Antrag etwas ändern.«

Ich sprang auf und schlang ihr meine Arme um den Hals.

»Okay, okay, du musst mich nicht gleich erwürgen«, sagte Mom, drückte mich aber ganz fest und flüsterte mir ins Ohr: »Ich will mir das Feuerwerk ja eigentlich auch gern angucken.«

29

Holz hacken

Am nächsten Morgen hing eine Notiz an der Tür zum Schwarzbären.

ERSTE PROBE: 14:00 UHR AM STEG.

DJ kam fünf Minuten zu spät, und Charlotte hielt ihm eine Standpauke über Pünktlichkeit und die Faulheit der »Jugend von heute«.

»Ich bin doch jetzt hier!«, wandte DJ ein. »Dabei weiß ich nicht mal, aus welchem Grund.«

»Ruhm!«, donnerte Charlotte. »Du bist dem Ruf des Ruhms gefolgt! Ergreif die Chance! Bevor es zu spät ist!«

DJ warf mir einen verunsicherten Blick zu. Was hatte ich uns da nur eingebrockt?

Charlotte kramte in einer kleinen Truhe, die auf dem Steg stand, und zog einen Zylinder, einen Umhang und Teile einer Beleuchtungsausrüstung hervor.

»Was wird das hier?«, fragte DJ mich flüsternd.

Ich grinste. »Die Meerjungfrauennummer.«

DJ machte große Augen. »Echt jetzt? Wie kommts?«

Ich zögerte. Sollte ich ihm die Wahrheit sagen? Dass es alles zu einem ausgetüftelten Plan gehörte, der Charlotte ihre Haarspange zurückbringen und mir helfen würde, Maddy Quinn ihren Herzenswunsch zu erfüllen? Charlotte hatte Verständnis gezeigt.

Bei DJ war ich mir da nicht so sicher. Er mochte Maddy nicht und würde bestimmt nicht mit Übereifer an die Sache herangehen, nur damit ich bei ihr punktete.

»Keine Ahnung«, antwortete ich daher. »Weil es Spaß macht?«

DJ zuckte mit den Achseln. »Okay, bin dabei.«

Zwei Stunden später kommandierte Charlotte uns immer noch herum. »Los! Hopphopp! Zack, zack! Was seid ihr? Amateure?«

Charlotte klatschte in die Hände und DJ und ich sahen zu, dass wir auf unsere »Positionen« kamen. DJ bediente den Scheinwerfer, den wir im Gebüsch aufgebaut hatten, und ich drehte mich mit wehendem Umhang um und marschierte die Treppe zum Steg hinunter.

»Immer schön draufhalten, DJ! Immer drauf!«, rief Charlotte, obwohl er seinen Job ziemlich gut zu machen schien und mir auf Schritt und Tritt folgte. Nicht, dass wir es mit Sicherheit hätten sagen können. Es war mitten am Tag und daher unmöglich zu sehen, ob der Lichtkegel nun genau auf mich gerichtet war oder nicht. Charlotte war das egal. Dies sei schließlich nur ein Testlauf, meinte sie. Uns müsse der Bewegungsablauf in Fleisch und Blut übergehen.

»Meine sehr verehrten Damen und Herren«, begann ich, streckte beide Arme weit aus und verbeugte mich tief, was Charlotte mich schon sieben Mal hatte wiederholen lassen. »Gleich zeigen wir Ihnen etwas so Spektakuläres, so Wunderbares, dass Sie Ihren Augen nicht trauen werden.«

»Nennst du das etwa eine Ansage?«

Ich hob die Stimme. »Etwas so SPEKtakuläres, so WUNderbares …«

»Ja, genau *so*!« Sie hüpfte auf und ab.

Ich fuhr fort: »Die Boulay-Meerjungfrau ist ein seltenes

Geschöpf und entstammt den kristallklaren Gewässern der Südsee. Durch den hinterhältigen Angriff einer Seeschlange kamen ihre Eltern ums Leben, was sie schon in jungen Jahren zur Waise machte. Ihre Geschichte ist so traurig, dass sogar Bojen heulen.«

»Hier legst du eine Pause für die Lacher ein«, wies Charlotte mich an.

»Das ist aber überhaupt nicht lustig«, sagte ich.

»Bojen heulen? Heulbojen? Das ist einsame Spitze! Und jetzt rühr sie zu Tränen!«

»Stellen Sie sich das vor: Ein kleines Kind, sich selbst überlassen. Verstört. Hilflos. Mutterseelenallein.«

Charlotte schlug sich mit der flachen Hand an die Stirn. »Wie oft muss ich es noch sagen? Halte Blickkontakt. Verkauf es ihnen! VERSTÖRT, HILFLOS!« Sie schluchzte auf. »Reiß ihnen das Herz aus der Brust! Ich sags ja, es wäre viel einfacher, wenn du es singen würdest.«

Hier hätte mein Gesangspart einsetzen sollen, aber ich weigerte mich hartnäckig. Auf gar keinen Fall würde ich singen oder tanzen. Und es interessierte mich herzlich wenig, dass es ihr nicht packend genug war.

»VERSTÖRT! HILFLOS! MUTTERSEELENALLEIN!«, deklamierte ich.

»Besser. Und jetzt alles noch mal von vorn.«

DJs Aufgaben waren viel einfacher als meine. Er sollte die Notleine überwachen, an der Charlotte ziehen würde, falls irgendetwas schiefging.

»Reine Vorsichtsmaßnahme«, hatte sie erklärt. »Ist gesetzlich vorgeschrieben, aber eigentlich gar nicht nötig.«

Abgesehen davon hatte DJ nichts weiter zu tun, als mich anzuleuchten. Wenn ich zu dem Teil kam, in dem die Meerjungfrau von den Boulays gerettet und zum Thunder Lake gebracht wird, sollte er das Licht auf den Steg lenken, auf dem Charlotte sitzen würde. War sie erst im Wasser, zeigte eine Reihe von Zahlen auf dem Scheinwerfer, für welchen Trick er wie ausgerichtet werden musste. Nummer eins stand für ihr erstes Kunststück, Nummer zwei für das zweite, und so weiter. Eigentlich ziemlich einfach, trotzdem war Charlotte mit ihm genauso streng wie mit mir.

»Eins! Vier! Drei!«, schrie sie und vertauschte absichtlich die Reihenfolge, um zu testen, ob er aufpasste. Proben war wie Holz hacken, hatte sie gesagt. Um gut in etwas zu sein, musst du es oft tun – wieder und wieder und wieder.

Ihren eigenen Auftritt studierte Charlotte nicht ein.

»Ich bin die Hauptattraktion«, sagte sie. »Ich habe schon Holz gehackt, da waren eure Großeltern noch nicht mal geboren. Ich muss nicht üben. Ich muss nur einen Abgang mit Knalleffekt hinlegen. Nicht wahr, Kleines?«

Wir probten die ganze Woche lang, und am Sonntag gab Charlotte uns den Spielplan. Die Show sollte am vierten Juli über die Bühne gehen.

»Die Nummer wirkt dramatischer, wenn wir sie nach dem Feuerwerk aufführen. Dieser lichtersprühende Funkenregen am Himmel hat irgendetwas an sich, das die Leute an Magie glauben lässt. Kriegt ihr das hin?«

DJ und ich nickten. Hoffentlich.

»Gut. Wir treffen uns in unseren Kostümen am Steg, wenn das Spektakel vorbei ist. Versprecht ihr mir, dass ihr nicht zu spät kommt?«

Wir hakten unsere kleinen Finger ineinander und schworen es. Obwohl ich dem vierten Juli entgegenfieberte – schließlich warteten ein Feuerwerk, die Erfüllung eines Herzenswunsches und wahre Freundschaft auf mich –, war mir auch bewusst, dass wir am Tag danach abreisen mussten. Dann würde es keine Proben mehr geben, und keine verschrobene Charlotte Boulay. Vielleicht hatte Mom recht gehabt und das Showschiff-Resort war wirklich ein magischer Ort. Irgendwie musste ich in seinen Bann geraten sein. Warum sonst wollte ich so gern noch bleiben?

Nach der Generalprobe gingen DJ und ich zum Schwarzbären, um unsere Kostüme dort in den Schrank zu hängen.

»Meine Tante meinte, ich könnte dich und deine Mutter für das Feuerwerk zu uns einladen. Magst du Hotdogs?«, fragte er. »Oder Marshmallow-Sandwiches?«

»Die habe ich noch nie probiert.«

DJ griff sich ans Herz und fiel auf die Knie. »Du hattest noch nie ein Hotdog? Wie grausam!«

Ich lachte. »Ich meinte Marshmallow-Sandwiches.«

DJ sah mich entgeistert an. »Das ist ja noch schlimmer«, sagte er. »Also. Hast du Lust?«

»Ich frag mal meine Mom. Klingt auf jeden Fall nach einer guten Idee.«

DJ rappelte sich wieder auf und drückte mir einen seiner Steine in die Hand. »Ich dachte, du willst ihn dir vielleicht ausleihen. Für den Schwimmkurs morgen. Er bringt Glück.«

Ich drehte den Stein nachdenklich hin und her. Es war sein Lieblingsstein. Der Quarzit mit den Streifen und der scharfen Kante, den er mit seinen Eltern gefunden hatte. Er wollte ihn mir anvertrauen.

»Brauchst *du* ihn denn nicht?«

DJ bekam einen flammend roten Kopf. »Nein, schon okay. Verlier ihn nur nicht.«

»Werde ich nicht. Versprochen.«

DJ war schon fast zur Tür hinaus, da hielt er noch einmal inne. »Ich denke, sie ist *gut* seltsam, was meinst du?«

»Charlotte? Ja.«

»Sie scheint zu glauben, dass es wirklich ein Publikum geben wird. Also abgesehen von uns. Sie hat uns ja sogar das Wochenende proben lassen. Ist schon merkwürdig, oder? Wen würde sie denn einladen wollen?«

Maddy Quinn. Kurt. Julie. Fast hätte ich alles hinausposaunt und ihm die Wahrheit gesagt. Aber wir hatten so hart gearbeitet und ich war zu kurz vorm Ziel. Und ich wusste, DJ würde nicht für Maddy auftreten wollen. Wenn ich es ihm erzählte, tauchte er womöglich gar nicht erst auf. Dann wäre alles umsonst.

»Vielleicht gefällt ihr die ganze Aufregung?«, schlug ich vor.

»Ist ja auch egal. Es macht jedenfalls Spaß«, sagte DJ. »Also dann ... Bis Baldrian!«

An diesem Abend schlug ich mein Notizbuch auf und sah mir den Aktionsplan noch einmal genau an:

1. *Vielversprechende Kandidatinnen kennenlernen*
2. *Auswahl eingrenzen*
3. *Vertrauen schaffen*
4. *Den Herzenswunsch in Erfahrung bringen*
5. *Tun, was zu tun ist, und den Wunsch erfüllen!*

Ich las mir den Satz aus Moms Artikel durch: »So wird Ihre Kundin zu einer wahren Freundin fürs Leben – garantiert!«

Dann entfaltete ich Maddys Zeichnung von dem armen Fisch, dessen Herz von der gruseligen Meerjungfrau verspeist wird – was aber nur *ein* mögliches Ende war. Auf der anderen Seitenhälfte hatte der Fisch ein Herz aus Gold und eine wahre Freundin. Es hing alles davon ab, was als Nächstes passierte. Die Botschaft des Comics hätte nicht deutlicher sein können: Ich war eine vielversprechende Kandidatin. Maddy Quinn *wollte* meine Freundin sein. Sie wäre längst meine Freundin geworden, wenn ich nicht in ihrem Schrank herumgeschnüffelt und ihr Vertrauen missbraucht hätte. Wie sollte sie da auch wissen, ob ich es ernst meinte? Genau deswegen musste ich tun, was zu tun war, und ihr Vertrauen zurückgewinnen. Ich musste ihr beweisen, dass ich eine wahre Freundin war.

Ich schlug eine neue Seite in meinem Büchlein auf und entwarf eine Einladung:

KOMMET UND STAUNET
Über die Spektakuläre Boulay-Meerjungfrau!
Eine magische Begegnung, die ihr auf keinen
Fall verpassen dürft!!
4. Juli – NUR FÜR EINEN ABEND!!!!
Treffen nach dem Feuerwerk am Steg des Showschiffs
100%iges Erfolgserlebnis – GARANTIERT!!!!!!

Ich faltete die Nachricht zusammen und steckte sie zu DJs Quarzit und Joshs Schwimmflügeln in den Rucksack. Dann kletterte ich ins Bett und las einen Comic, in dem Wolverines früheres Ich zum zukünftigen Wolverine reist. Der ist schon alt, verliert allmählich seine Kräfte und weiß nicht, ob er auf dem richtigen Weg ist. Zum Schluss wird er trotzdem wieder zum Helden, weil sein jüngeres Ich bereit ist, alles zu geben, und sogar das Raum-Zeit-Kontinuum außer Kraft setzt und damit Treue beweist – bis zum bitteren Ende.

30

Schwimmkurs – Klappe, die dritte

Ich ließ Handtuch und Rucksack bei Mom liegen und marschierte schnurstracks aufs Wasser zu. Dabei versuchte ich so gut es ging zu ignorieren, dass mich alle anstarrten. Vor meinem inneren Auge stellte ich mir mich selbst an einem weitläufigen, menschenleeren Strand vor, völlig unbeobachtet ... Doch dann dachte ich: Stopp! Sollten sie doch gucken. Das war mein letztes Mal beim Schwimmkurs, und ich wollte es so richtig genießen.

Also rückte ich noch einmal die SpongeBob-Schwimmflügel zurecht und brachte DJs Taucherbrille in Position. Sie verlieh der ganzen Welt einen Blaugrün-Stich. Der Thunder Lake war fast lila, wie auf einer ausgeblichenen Fotografie, und die im Wasser umhertobenden Kinder wirkten durch ihre neue, blassblaue Hautfarbe ein bisschen kränklich.

DJ ausfindig zu machen war nicht schwer. Mit der schwarzen Tüte am Arm hüpfte er im seichten Uferbereich herum. Als er mich bemerkte, rannte er auf mich zu und spritzte meine Beine nass. »Du siehst aus wie eine Glupschaugen-Mutantin.«

Ich spritzte zurück. »Ach ja? Du siehst aus wie ein einarmiger Gorilla!«

DJ hob den eingepackten Arm in die Luft und rief: »Kaulquappen ... Attacke!«

Planschend stürmte eine Schar Kleinkinder auf mich zu.

Sie jagten mich durch das etwa hüfthohe Wasser, während DJ wie ein wild gewordenes Tier hinter ihnen auf und ab sprang.

»Schnappt euch die Glupschaugen-Mutantin!«, brüllte er. »Attacke!«

Der See war kalt, aber darum konnte ich mir gerade keine Gedanken machen. Ich war zu sehr damit beschäftigt, mir die kleine Zwergenarmee vom Hals zu halten. Zwischendurch schaute ich mir von DJ ab, dass es am meisten spritzte, wenn man die Finger dicht beieinanderhielt und mit der flachen Hand übers Wasser titschte. Ich machte es ihm nach, und *Wuuuuuusch*, bekam Josh eine Ladung ab. Er fuhr herum, lachte und fegte ebenfalls mit der Hand über die Oberfläche. Das gab eine ordentliche Fontäne.

»Nimm dies, Flosse!«, rief DJ. Er ging in Angriffsposition, streckte den gesunden Arm aus und ließ ihn einmal komplett übers Wasser sausen. Wie in Zeitlupe sah ich die riesige Welle auf mich zukommen, dann traf sie mich voll ins Gesicht. Ich wich zurück, stolperte, fiel. Mein Kopf war unter Wasser, dann berührte mein Po den Grund, bevor die Schwimmflügel mich zurück an die Oberfläche zogen. Alles ging so schnell. Im einen Moment sah ich Luftbläschen vor mir, im nächsten schnappte ich nach Luft und hörte DJ rufen: »Halt! Stopp! Alle aufhören!«

Er streckte mir die heile Hand hin. Die blauhäutigen Kaulquappen scharten sich um uns. Ich holte tief Luft. Überraschenderweise ging es mir gut. Ich hatte kein Wasser geschluckt und war nicht lange genug unter der Oberfläche gewesen, um Panik zu kriegen. Aber DJ sah furchtbar zerknirscht aus.

»Es tut mir so leid!«, stammelte er. »Ich wollte nicht ... ich habe nicht nachgedacht, ich ...«

Ich nahm seine Hand und ließ mir aufhelfen. Dann brüllte ich aus vollem Hals: »Alle auf den einarmigen Gorilla!«

Hinter Josh formierte sich die kreischende Kleinkinderarmee, und gemeinsam stürzten sie sich auf DJ. Wir rannten, schrien und lachten, bis Mrs Nesskis Trillerpfeife ankündigte, dass es losging. Während DJ seinen Arm aus der Mülltüte schälte, bemerkte ich Maddys Blick auf mir. Sie stand bei den anderen Hechten, und auf ihrem Gesicht lag ein seltsam verzerrter, blaugrün gefärbter Ausdruck. Selbst mit der Taucherbrille erkannte ich ihn. Maddy Quinn hielt mich für vollkommen übergeschnappt.

Shari verteilte die Schwimmbretter. »Anthoni, bist du nicht schon ein bisschen zu groß für Schwimmflügel?«

»Aber damit fühlt sie sich sicherer«, erklärte Josh. »Stimmts, Anthoni?«

Ich straffte die Schultern und löste mich von Maddys Blick. »Ganz genau.« Ich lächelte ihm zu.

Wir übten Beinschläge, zuerst mit dem Kopf über, dann unter Wasser. Zwar wollte Shari, dass wir das Gesicht zur Seite drehten, um zu atmen, aber immer wenn ich es versuchte, bekam ich das Gefühl zu ertrinken. Also entwickelte ich meine eigene Methode. Ich reckte den Hals, holte Luft und senkte das Kinn wieder. Gleichzeitig strampelte ich so heftig mit den Füßen, als hinge mein Leben davon ab. Nicht olympiareif, aber es funktionierte. Immerhin kam ich vorwärts und hatte den Kopf im Wasser.

Während ich so vor mich hin paddelte, besah ich mir den Grund des Sees und machte eine Bestandsaufnahme der Dinge, die ich entdeckte: Sand, Algen, Pfrillen, Sharis pink lackierte Zehennägel. Ich glitt an allem vorbei, holte Luft, tauchte unter, holte Luft, tauchte unter ...

Die Hechte waren heute früher fertig und ließen sich schon von der Sonne trocknen, als wir aus dem Wasser kamen. Ich schnappte mir Rucksack und Handtuch und gesellte mich dazu.

»Schicke Schwimmflügel«, höhnte Kurt.

Josh schüttelte sich wie ein Hund und bespritzte ihn mit Wasser.

»Für jemanden, der noch nie geschwommen ist, machst du das ziemlich gut«, sagte Julie. Von ihrem Ausschlag war kaum noch etwas zu sehen. »Du bist kein einziges Mal untergegangen. Schätze, die Junior-Retter sind echt froh darüber. Bisher mussten sie noch nie wirklich jemanden retten. Ich bin mir gar nicht sicher …«

Sie hörte schlagartig auf mit ihrem Geplapper, als ich Maddy die Einladung überreichte.

»Ich kann euch die Meerjungfrau zeigen«, sagte ich. »Aber ich muss ihr etwas dafür geben.«

Mich durchzuckte ein Anflug von Schuldgefühl. Genau genommen war Charlotte keine Meerjungfrau. Aber immerhin würde sie schwimmen und unter Wasser atmen, oder etwa nicht? Ich würde Maddy sehen lassen, was sie sehen wollte. Das war streng genommen keine Lüge.

»Was denn geben?«, fragte Maddy.

»Die Meerjungfrauenspange von deiner Lampe.«

Maddys Miene verfinsterte sich. Ich wusste nicht, ob sie mir schon vergeben hatte, dass ich in ihrem Schrankzimmer herumgeschnüffelt hatte. Sie daran zu erinnern war riskant. Doch ich hatte Charlotte versprochen, ihr die Spange wiederzubeschaffen.

»Du hast ihr auch unsere *Spange* gezeigt?« Julie wandte sich an mich. »Die haben Maddy und ich drüben am wilden Ufer gefunden. Früher haben wir so getan, als hätte sie magische Kräfte, mit denen wir Meerjungfrauen aufspüren könnten, aber wir haben nie welche gesehen. Obwohl wir mal ein paar lila Schuppen entdeckt haben, und mein Dad hat gesagt, die gehören jedenfalls keinem Fisch, den *er* kennt.« Sie pikste Maddy in den Arm. »Weißt du nicht mehr? Egal. Wir müssen ihr was anderes geben. Die Spange kann sie nicht haben.«

»Bitte! Ich brauche …«, setzte ich an, dann erinnerte ich mich an Schritt Nummer drei des Aktionsplans: *Wirken Sie nicht, als wollten Sie etwas von ihr, erreichen Sie, dass sie etwas von Ihnen will.* Ich versuchte, selbstbewusster zu klingen. »Ohne Spange leider keine Meerjungfrau.«

»Du kannst sie kriegen.« Maddy vermied es, Julie in die Augen zu schauen. »*Nachdem* wir die Meerjungfrau gesehen haben.«

Julie wirkte verletzt, doch sie setzte ein tapferes Lächeln auf und tippte auf die Einladung in Maddys Hand.

»Das passt gut in unseren Zeitplan«, sagte sie. »Wir gucken uns immer bei Maddy das Feuerwerk an und bringen danach Kurt nach Hause. Er wohnt neben DJ, und der wohnt neben dem Showschiff, also können wir uns die Meerjungfrau angucken und dann zurück zu Maddy gehen, für die Pyjamaparty. Vergiss deinen Schlafanzug nicht. Ich habe einen neuen, gepunkteten, mit Eulen drauf. Was für einen hast du?«

Pyjamaparty? Mein Herz machte einen Satz.

Kurt warf Maddy einen ungläubigen Blick zu. »Hast du Flosse zu unserer Party eingeladen?«

Maddy beachtete ihn nicht und lächelte mich an. »Deine Mom hat es schon erlaubt.«

Ich holte tief Luft. Ich war wieder sieben Jahre alt und spürte dieses schicksalhafte Kribbeln. Es würde alles gut gehen. Hinter meinen Lidern spulte sich mein Plan ab wie ein Film auf einer Kinoleinwand: das Feuerwerk, die Boulay-Meerjungfrau, danach die Pyjamaparty. Eine Pyjamaparty! Bei Maddy, unter den wachsamen Augen von Storm und Emma Frost. Es war fast zu schön, um wahr zu sein.

»Okay, wenn es dieses Ding echt gibt, kriegst du die dumme Haarspange«, unterbrach Kurt meine Gedanken. »Aber was kriegen wir? Wenn wir keine Meerjungfrau sehen?«

»Genugtuung?«, bot ich halbherzig an.

»Nee. Wie wärs mit … Du schwimmst raus in den See, bis zu Maddys Badefloß?«

»Mit Schwimmflügeln?«, fragte Julie, doch Maddy musterte mich nachdenklich. Man konnte förmlich zusehen, wie sie die Möglichkeiten durchging. Ist Flosse eine wahre oder eine falsche Freundin?

»Wie gesagt, ich mag keine Lügnerinnen«, sagte sie schließlich. »Wenn sie lügt, keine Schwimmflügel. Dann heißt es: Schwimmen oder Untergehen.«

Ich hätte nicht sagen können, was mir mehr Bauchschmerzen verursachte: der Gedanke daran, bis zu Maddys Badefloß rauszuschwimmen, oder *so* kurz davor zu sein, eine wahre Freundin zu haben, nur, um dann von Maddy in die Schublade der falschen Freunde gesteckt zu werden. Jetzt galt es, den Einsatz zu erhöhen und zu tun, was zu tun war. Ich zwang mich, daran zu denken, wie Maddy und ich im Boot vor lauter Lachen Seitenstechen bekommen hatten und wie sie mir ihr Lexie-Geheimnis anvertraut hatte. Wie glücklich ich gewesen war. Wie glücklich ich erst sein würde.

»Einverstanden.«

»Schwöre es«, sagte Kurt. »So, dass wir dich hören.«

Maddy und ich verhakten unsere kleinen Finger ineinander.

»Ich, Maddy Quinn, schwöre hiermit feierlich, dass ich Anthoni meine Haarspange geben werde, wenn sie uns eine Meerjungfrau zeigt.«

Maddys Finger war wie ein Schraubstock. Meine Fingerspitze wurde taub, aber ich versuchte es zu ignorieren. Im Kopf wiederholte ich: *Entscheidend ist nicht, ob du dich mutig fühlst, entscheidend ist, dass du mutig handelst.*

»Ich, Anthoni Floss, schwöre feierlich, dass ich zu diesem Floß schwimmen werde – ohne Schwimmflügel –, falls Maddy keine Meerjungfrau sieht. Was nicht passieren wird.«

Mit einem Funkeln in den Augen entließ Maddy meinen kleinen Finger aus ihrem Todesklammergriff.

»Alles klar, dann sehen wir uns am vierten Juli«, sagte sie. »Um vier bei mir. Mein Dad grillt. Und wir haben Wunderkerzen.«

Mit diesen Worten drehte sie sich um, und die drei marschierten davon. Ich bückte mich, um meinen Rucksack zuzumachen. Als ich mich wieder aufrichtete, stand DJ vor mir.

»Hey!« Ich war erleichtert, ihn zu sehen. »Wollen wir ...«

Doch alle Farbe war aus seinem Gesicht gewichen, sodass seine Sommersprossen ungewohnt deutlich hervortraten. Ich fragte mich, wie viel er genau mitbekommen hatte. Offensichtlich genug.

»Ich ... Es ist nicht so ...«

»Ich hab dir doch gesagt, du sollst Maddy nichts von der Meerjungfrau erzählen.«

»Ich weiß, aber ...«

»Du kannst nicht alleine zu diesem Floß schwimmen«, sagte er und vor lauter Wut wurde er doch wieder rot. »Bei Maddy ist der See zu tief. Und das Floß liegt viel zu weit draußen!«

»Dazu wird es ja gar nicht kommen. Es wird alles gut.« Leider war ich mir da selbst nicht so sicher.

»Nein, wird es nicht«, blaffte DJ. »Falls du es vergessen haben solltest: Wir haben keine Meerjungfrau. Wir haben eine alte Dame und ein fast ebenso altes Schlauchsystem, das vermutlich nicht mal funktioniert!«

Mit der bestmöglichen Imitation von Moms Oberflugbienen-

Stimme – bedächtig und beherrscht – zwang ich mich zu sagen: »Menschen glauben, was sie glauben *wollen*. Und Maddy Quinn möchte an Meerjungfrauen glauben.«

DJ schüttelte den Kopf. »Was soll das Ganze? Ich dachte, wir würden die Show für Charlotte auf die Beine stellen, nicht, um irgendwelche anderen Kinder zu beeindrucken, die uns nicht mal mögen.«

Ein Rinnsal Seewasser lief mir aus den Haaren über den Rücken. »Doch, sie mögen uns. Maddy ist meine Freundin. Zumindest wird sie das bald sein.«

»Bist du dir da sicher?« DJs Ärger verrauchte. Er ließ die Schultern hängen. »Selbst wenn. Charlotte ist keine Meerjungfrau, Flosse. Sie ist eine einsame alte Frau, und die anderen werden sich bloß über sie lustig machen. Das muss dir doch klar sein.«

»Ich ...«

DJ schwenkte seinen Gipsarm. »Wie auch immer. Viel Spaß beim Feuerwerk mit deinen Freunden. Ich hoffe, sie haben Marshmallow-Sandwiches.«

Marshmallow-Sandwiches! Ich war so sehr mit meinem Plan beschäftigt gewesen, dass ich DJs Einladung zum Feuerwerkgucken und Marshmallowrösten ganz vergessen hatte. Meine Zähne fingen an zu klappern und ich bekam leichte Kopfschmerzen. Mir fiel auf, dass ich noch immer die Taucherbrille trug. Ich setzte sie ab. Ohne den Blaustich wirkte die Welt nun mit einem Mal furchtbar grell. Die Sonne schoss ihre Strahlen geradewegs auf meine Netzhaut. Ich rieb mir die Augen und versuchte, die schwarzen Pünktchen wegzublinzeln, dankbar für eine Entschuldigung, nicht mit ansehen zu müssen, wie DJ sich umdrehte und ging.

31

Das Feuerwerk

Ich umschloss DJs Stein vorsichtig mit den Fingern, während Mom und ich auf den perfekt dekorierten Stufen vor dem Haus der Quinns warteten. Auch wenn ich nicht sicher war, ob der Quarzit wirklich Glück brachte, so hatte er doch immerhin bereits Millionen von Jahren überlebt, war unvorstellbarem Druck ausgesetzt gewesen und härter denn je daraus hervorgegangen. Mich an ihm festzuhalten, gab mir ein gutes Gefühl. Als bestünde ein Fünkchen Hoffnung, dass mein Plan doch noch aufgehen würde, solange ich nur tapfer durchhielt. Hoffnung darauf, dass ich es allen recht machen konnte, und dass DJ nicht mehr sauer auf mich wäre, weil ich ihn für eine Grillparty versetzt hatte, zu der er nicht eingeladen war.

Einen Versuch war es wert.

Mrs Quinn machte die Tür weit auf. »Anthoni! Carrie! Wie schön, euch zu sehen.« Sie tätschelte mir den Kopf. »Schlüpf schnell in deinen Badeanzug, Liebes, die anderen sind schon unten am Wasser.«

Ich zog mich in Maddys Zimmer um. Ich warf Storm und Emma Frost einen langen Blick zu, bevor ich DJs Quarzit vorne in meinen Rucksack steckte, mir seine Brille auf den Kopf setzte und Joshs Schwimmflügel über die Arme streifte. Dann spähte ich wider besseres Wissen in Maddys Schrank. Die Meerjungfrauenspange hing an Ort und Stelle, die Plüschtiere jedoch waren verschwunden. Nicht ein einziger Delfin war übrig geblieben.

Als ich zum See hinunterlief, hüpfte Julie auf und ab und winkte.

Mr Quinn gluckste. »Hey Kleine Flosse, wir haben Schwimmwesten, die Dinger kannst du getrost an Land lassen.«

»Ich mag sie irgendwie«, sagte ich. »Aber ich hätte trotzdem gerne eine von den Westen, bitte.«

Nachdem wir im Boot Platz genommen hatten, beobachtete ich Maddy und Julie bei ein paar Wasserski-Kunststücken zu zweit. Mr Quinn reichte beiden jeweils ein Seil, dann fuhren sie nebeneinanderher und drehten sich gleichzeitig, wie Tänzerinnen oder Synchronschwimmerinnen. Im Gegensatz zum letzten Mal wirkte Maddy heute nicht gelangweilt. Sie und Julie grinsten um die Wette, schlugen ein, wenn ein Kunststück besonders gut funktioniert hatte, oder lachten über einen Patzer. Einmal versuchten sie, sich während der Fahrt unterzuhaken, aber Julies Ski rammte Maddys, und beide flogen in hohem Bogen ins Wasser. Als wir umdrehten, um sie einzusammeln, konnten sie vor Lachen kaum das Seil festhalten, das Mr Quinn ihnen zuwarf.

Zu meiner heimlichen Erleichterung war Kurt kein besonders guter Wasserskifahrer. Er brauchte vier Anläufe, um sich hinzustellen, und als er es geschafft hatte, fuhr er mit krummem Rücken und wackligen Beinen auf zwei normalen Skiern ganz unspektakulär geradeaus. Zweimal fiel er ins Wasser, und nach dem zweiten Mal kletterte er nicht zurück auf die Skier, sondern ins Boot. Aber statt sich zu schämen oder zu ärgern, reckte er beide Daumen in die Höhe. Wir fuhren zum Steg zurück.

»Schon viel besser, Kurt«, sagte Mr Quinn zu ihm. »Beim nächsten Mal schaffen wir die ganze Runde!«

Während wir die *Ski Nautique* vertäuten, verschwand Mr Quinn im Bootshaus und kam gleich darauf mit einer flachen, runden Holzscheibe zurück. Sie war etwas größer als ein Hula-Hoop-Reifen. »Die ist für dich, Kleine Flosse«, sagte er und rollte sie auf mich zu. »Irgendwie müssen wir dich ja auch mal hinter dieses Boot bekommen.«

Mein Herz setzte aus. Ich *wollte* gar nicht hinter dieses Boot. Mir fiel ein, wie Mom durch die Luft gewirbelt war und der Thunder Lake sie verschluckt hatte.

»Oh, die fliegende Untertasse!«, quietschte Julie. »Anthoni, du wirst sie lieben!«

Maddy lächelte ihr strahlendes Richtige-Maddy-Lächeln, und Kurt sagte: »Mit der Untertasse kommst sogar du klar.«

Seltsam, auf einmal waren sie alle so nett. Taten sie vielleicht bloß so? War die Untertasse ein gefährliches Folterinstrument, Teil eines perfiden Plans, mich mitten im See zu versenken? Andererseits war Julie vermutlich gar nicht in der Lage zu lügen, und dass Mr Quinn bei so etwas mitmachen würde, war ebenfalls höchst unwahrscheinlich.

»Was muss ich tun?«, fragte ich.

»Warum versuchen wirs nicht zusammen?«, hörte ich Moms Stimme. Sie war plötzlich auf dem Steg aufgetaucht, nahm Anlauf und sprang mit Karacho ins Wasser, sodass wir alle nass wurden.

Während ich mich mit dem Bauch auf die Untertasse legte, hielt Mom sie fest. Ich kam mir vor wie der Belag auf einer riesigen Holzpizza. Nur dass ich ständig hinunterrutschte. Mom zog sich hoch und legte sich neben mich. Das brachte die Scheibe zum Wackeln. Ich kreischte auf. Mom lachte, legte den Arm um mich und stellte das Gleichgewicht wieder her.

»Wir halten uns jetzt gemeinsam am Seil fest, und du rufst ›Go‹, wenn du so weit bist.«

Als ob ich jemals so weit wäre. Was, wenn mir das Seil aus der Hand glitt? Was, wenn Mom uns nicht die ganze Zeit ausbalancieren konnte und wir umkippten? Ich dachte an DJs Quarzit, oben im vorderen Fach meines Rucksacks. Wie war das noch – härter unter Druck?

Ich wappnete mich und brüllte: »Go!«

Das Motorboot beschleunigte, und meine Arme wurden nach vorne gerissen. Die Untertasse bäumte sich auf und mein Oberkörper gleich mit. Die Füße schleiften einfach hinterher. Julie feuerte mich aus dem Boot heraus an und Mr Quinn drehte sich um und winkte uns zu.

»Schauen Sie lieber nach vorne«, rief ich gegen den Wind, aber Mr Quinn bedeutete mir, dass er mich nicht hören konnte, wandte sich wieder um und fuhr weiter.

Der Wind peitschte mir ins Gesicht, während ich rasend schnell über das Wasser hüpfte. Auf und ab. Ich flog. Wie von selbst verzogen sich meine Lippen zu einem Lächeln.

Mom drückte mich kurz. »Und? Alles klar bei dir?«, rief sie.

Ich nickte.

»Lass uns was ausprobieren. Keine Angst, ich hab dich.«

Sie half mir, die Beine anzuziehen und mich hinzuknien, dann setzte sie sich ebenfalls auf und schlang die Arme von hinten schützend um mich. Aus dieser Position heraus hatte ich eine bessere Sicht auf die Häuser und Bootsanleger, die an uns vorüberzischten. Als wir in die Bucht einbogen, sauste auch das Showschiff vorbei. Die Hütten waren zwischen den dichten Bäumen kaum zu erkennen. In der Hoffnung, Charlotte oder DJ zu entdecken, kniff ich die Augen zusammen, aber der Steg war leer, und im nächsten Moment ließen wir ihn und die Bucht auch schon hinter uns. Bevor ich wusste, wie mir geschah, waren wir zurück bei Maddy.

Nach dem ganzen Wassersport schlug ich mir den Magen mit Würstchen, Kartoffelsalat und Wassermelone voll, und unten am

See machten wir Marshmallow-Sandwiches. Zwei knusprige Kekse und dazwischen eine klebrige Füllung aus Marshmallows und Schokolade. Im Prinzip das Leckerste, was ich je gegessen hatte, wenn ich nicht bei jedem Bissen an DJ hätte denken müssen, der allein bei seiner Tante saß und Marshmallows röstete.

»Schmecken sie dir nicht?« Mom sah mich fassungslos an, als ich ihr ein halbes Marshmallow-Sandwich in die Hand drückte.

»Ich bin pappsatt.«

Und dann begann das Feuerwerk.

An sich nichts Neues, ich hatte schon oft eins gesehen – größer, bunter, ausgefallener –, aber Mom behielt recht. Das Feuerwerk hier war etwas Besonderes.

Es begann am öffentlichen Badestrand. Ein hohes Pfeifen, dann eine knisternde Explosion blauen Lichts. Sobald das Blau verlosch, entzündete zwei Häuser weiter jemand Römische Lichter. Während sie in die Luft schossen, rannte Mr Quinn zum Ende des Stegs und sandte eine weiße Funkenfontäne in den Himmel. Nacheinander explodierten kleine Feuerwerkskörper vor Häusern und Hütten rund um den ganzen See. Ich wusste gar nicht, wo ich zuerst hinschauen sollte. Überall glitzerte und flimmerte es, und die herunterregnenden Funken brachten die Wasseroberfläche zum Leuchten.

Nach ein paar Minuten verdunkelte sich der Himmel und Stille senkte sich über den Thunder Lake. Sobald klar wurde, dass der letzte Feuerwerkskörper gezündet worden war, brandete Jubel auf. Ringsum begannen überall Leute zu klatschen und zu pfeifen. Maddy und Julie schrien sich fast heiser, und auch Mom und ich hüpften herum und stimmten mit ein: »Juhuuu!«

Obwohl ich die anderen Menschen nicht sehen konnte und die meisten höchstwahrscheinlich nicht einmal kannte, fühlte ich mich wie durch ein unsichtbares Band mit ihnen verbunden. Irgendwo dort draußen standen Mrs Nesski und Shari und die Kaulquappen und die Dame mit der riesigen Sonnenbrille und klatschten Beifall. Die Glitzerbadeanzug-Mädels klatschten, DJ und seine Tante klatschten. Vielleicht sah sogar Charlotte Boulay vom Showschiff aus zu, wobei sie möglicherweise nicht klatschte, weil sie an frühere Nationalfeiertage denken musste, an die Last der Vergangenheit und an ihre Mutter, die sie verloren hatte, als sie zwölf war.

Bei diesem Gedanken verschwand das wohlige Gefühl, das mich nach dem Feuerwerk ergriffen hatte. Machte ich Charlotte wirklich zur Zielscheibe von Spott und Hohn?

Mom strich mir eine Haarsträhne hinters Ohr und flüsterte: »Du hattest recht. Ich bin froh, dass wir noch bis zum Feuerwerk geblieben sind.«

»Vielleicht möchte ich aber doch nicht hier bei Maddy übernachten«, sagte ich.

»In Ordnung. Du kannst mich jederzeit anrufen. Aber ich wette, es wird lustiger, als du denkst.« Sie sah hinüber zu Mrs Quinn, die rund ums Lagerfeuer Stöcke und Schokoladenpapier aufsammelte, und lehnte sich an mich. Müde. Oder traurig.

»Du solltest dir eine Pause gönnen«, erklärte ich. »Nur heute. Hab Spaß und denk mal einen Abend lang nicht an BienenBeauty.«

Moms Mundwinkel zuckten. Sie gab mir einen Klaps aufs Bein. »Tja, wenn das so ist, dann mache ich mir noch ein Marshmallow-Sandwich.«

Kaum war Mom aufgestanden, trat Maddy von hinten an mich heran und fasste mich am Arm. »Mom«, rief sie. »Kurt muss los. Können wir ihn nach Hause bringen?«

»Aber bleibt nicht zu lange«, antwortete Mrs Quinn. »Es ist

erstaunlich, wie oft ›Kurt nach Hause bringen‹ in ein zweistündiges Videospiel-Gelage ausartet. Um neun seid ihr wieder hier.«

»Keine Videospiele, versprochen.« Maddy verstärkte ihren Griff um mein Handgelenk. »Sind alle startklar?«

»Moment, ich muss noch was holen.« Ich flitzte hoch in Maddys Zimmer, schnappte mir meinen Rucksack, fischte DJs Glücksstein heraus und steckte ihn mir in die Hosentasche. Damit fühlte ich mich ein bisschen tapferer. Als ich den Reißverschluss wieder zuziehen wollte, verfing sich etwas darin. Eine Ecke des verblichenen rosa Umschlags, den DJ und ich hinter dem Meerjungfrauenfoto gefunden hatten. Natürlich war es Zeitschinderei, trotzdem öffnete ich das Kuvert und überflog die Todesanzeigen. Jede zeigte ein glamouröses Bild der lächelnden Selina Boulay. Selina in einem schicken Abendkleid, Selina mit einem extravaganten Hut, Selina, die der Kamera eine Kusshand zuwarf. Die Zeitungsausschnitte fühlten sich alt und spröde an, und ich fragte mich, wer sie vor so langer Zeit gesammelt hatte. Charlotte? Oder Mr Boulay?

Als ich die Anzeigen wieder in den Umschlag schieben wollte, bemerkte ich in einer Ecke noch ein zusammengefaltetes Stückchen Papier. Neugierig klappte ich es auf. Dieser Artikel hatte ein etwas späteres Datum als die Todesanzeigen – 19. August 1942 –, und ein Foto zeigte Charlottes Dad vor dem Showschiff.

Gericht dreht Meerjungfrauennummer das Wasser ab

Originelles Unterwasser-Schlauchsystem für lebensgefährlich befunden.

Dreimal ging ich den Artikel durch, und jedes Mal blieb ich an denselben Worten hängen: *Untersuchung eingeleitet ... Selina Boulay schwamm eine bisher unerprobte Strecke ... in Seilen verfangen ...*

Die letzte Zeile las ich so oft, dass sie sich in mein Hirn einbrannte: *Aufgrund der potenziellen Sicherheitsrisiken ordnete das Gericht des Staates Wisconsin mit sofortiger Wirkung die Einstellung der Meerjungfrauennummer an.*

Potenzielle Sicherheitsrisiken.

Lebensgefährlich.

»Hey! Kommst du jetzt oder nicht?«

Erschrocken fuhr ich herum. Maddy Quinn stand in der Tür und winkte mich heraus. Ich verstaute den Umschlag und setzte den Rucksack auf. Meine Gedanken rasten, trotzdem folgte ich Maddy nach unten. Ich sagte mir, dass Charlotte der Vorstellung sicher nie zugestimmt hätte, wenn sie so gefährlich wäre. Bestimmt hatte sie das Schlauchsystem repariert. 1942 war sehr lange her. Tauchsysteme waren heute mit Sicherheit auf einem ganz anderen Stand. Ich versuchte an etwas Schönes zu denken. *Feuerwerk. Charlotte Boulay im Meerjungfrauenkostüm. Tolle Stimmung. Lachen. Applaus. Maddy völlig verblüfft. Charlotte wie auf Wolken. DJ, der übers ganze knallrote Gesicht strahlte.*

Doch die positiven Gedanken wurden von anderen Bildern überlagert, von Selina Boulay und dem Thunder Lake.

Die ganze Zeit konnte ich nur daran denken, wie furchtbar es sein musste, sich unter der glasähnlichen Oberfläche in Seilen verheddert zu haben und verzweifelt nach Atem zu ringen, in dem sicheren Wissen, dass einen so bald niemand suchen würde.

32

Abgang mit Knalleffekt

Mit einer Stirnlampe führte Maddy uns auf einem moskitoverseuchten Pfad durch den Wald.

»Bist du sicher, dass es hier zum Showschiff geht?«, fragte ich.

»Na klar, was glaubst du denn?«, zwitscherte Julie. »Wir wohnen hier, schon vergessen? Im Winter fahren wir diese Strecke mit dem Schneemobil entlang. Das geht viel schneller als mit dem Auto. Es ist der direkte Weg. Bisher hab ich ihn aber nur benutzt, um zu Kurt zu kommen, nicht zum Showschiff. Ich meine, wer will da schon hin? Ähm, außer dir natürlich. Was natürlich voll okay ist.«

Nachts war der Wald besonders unheimlich. Er war zu still und zu dunkel, das musste doch gefährlich sein! Aber niemandem sonst schien das aufzufallen. Plötzlich kitzelte mich etwas und blieb an meinen Armen kleben. Ich bekam eine Gänsehaut. Wie wild wischte und hüpfte ich herum und versuchte es abzuschütteln. Kurt richtete die Taschenlampe auf mich.

»Ganz ruhig, ist nur ein Spinnennetz. Meine Güte, bist du vielleicht schreckhaft.«

»Ich kann nicht glauben, dass eure Eltern euch das erlauben«, sagte ich.

»Was meinst du?« Julie hopste auf einen Baumstumpf und wieder herunter.

»Nachts alleine durch den Wald zu laufen.«

»Du bist echt seltsam, Anthoni. Was soll denn passieren?«

»Na, alles Mögliche!«

Maddy lachte auf, als hätte ich etwas Superlustiges gesagt. »In Eagle Waters passiert nie irgendwas.«

»Psst!« Julie kam ganz dicht an mein Ohr. »Jetzt müssen wir leise sein. Hier wohnt Kurt, und wenn seine Mom rausfindet, dass wir hier einfach so herumstromern, flippt sie aus und ruft meine Mutter an, und die ruft dann Maddys Mom an ...«

Kurt kniff sie in den Arm. »Warum bist du dann nicht endlich still?«

Durch die Fenster drang ein tröstlicher Lichtschimmer nach draußen. Das beruhigte mich ein bisschen. Wir irrten nicht ziellos umher, waren nicht völlig abgeschnitten von der Zivilisation. Wir kamen an einem zweiten Haus vorbei. Julie flüsterte: »Hier wohnen DJ und seine Tante. Aber das wusstest du bestimmt schon.«

Ich tastete nach dem Quarzit in meiner Hosentasche und versuchte, einen Blick durchs Fenster zu werfen, aber die Vorhänge waren zugezogen. Ob DJ gerade da drinnen war? Und wäre er wohl zur Stelle, sobald es losging? Nach dem Schwimmkurs hatte ich ihm im Schwarzbären einen Zettel hinterlassen. Später hatte ich ihn zusammengeknüllt auf dem Boden gefunden. Und was, wenn auch Charlotte nicht auftauchte? Sie wollte im Schwarzbären das Licht brennen lassen, als Zeichen, dass sie sich auf ihrer Position bereithielt. Ein Teil von mir hoffte, sie hätte ihre Meinung geändert und würde die ganze Aktion abblasen. Vermutlich wäre das für alle das Beste.

Hinter der nächsten Kurve kam endlich die Schwarzbärhütte in Sicht. Die Fenster waren hell erleuchtet. Von außen sah die Küche einladend und gemütlich aus. Über der Spüle konnte ich die Kristallschmetterlinge ausmachen, und auf dem Küchentisch lag DJs Steinsammlung. Das Licht bedeutete, Charlotte war startklar. Und ich sollte mich jetzt eigentlich in mein Kostüm werfen und DJ das Signal geben, den Scheinwerfer einzuschalten.

Nur war DJ nicht da.

Ich lief weiter, aber auf seiner Position stand er auch nicht. Also stellte ich mich auf die oberste Treppenstufe und spähte hinunter zum Steg. Eine Wolke schob sich vor den Mond und ließ das Kieferndickicht um den See noch dichter und dunkler erscheinen.

»Hallo?«, rief ich nach unten, dann wandte ich mich an die anderen: »Wir können es nicht machen. DJ ist nicht hier.«

»Was?«, fragte Julie. »Jetzt sind wir extra den ganzen Weg hierhergekommen. Wir *müssen* das durchziehen!«

»Buhu, DJ der Spinner ist nicht da«, sagte Kurt. »Wen interessierts?«

Fast hätte ich ihn geschubst. Als hätte jemand einen Schalter in mir umgelegt, hatte ich auf einmal die Nase gestrichen voll von Kurt und seinen fiesen Sprüchen. Ich wünschte mir dringend den Diamantzustand herbei, um ihm so eine reinzuzimmern, dass ihm dieses blöde Grinsen verging. Stattdessen brüllte ich los: »DJ ist kein Spinner. Er ist von euch allen hier der Netteste. Und wenn du nicht so ein Idiot wärst, würde dir vielleicht auffallen, dass er außerdem ganz schön schlau ist. Und witzig. Was man von dir nicht behaupten kann. Ich würde tausendmal lieber den ganzen Tag mit ihm rumhängen als mit dir!«

Angriffslustig reckte ich das Kinn. Julie sog scharf Luft ein und Maddy starrte mich an, als hätte ich Kurt gerade wirklich ausgeknockt.

»Ich …«, setzte Kurt an, dann schloss er den Mund wieder.

Auf seinem Gesicht lag ein seltsamer Ausdruck. Schämte er sich? Oder ... tat es ihm etwa leid?

»Krass.« Maddy pfiff anerkennend durch die Zähne. »Sie hat Kurts große Klappe einfach zugeklappt!«

Da zischte in der Dunkelheit eine Stimme: »Alle auf Position!«

»Was war das?« Maddy drehte sich mit ihrer Stirnlampe im Kreis. Auf dem Rand des Stegs saß eine Gestalt im schwarzen Umhang.

»Alle auf Position!«, zischte es erneut. Das war mein Stichwort. Theoretisch sollte ich jetzt bis zur Markierung laufen und Charlotte ansagen.

»Aber ich glaube nicht, dass wir ...«

»Auf eure Plätze! Licht! LOS!«

Ich wusste nicht, was ich sonst tun sollte. Charlotte war offensichtlich bereit für das große Finale, auf das wir uns die ganze Woche vorbereitet hatten. Ich konnte jetzt unmöglich kneifen und sie auf dem Steg sitzen lassen. Solange mir keine bessere Lösung einfiel, schien es nur eine Möglichkeit zu geben: den Plan durchzuziehen.

Zögerlich holte ich den Umhang aus meinem Rucksack und knotete ihn mir um die Schultern. Dazu setzte ich den Zylinder auf.

»Julie, willst du den Scheinwerfer bedienen?«

Ich zeigte ihr die Zahlen, die die richtigen Winkel für die einzelnen Kunststücke markierten. »Wenn sie eine Zahl ruft, beweg ihn auf die entsprechende Stelle.«

»Wer?«, flüsterte Julie. »Wer ruft?«

»Char... die Meerjungfrau«, sagte ich. »Hier gehts los.« Ich schaltete das Licht ein und richtete es auf die Stufe, auf der ich stehen würde.

»Wie aufregend«, wisperte Julie.

Ich führte Maddy und Kurt zur Holztribüne. Vor Angst war mein Hirn wie vernebelt. Es kam mir vor, als würde ich schlafwandeln und meine Zunge wäre hundert Kilo schwer. Doch ich marschierte die halbe Treppe hinunter in den Lichtkegel und breitete die Arme aus, wie wir es geprobt hatten.

»Meine sehr verehrten Damen und Herren!« Ich machte eine tiefe Verbeugung. »Gleich zeigen wir Ihnen etwas so SPEKtakuläres, so WUNderbares, dass Sie Ihren Augen nicht trauen werden.«

Dann erstarrte ich. Mir fiel die nächste Zeile nicht ein. Maddy kicherte, und sosehr ich es auch versuchte, die Flut negativer Gedanken ließ sich nicht aufhalten. *DJ hatte recht. Das Ganze ist eine schreckliche Idee. Der Plan wird nicht aufgehen. Sie werden sich über Charlotte lustig machen, und ich werde es mir mit Maddy Quinn endgültig verscherzen.*

Doch der nächste Gedanke traf mich wie ein Blitz: *Und wennschon?*

Ich tastete nach DJs Quarzit in meiner Tasche und dachte es noch mal: UND WENNSCHON? Dann mochte Maddy halt Comics und hatte ein so strahlendes Lächeln, dass es einen fast blendete. Na und? Eine wahre Freundin würde sich niemals vor ihren anderen Freunden über einen lustig machen. Sie würde niemals verlangen, dass man bis zu einem Floß schwamm, wenn sie genau wusste, dass man es nicht schaffen würde. Wenn man sich wirklich mochte, dann brachte man sich nicht gegenseitig in Gefahr. Es sei denn, es ginge um was wirklich extrem Wichtiges. Die Welt vor der Zerstörung durch einen Meteoriten zu retten, zum Beispiel. Oder einem Freund dabei zu helfen, aus Mr Sinisters Versteck zu entkommen. Eine wahre Freundin fiel einem nicht in den Rücken. Nie.

Es lag doch auf der Hand: Charlotte war meine Freundin, und nur meinetwegen würde sie etwas Gefährliches tun. Ich erinnerte mich an Moms Worte während unseres großen Krachs: Vielleicht ist nicht jeder Plan es wert, an ihm festzuhalten.

Entschlossen öffnete ich den Rucksack und holte die Schwimmflügel hervor. »Ich schwimme zum Floß«, erklärte ich und zog mir die Dinger über die Arme. »Ich habe mir das alles bloß ausgedacht. Es gibt keine Meerjungfrau. Wir können zurückgehen, und dann schwimme ich zum Floß.«

Kurt stöhnte. Maddy wirkte enttäuscht, beinahe traurig. Dann zuckte sie mit den Schultern. »War ja klar, dass du lügst«, sagte sie mit ihrer abfälligsten Stimme, nun wieder ganz die Böse Maddy. »Gehen wir. Und denk dran, *keine* Schwimmflügel. Du hast es geschworen.«

»Okay.« Aber noch konnte ich mich nicht überwinden, sie abzunehmen.

»GENUG JETZT!«, bellte Charlotte durch die Dunkelheit. »Was seid ihr doch für ein Haufen Einfaltspinsel! Ihr ruiniert die Show!«

»Wer *ist* das?«, fragte Maddy und richtete ihre Stirnlampe erneut auf die vermummte Gestalt.

»Was glaubst du, wofür es Ansager gibt?«, fragte Charlotte entnervt. »Und jetzt setzt euch hin und seid still. *Scheinwerfer, Einstellung 2!*«

»Oh, damit bin ich gemeint«, quietschte Julie.

Schwankend bewegte sich der Lichtkegel zum Steg. Die dunkle Gestalt ließ ihren Umhang fallen, und zum Vorschein kam: die Boulay-Meerjungfrau. Sie saß auf den Planken, lächelte und winkte ins Publikum, als wäre nichts dabei. Ihre orangefarbenen Haare wurden durch ein Schmetterlingshaarband zusammengehalten, und das Gesicht war stark geschminkt, mit knalligem Lippenstift und runden Rougekreisen auf den Wangen. Sie trug ein Bikinioberteil, das die Haut ihrer Oberarme noch schlaffer wirken ließ – die Haut schlackerte, während sie winkte –, und im grellen Licht wirkte ihr Körper unheimlich weiß und faltig. Dennoch konnte ich meinen Blick nicht von ihrem enormen Fischschwanz abwenden: Grün und glänzend hing er vom Steg ins Wasser. Die Boulay-Meerjungfrau war wirklich spektakulär.

Während Maddy tief einatmete und sich hinsetzte, hob Charlotte den Fischschwanz und ließ ihn zurück ins Wasser klatschen. Sie lächelte uns zu und vollführte mit den Händen Wellenbewegungen, eine Art Meerjungfrauensitztanz. Plötzlich sprang sie ohne Vorwarnung ins Wasser.

Niemand rührte sich.

Ein Platschen, dann rief sie: »Licht, Einstellung drei!«

Julie richtete den Scheinwerfer auf einen Punkt draußen im See. Dort schlenkerte die Meerjungfrau noch etwas weiter mit den Armen, sprang dann wie ein Delfin in die Luft, wackelte mit dem Fischschwanz und tauchte wieder unter. Maddy pfiff durch die Zähne, und ich musste mich setzen. Vor Staunen bekam ich den Mund nicht mehr zu. Wie machte sie das?

Auf Position vier vollführte die Meerjungfrau zwei weitere Delfinsprünge und noch mehr schlängelnde Armbewegungen.

Auf Position fünf war sie so weit draußen, dass wir sie kaum noch erkennen konnten, aber wir hörten es platschen und spritzen, bis sie wieder abtauchte. Es wurde still. Hinter den Wolken kam der Mond hervor und sein silbriges Licht ließ die Wasseroberfläche glitzern. Mein Körper fühlte sich an, als stünde er auf einem anderen Planeten. Als hätte man mich mitgerissen, in eine völlig neue Welt, in der alles möglich war. Selbst Magie. Selbst Meerjungfrauen.

Kurt fand als Erster die Sprache wieder. »Wo ist sie hin?«

Ich starrte angestrengt auf den See. Das magische Gefühl verpuffte. Sie war schon mehr Zeit unter Wasser als zwischen Position drei und vier, aber vom Fenstersitz im Kanadareiher aus hatte ich sie noch viel länger tauchen sehen. Wahrscheinlich wollte sie die Spannung steigern.

»Glaubst du, es geht ihr gut?«, fragte Julie.

»Bestimmt.« Doch meine Stimme zitterte. »Fahr mal mit dem Lichtkegel übers Wasser. Bist du auf der richtigen Position?«

Julie hantierte mit dem Scheinwerfer, dann hielt sie abrupt inne. »Anthoni! Da bewegt sich ein Seil vor mir auf dem Boden. Und ich habe es nicht mal berührt!«

Die Notleine.

Mir wurde ganz schlecht. Charlotte hatte gesagt, das sei nur eine Vorsichtsmaßnahme – wir würden es niemals brauchen, sollten aber wissen, wie es funktionierte. Falls Charlotte in Schwierigkeiten geriete (was nicht passieren würde), würde sie daran ziehen und wir könnten Hilfe holen.

Alles wirkte verschwommen und verzerrt. Mein Herz klopfte wie wild. Als ich den Knoten des Umhangs löste, fühlte ich Maddys Hand auf meinem Arm. »Ich fasse es nicht«, flüsterte sie. »Sie ... Sie schwimmt wirklich da unten herum.«

Ich fegte ihre Hand weg. Charlotte hatte an der Notleine gezogen. Was auch immer sie gerade tat – Schwimmen war es nicht.

Während Julie mit dem Scheinwerfer den See absuchte, blieb mein Blick unweit vom Steg an etwas hängen. Was war das? Eine Luftblase? Ein Haarschopf?

»Da!«, rief ich. »Julie, leuchte dahin! Jemand muss meine Mom holen.«

Dann rannte ich auch schon den Steg hinunter. Hinter mir

hörte ich Schritte, und ich hätte schwören können, dass ich DJ sah, als ich Zylinder und Umhang auf die Planken pfefferte und in den Thunder Lake sprang.

33

Platsch! – Klappe, die dritte

»Flosse!«, hörte ich DJ rufen, aber zu spät. Ich war schon im Wasser und strampelte wie verrückt auf den Lichtkegel zu. Beim Springen hatte ich erwartet, mich wie Storm zu fühlen – irgendwie würde ich übermenschliche Kräfte entwickeln und den See durch meinen Heldenmut zähmen. Aber während ich so vor mich hin paddelte, übermannte mich die Panik. Das Wasser war pechschwarz, und das Scheinwerferlicht warf einen unheimlichen weißen Schimmer auf die Oberfläche. Charlotte konnte ich nicht sehen. Eigentlich konnte ich überhaupt nichts sehen. Und die Schwimmflügel halfen mir zwar, über Wasser zu bleiben, aber meine kurze Hose und mein T-Shirt sogen sich voll und zogen mich nach unten.

Selbst wenn ich Charlotte fand – was sollte ich dann tun?

Ich hörte ein Platschen, und auf einmal schwamm DJ neben mir.

»Dein Gips!«, rief ich. »Du machst ihn kaputt!«

DJ blinzelte sich das Wasser aus den Augen. »Besser, als dich ertrinken zu lassen.« Er kam so dicht neben mich, dass ich mich auf seiner Schulter abstützen konnte. Sofort fühlte ich mich leichter.

»Irgendeine Spur von ihr?«

Ich schüttelte den Kopf. Vor Angst war meine Kehle wie zugeschnürt.

»Komm schon, Flosse«, sagte DJ. »Wir schwimmen zurück zum Ufer. Kurt ist schon losgerannt, um Hilfe zu holen.«

»Ich kann nicht. Es ist alles meine Schuld. Ich kann sie nicht hier zurücklassen.«

In meinem Hals bildete sich ein riesiger Kloß und ich schluckte. DJ versuchte, mich zum Umkehren zu bewegen, aber ich trat nach ihm und wir sanken ein Stück.

»Maddy!« DJs Stimme klang gepresst, fast wie ein Knurren. »Na los, wir müssen Flosse helfen.«

Ich drehte mich zum Steg um, wo Maddy stand. Überrascht stellte ich fest, dass ich nur ungefähr zwei Meter weit gekommen war. So viel zu übermenschlichen Kräften.

Maddy zögerte.

»Mach schon!«, brüllte DJ, und sie sprang mit einem *Platsch* ins Wasser. In einiger Entfernung hallte ein zweites Platschen durch die Dunkelheit.

»Ich sehe sie!«, schrie Julie und schwenkte den Scheinwerfer ein paar Meter weiter nach rechts. Im weißen Licht bewegte sich Charlottes Kopf auf und ab. Sie prustete, wirkte orientierungslos und ängstlich.

»Wir kommen!«, rief ich ihr zu.

Wie wild fing ich wieder an zu strampeln, schob die Angst beiseite und versuchte, mich auf das Wichtigste zu konzentrieren. Zum Licht schwimmen. Charlotte retten. Und dann zurück zum Steg. Das Wasser war schwarz wie Tinte, und ich zwang mich, daran zu denken, dass sich unter meinen Füßen bloß Sand, Steine und Pfrillen befanden. Keine Wasserschlangen. Keine bösen nächtlichen Wassermonster mit Fangzähnen.

»Du musst nur die Hand ausstrecken, wenn du Hilfe brauchst«, flüsterte DJ neben mir. »Wir sind bei dir.«

Näher und näher kamen wir dem Lichtkegel. Als wir dessen Rand erreichten, erkannte ich, dass Charlotte sich mit einem Arm schwimmend über Wasser hielt. Ihre dünnen Haare klebten ihr in feuchten Büscheln am Kopf. Das Schmetterlingshaarband war futsch, aber ihr Make-up war makellos. Im Scheinwerferlicht glänzten ihre roten Wangen.

»Ich habe mich in irgendwas verfangen«, erklärte sie. »Ich bin so nah ans Ufer geschwommen, wie ich konnte, aber jetzt geht es nicht weiter.«

Ihr linker Arm wurde von einem dünnen Seil zurückgehalten, das sich fest um ihren ganzen Körper gewickelt hatte. Sie hielt ihren Blick starr auf mich gerichtet.

»Schätze, wir brauchen einen Plan B, Amigo«, sagte sie mit Gangsterstimme. Doch ihr Lächeln wirkte angestrengt. Charlotte Boulay stand die Angst ins Gesicht geschrieben.

Ich zerrte an dem Seil.

»Das bewegt sich keinen Millimeter«, sagte ich.

Abwechselnd zogen nun auch DJ und Maddy, und wir versuchten, Charlottes Arm zu befreien. Vergebens.

»Julie«, brüllte Maddy. »Wir brauchen eine Schere, oder ein Messer!«

Das Licht wackelte, als Julie den Scheinwerfer losließ. Was, wenn wir zu langsam waren? Meine Beine wurden schwer, und ich hatte schon einiges an dunklem, fischigem Seewasser geschluckt. Trotz der Schwimmflügel wusste ich nicht, wie lange ich noch durchhalten würde. Und Charlotte schien mit jeder Minute tiefer hinabgezogen zu werden. Da legte sich DJ ihren freien Arm um die Schulter. Ihre Züge entspannten sich etwas.

»Halt mich mal genauso fest«, wies ich Maddy an. Ich legte den Arm um sie und kramte mit der anderen Hand in meiner Hosentasche. DJs Baraboo-Quarzit war noch da. In der Steinzeit hatte man so was doch als Werkzeug benutzt – aber war er scharf genug, um ein Seil zu durchtrennen?

Ich umfasste den Quarzit und säbelte so kräftig, wie ich konnte. Nichts passierte.

Also versuchte ich es mit noch mehr Druck. Es *musste* einfach funktionieren. Ich stellte mir die Eisenpartikel vor, die mit dem Stein verschmolzen waren, so wie das Adamantium mit Wolverines Knochen. Er hatte so vieles durchgemacht, trotzdem gab er nie auf und war am Ende immer wieder ein Held.

Ein Faserstrang riss entzwei, dann der nächste. Ich gab den Stein an Maddy weiter. Sie sägte eine Weile, dann reichte sie ihn DJ. Gefühlt arbeiteten wir stundenlang, strampelten mit den Füßen und hielten uns aneinander fest. In Wirklichkeit konnten es allerdings nur Minuten gewesen sein. Der Quarzit war scharf, und jedes Mal, wenn eine Faser des Seils durchtrennt war, wuchs unsere Hoffnung, und wir strengten uns noch mehr an.

Als der letzte Strang riss, war ich gerade an der Reihe. Durch den Schwung glitt mir der Stein aus den Fingern. DJs Quarzit!

In Sekundenschnelle ließ ich Maddys Schulter los, sank tiefer und fischte hektisch danach. Die scharfe Steinkante schnitt mir in die Handfläche, doch ich hielt den Quarzit fest umklammert. Ich hatte schon genug angerichtet. DJ noch einmal zu enttäuschen, hätte ich nicht ertragen.

Charlotte wand sich frei und löste sich von DJ. Sie lächelte schwach und hielt sich nun mit beiden Armen über Wasser.

»Tja, Kinder, so ist das Leben«, sagte sie. »Mal isst du den Bären, mal frisst er dich.«

Sie neigte den Kopf und begann mit tiefer, zittriger Stimme zu singen: *»Wir sehn uns wieder, weiß nicht wo, weiß nicht wann …«*

Es war ihr Lied für das große Finale, vor dem letzten, spektakulären Sprung. Danach wäre das Scheinwerferlicht erloschen und frenetischer Applaus wäre aufgebrandet, begleitet von Pfiffen und Zugabe-Rufen. »Seid allzeit bereit für eine Zugabe«, hatte sie uns eingebläut.

Nun jedoch brach ihre Stimme, und mitten im Lied hielt sie einfach inne und schwamm seitlich davon. Nach ein paar Zügen winkte sie noch ein letztes Mal müde und tauchte unter. Die Spitze ihres Fischschwanzes blitzte kurz an der Oberfläche auf, dann war sie verschwunden.

Jetzt, da Charlotte befreit war, fühlte ich mich auf einmal zu erschöpft, um weiterzupaddeln. Joshs Schwimmflügel hielten zwar noch immer meine Arme oben, aber meine Kleidung zog mich nach unten, und ich schluckte schon wieder Wasser. Ich versuchte, es auszuspucken, aber es kam mehr nach, und ich hustete. Allmählich wurde mir der Ernst der Lage bewusst. Was hatte ich mir bloß dabei gedacht? Ich konnte doch gar nicht schwimmen. Charlotte hatten wir befreit, aber wie ging es jetzt weiter? Das unergründliche Nass drohte mich zu verschlingen. Es war eiskalt. Warum war mir vorher nicht aufgefallen, wie sehr ich fror?

Da schob DJ seine Schulter unter meinen Nacken.

»Du schaffst das«, sagte Maddy. »Leg deinen Kopf zurück. Entspann dich. Lass dich einfach treiben und wir helfen dir zurück zum Steg. Es ist nicht weit.«

Ich lehnte mich zurück. Wasser drang mir in die Ohren, schmatzend und gurgelnd. Ich spürte, wie mich Joshs Schwimmflügel und DJs Schulter oben hielten. Maddy schob eine Hand unter meinen Rücken, und so steuerten sie mich zurück zum Ufer. Sobald wir nah genug waren, drückte Maddy meinen Arm. »Hier kannst du stehen.«

Ich ließ meine Füße sinken und berührte den Grund des Sees. Meine Beine fühlten sich an wie Gummi und ich hatte am ganzen Körper Gänsehaut. Für einen Augenblick schien die Welt den Atem anzuhalten – und dann passierte alles wie im Zeitraffer. Mit einer Schere, die wir nun nicht mehr brauchten, kam Julie die Treppe heruntergerannt. Dicht auf den Fersen folgten ihr Mom und die Quinns, zusammen mit Kurt, seiner Mutter und DJs Tante. Wir waren noch nicht ganz aus dem Wasser, da bestürmten uns die Erwachsenen mit Fragen und Vorwürfen. Sie ließen uns gar nicht zu Wort kommen.

»Was war da los, Anthoni? Kurt hat erzählt, du bist einer *Meerjungfrau* hinterhergesprungen?«

»Wer hat mit dem Unsinn angefangen?«

»Julie, Fantasie ist eine gute Sache, aber nachts schwimmen zu gehen ist gefährlich!«

»Es ist mir völlig egal, was du *gesehen* hast, ab ins Auto und nach Hause mit dir!«

Um mich herum geschah alles und nichts. Wie in einem Traum, oder einem Theaterstück, das ich mir aus hundert Kilometern Entfernung ansah. DJs Tante fiel fast in Ohnmacht, als sie seinen triefenden Gips sah. Sie zog ihn hinter sich her, die Treppe hinauf und den Weg entlang, ohne dass ich auch nur ein Wort herausbringen konnte. Wie zum Beispiel »Danke« oder »Machs gut«. Julie ging mit Kurt und seiner Mom nach Hause. Mir fiel kaum auf, dass mir jemand die Schwimmflügel abstreifte und mich in ein Handtuch wickelte, so erschöpft war ich. Aber das geschah mir recht. Es war meine Schuld. Alles. Charlotte hätte sterben können, nur meinetwegen, nur weil ich an diesem blöden Plan festhalten musste.

Charlotte! Mit einem plötzlichen Energieschub fuhr ich herum. »Wo ist sie? Wo ist Charlotte?«

Nur Mr und Mrs Quinn waren noch da und unterhielten sich mit Mom und Maddy. Alle vier sahen mich verwirrt an.

»Charlotte Boulay? Vermutlich im Bett«, antwortete Mr Quinn. »Wo *wir* übrigens auch hingehören.«

Suchend ließ ich meinen Blick über das Ufer schweifen. Eigentlich war sie doch vor uns zurückgeschwommen. Sie hätte längst hier sein müssen. War sie aber nicht.

»Mom! Ruf einen Krankenwagen, ruf *irgend*jemanden. Wir müssen ihr helfen! Was, wenn sie sich wieder verfangen hat? Was, wenn sie verletzt ist?«

»Komm mal her, Schätzchen.« Mom bedeutete mir, mich hinzusetzen. Sie fühlte mir die Stirn. »Ich glaube, du hast Fieber«, sagte sie. »Und was ist mit deiner Hand passiert?« Sie nahm mir den Quarzit ab und legte ihn auf den Steg. Der Schnitt war nicht tief, aber er blutete. »Na los, lass uns nach Hause gehen.«

Ich sah auf den See hinaus. Die Oberfläche war glatt, und der Mond und die Sterne spiegelten sich darin so seelenruhig, als wäre die Nacht bisher vollkommen friedlich und ereignislos verlaufen. Als könnte im Thunder Lake nie etwas Schlimmes vorfallen.

Ich schob Moms Arme beiseite und legte mich hin, den Kopf auf den Steg, neben DJs rosafarbenen Quarzit. Das Atmen fiel mir schwer. Ich wollte nicht zurück zur Hütte. Ich wollte nirgendwohin. Während ich so dalag und auf den See hinausblickte, erklang Charlottes Lied in meinem Kopf. *Wir sehn uns wieder, weiß nicht wo, weiß nicht wann ...*

Heiße Tränen traten mir in die Augen. Die Boulay-Meerjungfrau war fort.

34

Die Show muss weitergehen

Hier.«

Erst ein paar Sekunden hatte ich auf dem Steg gelegen, da fühlte ich, wie mir jemand etwas Metallisches in die unversehrte Hand drückte. Es war eine Haarspange in Form eines Sterns mit einer Meerjungfrau in der Mitte. Ich schloss meine Faust darum.

»Tut mir leid, dass ich dich eine Lügnerin genannt habe«, sagte Maddy. Sie lächelte. »Keine Sorge, wir haben sie befreit. Sie ist bestimmt einfach zu sich nach Hause geschwommen.«

Sie hatte es nicht durchschaut. Maddy Quinn hatte keine Ahnung.

Ich setzte mich auf und starrte sie an. Sie lächelte ihr richtiges Maddy-Lächeln. Ihr Lächeln, das sagte: Lass uns Freundinnen sein. Noch vor ein paar Tagen hätte ich für dieses Lächeln alles gegeben. Aber jetzt sah es aus wie ein ganz normales Lächeln. Keine Spur von Magie oder Schicksal. Nur nach oben verzogene Mundwinkel. Charlotte hatte recht behalten. Menschen sehen, was sie sehen wollen. Und ich war keine Ausnahme.

»Gute Nacht, Maddy«, schaltete sich Mom ein und schaute sie streng an, als wollte sie sagen: Du bist keine große Hilfe. »Deine Mom wartet schon.«

Maddy drehte sich um und lief zu ihren Eltern. Ich lauschte, wie ihre Schritte auf den Stufen verklangen.

»Für dich wirds auch Zeit«, bemerkte Mom.

Ich schüttelte den Kopf. »Aber Char ...«

»Bienchen, so hab ich dich echt noch nie erlebt. Du gehörst ganz dringend ins Bett.«

»Gibst du mir noch zwei Minuten? Allein?«

Ich brauchte Raum zum Nachdenken. Aber Mom blieb stehen.

»Bitte?« Ich schaute flehend zu ihr hoch. »Ich werde mich nicht vom Fleck rühren, aber ich muss kurz hier sitzen bleiben. Ich kann noch nicht sofort los.«

Mom sah mich besorgt an, doch ihre Miene wurde weich. »Zwei Minuten«, sagte sie. »Keine Sekunde länger. Ich setze mich solange auf die Tribüne. Sobald sie rum sind, gehen wir nach Hause, und wenn ich dich den ganzen Weg tragen muss.«

»Danke.« Ich betrachtete die Haarspange. Sie wirkte so zerbrechlich. Ein Wunder, dass sie all die Jahre auf dem Grund des Sees überstanden hatte. Ich öffnete sie und steckte sie mir in die Haare. Wieder fing ich an zu schluchzen. Ich sah Charlotte Boulay vor mir, wie sie mit ihrem schiefen Zahn draußen vor dem Showschiff sang und tanzte. *Ein Abgang mit Knalleffekt,* hatte sie gesagt. *Unser großes Finale*. Steg und See verschwammen vor meinen Augen. Charlotte hatte doch nur gewollt, dass man sie wahrnahm. Dass jemand unter die Oberfläche schaute und wirklich *sie* sah.

Das hatte ich getan. Genau wie DJ. Wir hatten nicht bloß eine verrückte Alte gesehen. Charlotte war witzig, großzügig und hielt einem die Treue. Bis zum bitteren Ende.

Plötzlich spürte ich eine kalte Hand auf der Schulter.

»Nicht weinen, Kleines. Die Show war der Knaller!«

Erstaunt sah ich auf. In einem rosa schimmernden Kleid, mit langen Handschuhen und einem federgeschmückten Hut, stand über mir – Charlotte Boulay. Von ihrem grellen Make-up keine Spur mehr.

»Wo warst du?«, wollte ich schreien, brachte aber nur ein Krächzen zustande. »Ich dachte, du wärst ertrunken!«

Kaum hatte ich diese Worte ausgesprochen, folgte eine erneute Tränenflut. Glitzerkleid hin oder her, Charlotte setzte sich im Schneidersitz neben mich auf den Steg und zwinkerte mir zu. »Ich hab den Bühnenausgang genommen, um die Illusion nicht zu zerstören. Die Show muss schließlich weitergehen.«

Sie wirkte aufgekratzt und energiegeladen, als wäre überhaupt nichts geschehen. Hätten unter dem ellbogenlangen Handschuh an ihrer linken Hand nicht die roten Abdrücke des Seils hervorgelugt – ich hätte den ganzen Vorfall für Einbildung gehalten.

»Schhhh, ist ja gut. Du solltest nicht so schluchzen. Das ist nicht gut für die Stimme. Eine Darstellerin deines Formats braucht gesunde Stimmbänder.«

Ich runzelte die Stirn und wusste nicht, ob ich lachen, weiterweinen oder sie anbrüllen sollte. Charlotte Boulay war die unberechenbarste Person, der ich je begegnet war.

Sie rieb mir besänftigend über den Rücken und machte weiter »Schhh, schhh«, bis ich ruhiger atmete und meine Tränen versiegten. Eine Brise wehte über den Thunder Lake, kräuselte das Wasser und verteilte Splitter von Mondlicht auf der Oberfläche. Sie glitzerten wie tausend kleine Diamanten.

Sobald ich mich beruhigt hatte, löste ich die Spange aus meinem Haar und überreichte sie Charlotte.

»Wir haben sie zurück«, sagte ich.

Charlotte nahm sie in die Hand, drehte und wendete sie andächtig, als wäre sie ein kostbares Juwel. Langsam führte sie die Spange an die Lippen und drückte einen Kuss darauf. Dann hob sie sie mit zitternden Händen zum Kopf.

»Lass mich das machen.« Ich steckte ihr die Spange ins feuchte, orange leuchtende Haar. Der Stern funkelte im Mondlicht.

Charlotte reckte die Arme gen Himmel. »Was für ein grandioses Finale! Niemand wird uns zwei Verrückte je vergessen.« Sie ballte die Hand zur Faust, knuffte mir ganz sachte damit gegen das Kinn, warf den Kopf zurück und stieß ein Triumphgeheul aus: »Jiiihaaa!«

Ich konnte nicht anders, ich musste lachen.

»Hey Kleines!«

»Ja?«

»Ich hab mich geirrt. Wahre Freunde gibt es doch. Nur sind es vielleicht nicht immer die, von denen man es erwartet. Danke für deine Hilfe.«

Ich nickte und dachte an DJ, der gerade rechtzeitig zur Stelle gewesen war, als ich ihn gebraucht hatte, so tapfer wie Storm oder Wolverine, und an Charlotte, die ihr Leben riskiert hatte, damit ich wahre Freundschaft fand. In Wahrheit hatte ich sie die ganze Zeit direkt vor meiner Nase gehabt. Nicht, dass es jetzt noch etwas änderte. Schon morgen würde ich in Chicago sein und mal wieder ganz von vorne anfangen müssen.

»Hey Kleines«, sagte Charlotte noch einmal.

»Ja?«

»Hattest du schon mal eine Brieffreundin?«

»Nein.«

»Hättest du gerne eine?«

»Und wie!«

Schweigend saßen wir noch eine Weile beisammen. Irgendwo auf der anderen Seite des Sees explodierte ein verspäteter Feuerwerkskörper. Die Funken stoben in den Himmel, bevor sie auf die Wasseroberfläche trudelten und zischend in der Dunkelheit verglühten.

35

Wahre Freundschaft

Schweigend beluden Mom und ich das Bienenmobil. Mom war niedergeschlagen, weil sie in den letzten vier Wochen kein einziges Ziel von ihrem Whiteboard hatte streichen können. Und ich war niedergeschlagen, weil wir zwar nach dem vierten Juli noch ein paar Tage länger geblieben waren, Mom mir aber absolute Bettruhe verordnet hatte. Fieber hatte ich nicht gehabt, trotzdem war Mom der festen Überzeugung gewesen, dass dieser Meerjungfrauen-Vorfall bei mir eine Art Nervenzusammenbruch ausgelöst hatte.

Vermutlich stimmte das sogar. Ich hatte alle enttäuscht. Meinetwegen brauchte DJ einen neuen Gips. Maddy, Julie und Kurt hatten Hausarrest bekommen, weil sie sich zum Showschiff geschlichen hatten. Und über Charlotte Boulay kursierte das Gerücht, sie würde in ein Pflegeheim ziehen – wie Opa. Das alles erfuhr ich von Mom. Von den anderen hatte ich nach dem vierten Juli niemanden mehr gesehen. Fast war ich erleichtert, dass wir wegfuhren. Und wie immer würde mir kein Mensch hinterhertrauern.

Ich trottete zurück in die Hütte und packte die übrigen Sachen in den Rucksack: Joshs Schwimmflügel, einen wunderschön geformten Kiefernzapfen und die Fotos von Lady Alice und der Boulay-Meerjungfrau. Dann ließ ich mich in einen der Hängesessel fallen, um noch ein letztes Mal darin zu schaukeln. Mom stellte einen Karton ab und gesellte sich zu mir.

»Also …« Sie fummelte an ihrem Schlüssel herum. »Ich habe mit deinem Großvater gesprochen.«

»Ehrlich?«

»Ich habe mit ihm ausgemacht, dass wir dieses Wochenende vorbeikommen, wenn wir uns bei Kimmy eingerichtet haben. Seelenruh ist nicht weit von ihr entfernt.«

»Danke, Mom. Ich vermisse ihn wirklich.«

»Ich weiß. Ich auch.«

Irgendetwas schrappte an der Fliegengittertür entlang, aber als ich aufstand, um nachzusehen, lag da nur ein Kiefernzapfen auf der Veranda. Dann hörte ich Blätter rascheln und ein leises »Miau«.

Ich schnappte mir meinen Rucksack. »Hey Mom … kann ich noch ein paar Minuten rausgehen?«

Sie sah auf die Uhr und überlegte.

»Ich weiß, wir sind dann nicht mehr im Zeitplan«, beeilte ich mich zu sagen. »Aber wenn wir so um …«

»Pläne haben uns zuletzt auch nicht großartig weitergeholfen, nicht wahr?«, fragte Mom. »Da können wir es auch genauso gut machen, wie es uns passt. Lass dir Zeit.«

DJ saß auf der unteren Stufe der Tribüne am Steg und ließ den Blick über den Thunder Lake schweifen. Sein neuer Gips war neonlila. Er hielt ihn hoch, um seine Augen gegen die Sonne abzuschirmen. Ich machte mich darauf gefasst, dass er immer noch sauer war und mir gleich gehörig die Meinung geigen würde.

»Hey«, sagte ich. »Darf ich mich zu dir setzen?«

Er nickte. Sauer schien er nicht zu sein, und enttäuscht wirkte er zum Glück auch nicht.

»Schicker Gips.«

DJ führte ihn zur Nase. »Riecht ganz frisch«, sagte er. »Willst du mal schnuppern?«

»Iiieh, das ist ja widerlich.«

DJ lächelte halbherzig. »Ich habe gesehen, dass ihr das Auto beladen habt.«

»Ja.« Ich kramte in meinem Rucksack und fand schließlich seinen scharfkantigen Quarzit. Als ich ihm den Stein reichte, merkte ich überrascht, dass mein Gesicht ebenso sehr glühte wie seins.

DJ steckte ihn in die Hosentasche.

»Du hattest recht, DJ. Mit allem«, sagte ich. »Ich hätte auf dich hören sollen. Und ...« Mein Gesicht wurde noch heißer, trotzdem zwang ich mich, die Worte auszusprechen. »Du bist hier der einzig wahre Freund weit und breit und ich hab dich versetzt. Ich kann verstehen, wenn du mich jetzt hasst, aber ...«

»Ich habe gehört, was du zu Kurt gesagt hast«, unterbrach er mich. »Danke, dass du dich für mich eingesetzt hast.«

»Du hast es gehört?«

»Ja.« DJ lächelte überheblich. »Du magst mich!«

Meine Wangen brannten wie Feuer. »Aber wie? Du warst doch gar nicht da.«

»Klar war ich da. Im Wald. Tarnung funktioniert halt am besten nachts.«

Er reckte triumphierend die Faust in die Luft und ich verbarg mein Gesicht in den Händen, glücklich, verlegen und erleichtert zugleich.

»Na ja, es stimmt ja auch«, sagte ich. »Wenn ich Superkräfte hätte, würde ich den Sommer zurückdrehen und noch mal von vorn anfangen. Und dieses Mal würde ich sogar deine Kotze wegwischen.«

DJ kramte in seiner Tasche und holte einen Zipperbeutel hervor. »Apropos Superkräfte. Das hier ist für dich.«

In dem Beutel steckte eine Kette aus Draht, daran hing ein kleiner rötlicher Quarzit mit einem lila Streifen. Auf der einen Seite des Steins stand mit schwarzem Filzstift ein einzelnes Wort: SNIKT!

»*SNIKT?* Wie bei Wolverine?«

DJ zuckte die Achseln. »Du hast gesagt, Quarzit erinnert dich an ihn, also habe ich ein paar Nachforschungen angestellt. Das ist doch so was wie sein Slogan, oder?«

Es war kein Slogan. Es war das Geräusch, das Wolverines Krallen machten, wenn er sie ausfuhr. Trotzdem hatte DJ sich echt Mühe gegeben. Ich staunte nicht schlecht.

»Leider ist sie irgendwie ziemlich hässlich geworden«, meinte DJ.

Er hatte recht. Der Draht war dick und unförmig und auf dem Stein befanden sich große getrocknete Kleberkleckse.

Ich legte mir die Kette um. »Sie ist perfekt.«

Als ich gerade gestehen wollte, dass ich nichts für ihn hatte, kam mir etwas in den Sinn. Ich holte mein Notizbuch aus dem Rucksack und riss die Liste heraus, die ich überarbeitet hatte, während ich das Bett hatte hüten müssen.

»Hier«, sagte ich. »Das möchte ich dir gern geben.«

Kriterien für wahre Freundschaft

Wahre Freunde ...

1. *... nehmen dich ernst.*
2. *... sagen dir, wenn du im Unrecht bist.*
3. *... verurteilen Leute nicht, nur weil sie seltsam sind.*

4. *... sind selbst ein bisschen seltsam (auf eine gute Art).*
5. *... bringen dir neue Sachen bei (z. B. Geologie & ertrinksichere Forschung).*
6. *... können Geisterkarate.*
7. *... bleiben an deiner Seite, wenn du Angst hast.*
8. *... sind – immer – zur – Stelle.*

Jetzt war DJ an der Reihe, verlegen zu werden. Auch sein Gesicht wurde flammend rot, als er die Liste las. Wenn das so weiterging, würden wir noch in Flammen aufgehen.

»Danke, Flosse.«

Dann saßen wir einfach da und starrten hinaus auf den See. DJ faltete das Papier in immer kleinere Vierecke. Als er nicht mehr weiterkam, stand er auf und steckte den Zettel zum Quarzit in die Hosentasche.

»Es war seltsam, dich kennenzulernen«, sagte ich.

»Kommst du nächsten Sommer wieder?«, fragte DJ. »Das solltest du nämlich. Wir könnten Charlotte fragen, ob sie uns ihre Dance-Moves beibringt.«

Ich wusste, dass er das mit dem Tanzen nicht ernst meinte, aber eigentlich hörte es sich ganz lustig an. »Ich hoffe es. Ich gebe mein Bestes.«

»Okay. Dann vielleicht bis nächstes Jahr.«

»Ja – vielleicht.« Ein Wort, das so vieles versprach.

36

Nächste Schwarmstation: Chicago, Illinois

Mom wartete im Auto, während ich schnell noch einmal zum Showschiff sprintete. Charlotte war an der Rezeption und hängte gerade ein neues Foto an die Stelle, wo vorher Alice und ihre Kanalratten gewesen waren. Sie trug eine Latzhose und einen breiten Strohhut. Über dem Tresen hinter ihr hing ein altertümliches Plakat, das ich noch nie gesehen hatte.

DAS SHOWSCHIFF-RESORT
WO DIE SPEKTAKULÄRE
BOULAY-MEERJUNGFRAU ZU HAUSE IST!

»Kleines, du kommst genau richtig. Willst du deinen Friedrich Wilhelm druntersetzen?«

»Meinen was?«

»Na, deine Unterschrift.«

Sie nahm das Foto wieder ab, das sie gerade erst angebracht hatte, und löste es aus dem Rahmen. Es war ein Schwarz-Weiß-Foto von DJ und mir und zeigte uns bei den Proben für die Meerjungfrauennummer. DJ stand hinter dem Scheinwerfer und grinste, und sogar in Schwarz-Weiß erkannte ich, dass sein Gesicht rot angelaufen war. Ich sagte gerade meine Zeilen auf, hatte die Arme weit ausgebreitet, und machte mich zum Affen.

»Wann ist das entstanden? Ich habe gar nicht bemerkt, dass du uns fotografiert hast.«

Charlotte wackelte verschwörerisch mit den Augenbrauen. »Die Geheimnisse meiner mysteriösen Methoden gilt es noch zu erforschen. Aber gute Forscher sind ja heutzutage rar gesät. Tä-täää!«

Sie zwinkerte mir zu. Ich nahm den Stift entgegen und schrieb: *Für Charlotte Boulay. Von Deiner Freundin Flosse.*

Ich gab ihr das Foto zurück. »Was Schlaueres ist mir nicht eingefallen.«

»*Freundin* ist doch gut«, sagte Charlotte. »Da sage ich nicht Nein.«

»Gehst du wirklich in ein Pflegeheim?«

Charlotte warf den Kopf zurück und lachte gackernd. »Du musst nicht all das Seemannsgarn glauben, das so gesponnen wird, Kleines.«

»Gut.« Ich drückte ihr einen verblichenen rosa Umschlag in die Hand. »Ich dachte, die möchtest du vielleicht haben.«

Charlotte zog die Artikel heraus und breitete sie auf dem Tresen aus. Als sie endlich wieder sprach, klang ihre Stimme belegt. »Woher hast du die?«

Dieses Mal war es an mir, verschwörerisch mit den Augenbrauen zu wackeln. »Betriebsgeheimnis. Du hattest übrigens recht. Sie hätte wirklich in einem Film mitspielen können.«

Charlotte betrachtete die Fotos ihrer Mom und lächelte. Kein gezwungenes, trauriges Lächeln mit der Last der Vergangenheit, sondern ein strahlendes, erinnerungsfrohes Lächeln aus dem Hier und Jetzt.

»Ich habe auch etwas für dich.« Charlotte Boulay holte eine in Geschenkpapier verpackte Schachtel hinter dem Tresen hervor. »Das kannst du auf der Fahrt nach Chicago auspacken.«

»Danke.« Ich winkte der Meerjungfrauenlampe zu und öffnete die Tür.

»Hey, Kleines.«

Ich drehte mich noch einmal um. Hinter den Reisetruhen wirkte Charlotte klein und gebrechlich. Der sanfte Schimmer Sonnenlicht, der durch die offene Tür fiel, ließ ihre Haare weniger orange wirken. Sie sah aus wie eine normale alte Dame – wie eine Großmutter, die man schon bald wieder allein zurücklassen würde.

Sie stützte sich auf den Tresen, stieg auf ihr Fußbänkchen und breitete die Arme aus.

»Anthoni Floss!«, schrie sie aus vollem Hals. »Hau sie alle um da draußen!«

Epilog

Hey Kleines,

in der Schachtel findest Du Original-Eins-a-Brieffreunde-Schreibpapier. Diese spektakulären und seltenen Briefbögen sind der Knüller. Damit wirst Du die fesselndsten, erstaunlichsten und herzzerreißendsten Briefe aller Zeiten schreiben.
Ich kann es kaum erwarten.

Hochachtungsvoll

Charlotte Boulay

PS: Anbei liegt eine Bestellung für drei der wundersamen Faltenfrei-Elixiere Deiner Mutter. Wer weiß – vielleicht hilft das Zeug ja doch?

Wie man einen Roman veröffentlicht – in vier einfachen Schritten

Alles, was du brauchst, ist die tatkräftige Unterstützung von unglaublich SPEKTAKULÄREN Freunden!

SCHRITT 1: MATERIAL SAMMELN
Dieses Buch hätte ich niemals schreiben können ohne an einem See aufgewachsen zu sein, den Schwimmunterricht abgrundtief zu hassen, in den 1980ern zu Tupper-Partys, Avon-Partys, Color-Me-Beautiful- und vielen weiteren »Partys« mitgeschleppt worden zu sein. Oder ohne April, Amy, Katie, Matt, Andy und Danyon Jay – wahre Freunde, wann immer ich sie am dringendsten brauchte. In der Nähe eines ehemals berühmten Resorts mit einer schiffsförmigen Lounge zu wohnen und einer Familie von professionellen Wasserskifahrern zu entstammen, war auch ganz hilfreich.

SCHRITT 2: RECHERCHE
Tief zu Dank verpflichtet bin ich Trav S.D. und seinem Buch *No Applause – Just Throw Money* sowie PinkTruth.com. Außerdem geht mein Dank an das *Three Lakes Historical Society & Museum*, an Carl Marty und seine Showboat-Lounge, die University of Wisconsin und Alan Vodicka für die Geologie-Beratung. An Carol Martin

für ihr felsenfestes Wissen (oder eher dafür, dass sie meine akademische Laufbahn gerettet hat). An Professor Walton, für alles, angefangen bei Marilynne Robinson bis hin zu *The Clean Team*. Ebenfalls dankbar bin ich auch für all die Stunden, die ich als Kind damit zugebracht habe, Filme wie *Mädchen im Rampenlicht* (*Ziegfeld Girl*, 1941), *Komödiantenkinder* (*The Seven Little Foys*, 1955) und *Du sollst mein Glücksstern sein* (*Singin' in the Rain*, 1952) zu gucken, vor allem an dem Tag, als ich die Schule schwänzte, um den Esther-Williams-Filmmarathon auf TCM mitzuverfolgen: Das hat sich gelohnt.

SCHRITT 3: HOLZ HACKEN (PACKS AN!)

Danke an Kevin Johnson und Anna Vodicka, weil sie mich niemals einfach davonkommen ließen. Danke an die wohlwollenden Leser und Schreiber Anthony Walton, Deborah Murphy, Ann Braden, Scott Johnson, Susan Olcott, die Richardson-Plueckers, die Chiappinellis, Kyle Beeton, Brian und Katie Quirk, Michele LaForge, Jim Adolf, Cynthia Lord und Kate Egan. Danke an Chris Richman, der meinen Entwurf vielversprechend fand. An meine Lektorin Grace Kendall, die eine wahre Bienenkönigin ist. An meinen Agenten John Cusick – Bauchredner, Medizinmann und Jongleur. Und an die fleißigen Teams bei Farrar, Straus & Giroux und Folio Jr., die ihre Zeit und ihr Können in dieses Buch haben fließen lassen, darunter Elizabeth H. Clark, Jennifer Sale, Nicholas Henderson, Lauren Festa, Kylie Byrd, Jeff Freiert, Christina Dacanay und Molly Ellis.

SCHRITT 4: PARTY!

Schon als Kind habe ich behauptet, Autorin zu sein. Meine verrückt-fantastische Großfamilie glaubte mir. Sie haben mich mein ganzes Leben lang angefeuert, haben bei jedem noch so kleinen Sieg Rückwärtssaltos geschlagen und Wasserski-Pyramiden gemacht (wir haben an den Symbolcharakter meines Bleischuh-Awards geglaubt). Leute, ihr seid einfach die BESTEN! So passt unser Slogan jetzt auch: Snailed it – Im Schneckentempo ans Ziel!